KB232426

이인세가 人世家

이인세가 1

김석진 新무협 판타지 소설

초판 1쇄 찍은 날 § 2006년 12월 29일
초판 1쇄 펴낸 날 § 2007년 1월 10일

지은이 § 김석진
펴낸이 § 서경석

편집장 § 문혜영
편집책임 § 이재권
편집 § 유경화

펴낸곳 § 도서출판 청어람
등록번호 § 제1081-1-89호
등록일자 § 1999. 5. 31
어람번호 § 제2-1094호

주소 § 경기도 부천시 원미구 심곡1동 350-1 남성B/D 3F (우) 420-011
전화 § 032-656-4452 팩스 § 032-656-4453
http://www.chungeoram.com
E-mail § eoram99@chollian.net

ISBN 978-89-251-0483-6 04810
ISBN 978-89-251-0482-9 (세트)

俠

이웅기가

김석진 新무협 판타지 소설 | 맞춤형 기연은 없다 |
Fantastic Oriental Heroes

1

도서출판 청어람

목차

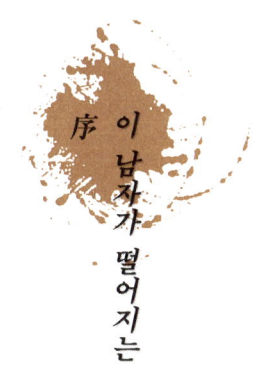

序 이 남자가 떨어지는 법

"딱이로군!"

한 사내가 연방 주위를 둘러보다 무릎을 제 손으로 찰싹 때리며 조용히 외쳤다.

"이 정도면 딱이야. 그 어떤 곳도 이와 같이 조건에 부합되지는 않을 거야."

고개를 끄덕이며 만족하던 사내가 그래도 못 미더운지 품속을 뒤져 종이 한 장을 꺼내 들었다.

"꺼진 불도 다시 보자는 옛 성현의 말씀을 무시할 수는 없는 노릇. 어디⋯⋯."

그가 종이에 얼굴을 처박고 중얼거리기 시작했다.

"자, 첫 번째 조건. 세간에서도 인정받는 명산(名山)이어야 한다. 특히 설화나 전설이 많이 깃들어 있으면 금상첨화. 일단 이 조건은 두말할 필요도 없고."

자신만만하게 단정 내릴 만도 한 것이, 이곳은 태산(泰山)이었으니까. 중원 오악(五嶽) 가운데에서도 동쪽의 으뜸이라는 산이 바로 태산 아니던가?

"뭐, 천년무림의 기둥이라는 소림사로 유명한 숭산(崇山)이나 검의 명가라는 화산파의 화산(華山), 그리고 기기묘묘한 무학으로 이름 높은 항산파의 항산(恒山)처럼 뭔가 확실히 드러나는 건 없지만 그래서 더욱 신비롭지 않은가!"

주먹을 불끈 쥐고 열변을 토하던 사내가 눈을 몇 번 끔뻑이더니 곧 안정을 되찾고 다시 종이에 얼굴을 박았다.

"에, 또… 두 번째 조건. 주위에 뭔가 거대 문파, 또는 거대 문파가 자리했던 흔적이라도 있어야만 한다. 태양이라도 삼켜 버릴 듯 급작스럽게 기세를 확장시키다 어느 순간 신비롭게 사라져 버린 문파라면 대환영? 음… 딱히 이 조건을 만족시킨다고 할 수는 없지만 뭐, 이것도 어느 정도 부합된다고 볼 수 있지. 누가 뭐라고 해도 태산은 천향문(天香門)의 개파가 이루어진 곳이니까."

천향문이라는 이름이 그의 입에서 나온 건 분명 의외였다.

천향문. 육백여 년 전 천향선자라는 신비로운 여고수가 창안하여 그 세를 무섭도록 확산시키다 백 년도 채 이어가지 못하고 역사의 뒤안길로 사라진 문파가 아닌가.

만약 그들이 조금 더 활동했더라면 현 무림의 체계는 많은 변화가 있었을 거라고 호사가들은 입을 모으지만 요즘 젊은 이들은 거의 모르는 문파가 바로 천향문이다.

"세 번째 조건. 무림사에 한 획을 그을 만큼의 커다란 사건이 벌어진 장소, 혹은 잉태된 장소……. 전설대로라면 천향문의 마지막 문주라는 천월선자(天月仙子)의 마지막 행선지역시 이곳이라고 하니까 대충 들어맞는다고 할 수 있고."

종이에서 얼굴을 뗀 사내가 무릎을 콩콩 치며 자리에서 힘겹게 일어섰다. 장기간 쪼그리고 앉아 있었던 터라 뼈마디가 저려왔고 삭신이 쑤셨다.

그러나 그는 이 모든 증상을 싹 무시하면서 종이를 품속에 갈무리했다.

"마지막 조건. 음……."

마지막을 말한 그가 느닷없이 눈을 감고 코를 벌름거렸다.

"마지막 조건. 그건… 뭔가 실체적으로 와 닿는, 그런 이상야릇한 느낌이 전달되어야 한다. 기억 저 멀리서 부르는 소리도 좋고, 가슴에 무언가가 꽉꽉 꽂히는 기분이라도 좋다."

이 부분에서 사내의 얼굴이 일그러졌다.

'근데 왜 안 오는 거지?'

이거 중요하다. 이 조건이야말로 그가 이 년간 헛짓거리하면서 얻어낸 경험의 산물이었으니까. 이것만 오면 지금 당장이라도 주저없이 결행할 것이다.

'자자, 어서 오라고!'

태산에서 높기로 유명한 천주봉(天柱峰)이다. 다섯 시진을 버텼지만 살을 에는 듯한 추위와 기나긴 고독, 뭐, 그런 건 별 반 신경 쓰이지도 않았다.

다만 이곳은 너무 높다.

사내는 우직스러운 성품처럼 천하에 무서울 것이 없었으 나 오직 하나, 높은 곳이라면 딱 질색이었다. 언제부터 이리 됐느냐고 묻는다면 한숨으로 답을 대신할 도리밖에.

전에는 높은 곳을 밥 먹듯 오르내린 처지건만.

아무튼 그렇게 버틴 다섯 시진인데 야속하게도 느낌이 오 지 않는다. 실체적으로까지도 바라지 않았다. 그저 은근히 스 쳐 지나가기만 해도 감지덕지라 생각했는데.

이건 그야말로 겨울 호수가 따로 없다.

"어쩐다……."

침중한 혼잣말로 답답함을 토로하던 사내가 고개를 들었 다.

해는 어느새 뉘엿뉘엿 서산으로 발길을 재촉하고 땅거미 가 서서히 산자락을 뒤덮으려는 오후의 종착. 대부분의 사람 들이라면 입가에 흐뭇한 미소를 지으며 귀가를 머리에 그려 넣을 시간.

그러나 사내의 입장은 다르다. 더 이상 지체했다간 죽도 탕도 되지 않을 판이다. 산, 그것도 고산(高山)의 밤은 위험하기 짝이 없으니까.

"으음……."

결정을 내려야 할 때다. 그 정도는 직감적으로 알 수 있다.

하산이냐, 아니면…….

턱을 쓰다듬던 사내가 다시 한 번 주위를 둘러보았다.

매섭게 몰아치는 산바람, 아득하게 들려오는 산림, 그리고 기암괴석.

"분명 조건은 딱인데……."

조건이 딱이라 함은 실체적으로 드러난 상황들과 의식으로 감지 가능한 상황이 맞아떨어진단 말이다. 한마디로 모든 점에서 부합된다는 건데.

"꽂히는 것이 없으니 문제로구나!"

내가 아닌 남이 알려주는, 그런 아스라한 무엇이 아직 전달되지 않고 있다.

이 일을 시작한 지 횟수로 벌써 삼 년. 상황을 실행으로 옮긴 것도 무려 십이 회나 된다. 속된 말로 고참이라 아니 할 수 없고, 척하면 착이다.

비밀이지만 남들이 꿈에서나 그리던 일도 겪어봤다. 열두 번 가운데 한 번이었으니 일 할도 채 되지 않는 확률이라고 무시할지 모르지만 그것의 성격을 안다면 절대 외면하지 못할 것이다.

평생을 걸려도, 아니, 삼사 대를 걸쳐 시도해도 결코 직면하지 못할 상황이었다. 무려 십이 회가 아니라 단 십이 회란 거다.

그런 풍부한 경험에서 볼 때 지금의 상황은 지극히 미묘하다. 기면 기고 아니면 아니라는 통념이 완전히 무시되는 상태였기에 사내의 고뇌는 깊을 수밖에 없었다.

"아아⋯⋯!"

하늘을 우러르며 한탄을 하던 사내의 입에 무언가 똑 떨어졌다.

'⋯⋯!'

뱉으려 했으나 물체는 이미 목구멍을 타고 넘어갔다. 맛도 음미하기 전에.

후두둑—

뒤이어 그것들이 단체로 밀려왔다. 새똥이 아니라는 안도감도 잠시, 천둥까지 동반한 폭우를 온몸으로 감내하던 사내가 홀연 그어진 뇌전을 바라보다 허리춤을 만지작거렸다.

정말로 선택을 할 시점이었으니까.

만지작만지작.

길게 매달린 행낭에 손을 집어넣어 약초들을 만지작거리던 사내가 곧 이를 악물었다.

'다 필요없어, 이번이 마지막이면 될 테니까.'

열두 번을 한결같이 되뇌었던 말인데 오늘은 더욱 각별하다… 라고 생각했지만 아마도 두 번째부터 언제나 각별했었다는 걸 사내는 인지하지 못했다.

이번으로 모든 걸 끝낼 수 있다면? 이거 뭔가 문제성이 가득 담긴 발언 아닌가. 그래서 사내의 표정이 이리도 복잡 미묘한 빛깔을 띠고 있는가 보다.

"마지막이면 다 끝나는 거야."

스스로에게 타이르듯 독백 한마디를 남기고 사내가 천천히 걸음을 옮겨 봐두었던 절벽의 끝머리에 발을 멈췄다.

쿠르릉!

번개와 폭우, 그리고 산바람에 가려 아득한 밑바닥을 바라보자니 다리가 휘청거렸다.

설마 자살이라도 하려는 것일까? 그럼 열두 번에 걸친 자살 시도? 한마디로 사내는 자살 중독자라는 거고, 억세게 운이 좋아서 아직까지 살아남았다는 말인가?

일리있는 가정이다. 보통 자살자들은 풍광 수려한 산이나 바다에서 마지막을 보내고 싶어하는 법이니까. 그래서 그렇게 조건을 따진 건지도.

문득 사내가 헛웃음을 터뜨렸다.

"아아, 이게 무슨 꼴이지?"

너무도 처연한 음성이라 폭우마저 잠시 주춤했지만 곧 사내는 입을 굳게 다물었고 비 역시 맡은바 소임을 다하려는 듯 열심히 대지와 조우했다.

"자, 그럼."

양팔을 떡 벌린 사내가 눈을 질끈 감고 숫자를 세기 시작했다.

'하나, 둘……'

셋이라는 마음의 외침과 함께 발을 구른 사내가 절벽 모서리를 밟고 힘차게 허공으로 몸을 날렸다. 그래 봐야 곧 관성의 냉엄한 부름을 따라야 했지만.

뚜욱―

"으아아아아~!"

*   *   *

늘 그러하듯 낙하 후 처음 눈을 뜰 때면 극심한 통증과 허기, 그리고 한기가 온몸을 들쑤셔서 사내는 외마디 비명도 지르지 못하고 벌레처럼 꿈틀거려야 했다.

그러나 같은 일도 반복하면 이골이 나는 법이고, 매도 맞다 보면 면역력이 생긴다.

'으으……'

벅벅 바닥을 기던 그가 대 자로 뻗어 숨을 헐떡이다 몸을 뒤집으며 어깨에 대롱거리는 약초 가방에 손을 넣어 고약과 환약을 몇 개 꺼내 입에 털어 넣는 일방 주요 부위에 붙였다.

참으로 익숙한 동작. 이거 서너 번 해봐가지고 나올 움직임이 아니었다.

불로 지지는 듯한 통증이 몸 구석구석에서 피어올랐지만 이를 악물고 참으며 사내가 헛소리처럼 중얼거렸는데, 이 또한 반복 학습의 결정체이리라.

"낫고 있다, 낫고 있다, 낫고 있다……."

이른바 자가 최면이라는 건가?

아무튼 중얼거리던 그가 몇 시진을 그렇게 보내더니 곧 비실거리며 몸을 세우기 시작했다. 그가 떨어진 절벽을 감안하면 거의 기사에 가까운 회복 능력이라 하겠다.

이번의 낙하…….

"성공적이었어!"

우는 건지 웃는 건지.

통증으로 찌푸려지는 얼굴에 묘한 웃음을 매달고 상체를 세우던 사내가 잠시 비틀거렸지만 곧 신형을 수습했다.

옆구리가 결린다. 역시 만점짜리의 낙하는 아니었다.

그래도 이게 어디인가? 첫 낙하 때는 무려 육 개월이나 후유증으로 골골거렸는데.

스스로를 달래며 완전히 몸을 편 사내가 주춤주춤 발을 뗐다. 걷는다기보다 뭔가 질질 끌리는 느낌이었지만 굼벵이와도 같은 발길에 왠지 모를 조급함이 묻어 있었다.

"자자, 비급이냐, 영초냐?"

절세병기라도 상관없다라는 뜬금없는 소리를 늘어놓으며

걸음을 옮기던 그가 갑자기 발걸음을 멈추고 부들부들 몸을 떨었다.

전신에 휘몰아치는 감동의 도가니.

'도, 동굴……. 그렇다면 비급이라는 건가!'

과연 사내가 바라보는 곳엔 동굴이 있었다. 심산(深山)이라면 으레 존재하는 동굴.

근데 뭐 어쨌다는 건가? 그리고 비급은 또 뭐고?

'흥분하지 말자. 흥분은 금물이지.'

앞선 열두 번의 낙하에서 동굴을 발견했던 경우가 무려 일곱 번. 그리고 그 다음은…….

'단 한 번이었지. 고로 칠 대 일의 확률이니 섣부른 기대부터 갖지 말자고.'

숨을 크게 내쉬어 마음을 진정시킨 그가 잔잔해진 호흡을 확인하고 굳은 얼굴로 동굴을 향해 걸음을 옮겼다. 생각 같아서는 날아가고 싶었지만 현실적으로 기어가지 않는 것도 감지덕지였다.

단 사 장의 거리였건만 왜 이리도 멀게 느껴지는지.

무려 일각의 시간을 들여 사 장을 전진한 사내가 동굴의 아가리에 털썩 제 몸을 밀어 넣었다.

'주, 죽어도 더는 움직이지 못해. 진짜 한계라고!'

무슨 말이야? 확인해야지!

‘내일, 아니, 조금만 쉬고 알아봐도 되잖아.’

조금 쉬기는 개뿔! 어서 일어서라고!

‘진짜 못해! 죽어도 못해!’

멍청한⋯⋯. 이번이야말로 모든 것을 해결할지도 모르잖아!

‘그러니까 조금만 쉬고 한다니까!’
막 늘어지려던 사내가 마음속에서 울려 퍼지는 한마디에 거짓말처럼 몸을 발딱 세웠다.

그러는 동안 비급이 풍화라도 된다면? 아, 물에 젖어 알아볼 수 없게 될지도 모르겠군. 억울해서 어쩌나?

“안 돼~!!”
버럭 소리를 지르며 신형을 일으킨 사내가 눈을 형형하게 빛내며 동굴 안을 두리번거리기 시작했다.
“절대 안 돼! 더는 이 짓 못하겠다고!”
그의 기세는 마치 폭풍과도 같아서 허름한 동굴이 당장이라도 무너질 판이었다.

　그렇게 헤매던 사내의 발에 무언가가 걸렸다.

　툭―

　우당탕!

　"어이쿠!"

　기세는 놀라웠지만 그렇다고 체력까지 회복된 것은 아니라 힘없이 걸려 넘어진 사내가 혀를 빼물고 숨을 몰아쉬었다.

　'이왕 이렇게 된 마당에 좀 쉬어야겠어.'

　차라리 잘됐다 쾌재를 부르며 눈을 감던 사내의 어깨가 꿈틀 움직였다.

　방금 전의 감촉, 그건 돌이나 자갈 따위가 아니었다.

　"아아!"

　황(簧)―용수철―처럼 상체를 들어올린 사내가 더듬더듬 손을 놀리다 발끝에서 나뒹구는 '그것'을 잡아 들 수 있었다.

　"부처님, 공자님, 관운장, 아무튼 모든 분들, 감사드립니다!"

　그것은 작은 궤짝이었다.

　뼈마디가 쑤시고 힘이 없고, 뭐, 그런 거? 지금 그게 중요한가! 드디어 고생 끝, 행복 시작인데.

　궤짝을 꼬옥 끌어안고 감동을 만끽하던 사내가 곧 숨을 크게 쉬며 뚜껑을 열었다.

"역시!"

책이 들어 있었다.

"과연!"

이름하여 천향무급(天香武笈).

그리고 첫 장을 펼치니,

연자(緣者)여, 보거라…….

로 시작하지 않는가!

"딱이로군!"

절벽을 바라보며 외쳤던 처음의 말을 다시 뱉으며 사내가 홍분을 감추고 계속 읽어 내려갔다.

나는 천향문의 삼대 문주인 천월선자라 한다.

이 벅찬 감동을 어떻게 표출해야 할까?

주지하다시피 천향문이라면 육백 년 전 적수를 찾아보기 힘든 절세의 고수 천향선자가 세운 문파다. 그리고 천월선자는 천향문의 마지막 주인이니……

"예, 예, 천월선자님! 어서 하교하소서!"

본시 사내의 성품은 이리 경망스럽지 않았다. 그러나 제아무리 군자래도 이런 경우라면 홍분함이 당연한 일. 기뻐 날뛰며 고래고래 소리쳐도 이상할 게 없는 상황이라는 거다.

아무튼 뒷내용은 뻔할 뻔 자의 그것이었으니…….

…이러쿵저러쿵하여 사부님께 천향문을 이어받았으나 미천한 자질 때문인지 사조님이 남기신 천월무급을 채 반도 익히지 못하고 시련의 나날을 보내게 되었고, 그러다 불의의…….

재미없다.

잘나가던 우두머리가 그때까지 천하를 호령하던 문파를 해산시키고 이런 곳에서 초라한 최후를 맞이했다면 뭔가 안 좋은 일이 있었다는 건 자명한 노릇.

솔직히 관심도 없고 지루할 뿐이다.

하지만 참을성있게 읽어 내려가던 사내가 마지막의 구절에서 눈을 떼고 비급을 바닥에 내려놓았다.

형식적이고 뻔한 요식 행위를 위해서.

"비록 자질이 미천하나 성심성의로 비급을 익혀 천향문의 이름을 만천하에 떨칠 것을 약속드리겠습니다. 그럼 제자의 절을……."

막 절을 하려던 사내가 우뚝 몸을 멈췄다.

'설마…….'

뭔가 안 좋은 일을 떠올렸는지 몸을 부르르 떨고 고개를 세차게 저은 그가 다시 절을 올리려다 또 몸을 굳혔다.

'에이, 설마?'

밀어내려 밀어내려 해도 끊임없이 기어올라 오는 불안감.

"설마!!"

버럭 소리를 지른 사내가 마음속의 설마를 잠재우기 위해 책을 펼쳐 들었다.

"구배지례도 올리지 않고 책을 펼쳐 들어서 송구하오나 전에 하도 황당한 일을 겪어서 이러는 것이니 사부님께서는 넓은 마음으로 이해해 주십시오."

이따가 구십 번 절하지 뭐, 하며 책장을 넘기던 사내가 곧 감탄성을 토해야 했다.

무엇을 어떻게 하는 건지 몰라도 책에는 장법이며 창법, 심지어 보법까지 수록되어 있지 않은가.

이름 또한 멋들어진지라 장법명은 만향삼장(滿香三掌)에 창법은 미향오창식(微香五槍式), 그리고 보법의 이름은 세향단섬보(細香段閃步)였으니 그의 입이 찢어지지 않는 게 이상할 지경이었다.

삼 초로 이루어진 장법과 오 초의 창법, 그리고 보법을 열심히 들여다보며 처음의 목적 같은 건 까맣게 잊어버린 사내가 연신 탄성을 질러댔다.

이제 드디어 황하(黃河)로 시작되는 악연과 영원히 작별을 고해도 될 듯하다.

그렇게 일각 후.

천향무급이라 명명된 절세의 무서는 아무렇게나 나뒹굴고 있었고 사내는 벽에 머리를 박은 채로 꼼짝도 하지 않았다.

부처님? 공자님? 관운장?

다 필요없다. 아니, 있지도 않았다. 정말로 신이 있다면 이리도 가혹한 시련을 안겨줄 리 없을 테니.

"이건……."

작게 중얼거리던 사내가 볼품없이 펼쳐진 천향무급을 바라보며 허탈하게 말을 이었다.

"이건 좀 너무하잖아."

그의 눈이 쫓고 있는 부분은 천향무급의 맨 마지막 장이었다.

그곳엔,

하여… 여자나 남자라고 하여도 뿌리를 거세한 자만이 이 비급을 익힐 수 있다. 명심해라. 양기(陽氣)를 가지고 있는 건장한 남자가 무리하게 수련을 하려고 들면 칠공에서 피를 토하고 죽게 될 것이다!

라고 쓰여 있었다.

당연한 말이지만 사내는 너무도 건장한 뿌리를 가지고 있었다.

'세상에, 고자를 부러워하는 날이 올 줄이야.'

무급에서 눈을 뗀 사내가 자신의 하체를 물끄러미 내려보았다.

'자를까?'

가문을 위해서라면!

'잘라 버릴까?'

무림의 안녕을 위해서라면!

곰곰이 생각하던 사내가 한숨을 팍 내질렀다. 사자후만큼이나 거대한 호흡 한 번으로 정신을 수습한 사내가 툴툴 웃었다.

말 그대로 자르고 저 무공을 익혔다 치자.

'만약 그 일이 일어나지 않으면?'

그저 힘센 고자 하나 탄생하는 거다.

"미쳤지, 미쳤어."

신체발부 수지부모라는 격언은 차치하고라도 그걸 자르라니……

본인의 입으로 이런 말 하기 뭐하지만 그의 뿌리는 튼실하기로 소문이 자자하단 말이다!

고자로 평생을 살 수는 없다. 거기다 이렇게 훌륭한 녀석을 저버린다는 건 천벌받을 일이다.

"나 안 해!!"

책을 발로 뺑 차고 다시 벽에 머리를 박은 사내가 흐느끼듯 중얼거리기 시작했다. 이런 경우를 당한다면 누구나 상심할 테지만 사내의 상태는 조금 더 안 좋아 보였다.

"동정에 고자에 골고루 해라, 아주 골고루 해."

고자는 알겠는데 동정은 또 무슨 말일까.

알 수 없는 말을 늘어놓던 사내가 그대로 잠이 들어버렸다. 추락의 후유증이 채 낫지도 않은 상태에서 무리하게 몸을 움직였고, 심적인 타격까지 전해지자 피로를 버티지 못했던 것이다.

교묘한 자세로 잠을 자며 잠꼬대를 간혹 흘리곤 했는데 천애의 절벽에 위치한 동굴이라 들어줄 이는 아무도 없었다.

"음냐! 죄송합니다, 할아버지. 소손 예소는… 음냐, 아무래도 무상으로의 자격이 없는가 봅니다……. 음냐, 하지만 죽어도 자를 수는 없다고요."

암, 자를 수야 있나.

第一章

무상〈武相〉이라는데, 글쎄?

운예소(雲藝笑)가 처음 그 말을 들은 것은 그의 나이 여섯 살 때였다. 당시 나이도 나이려니와 아침밥을 먹고 막 놀러 나가려던 참이었기에 할아버지의 얘기가 귀에 잘 들어오지 않았다.

그래도 천성이 착한지라 그냥 나갈 수만은 없어서,

"그거 좋은 거예요?"

라고 물었는데 할아버지의 대답은 의외로 단호했다.

"영광스러운 일이지!"

영광스럽다. 물론 여섯 살짜리 어린아이에게는 다소 어려운 단어였지만 할아버지의 말투와 표정으로 미루어 직감적으로 대단히 괜찮은 거란 건 알았다.

　그래서일까.

　새벽녘에 비가 온 터라 질척거리는 땅에서 술래잡기를 하며 운예소는 평소보다 조금 점잖게 뛰었고, 조금 말을 아꼈으며, 조금 일찍 귀가했다.

　흙투성이의 손자를 예상했던 운규화(雲規和)였기에 말끔한 그의 옷에 자연 눈이 갔고, 운예소의 대답은 또래와는 어울리지 않는 무엇을 담고 있었다.

　"그냥… 얌전해 보려고요."

　순간 운규화의 눈에 이채가 흘렀으나 어린아이가 알아채기엔 무리였고, 운예소 역시 조부의 눈길을 뒤로한 채 저녁상에 오른 잉어 살을 발라내기에 여념이 없었다.

　삼 년이 흐른 어느 날 여느 때와 같이 아침밥을 챙겨 먹고 놀러 나가려던 운예소를 불러 세운 운규화가 엄숙한 어조로 '그 말씀'을 하셨다.

　까맣게 잊고 있던 얘기였던지라 잠시 고개를 갸우뚱거리던 그가 곧 삼 년 전의 가을을 생각해 내고는 고개를 끄덕였다.

　고작 삼 년이 흘렀는데 뭐 그리 변할 게 있겠냐고 한다면 그야말로 뭘 몰라도 한참을 모르는 소리다. 아이들의 하루는 성인의 육 개월과도 같은 의미를 지니고 있다는 것을 알고나 있을까?

더군다나 운예소처럼 똑 부러지는 아이라면 하루하루의 상념들을 차곡차곡 쌓아두기 마련이니까. 비단 머리로만이 아니라 가슴으로 말이다.

그래서 이번에는 조금 다른 질문을 던졌다.

"할아버지의 말씀대로 그렇게 좋고 장한 일이라면 왜 우리는 이렇게 사는 건데요?"

나이에 맞지 않는 질문이지만 원하는 대답이었기에 운규화는 적이 만족스런 웃음을 지었다. 억지로 설명하자면 골치아플 뻔했는데 이렇게 나와주니 더없이 고마운 일이다.

해서 놀러 나가려던 손자를 앉히고 그간 감춰두었던 이야기를 풀어내기 시작했다.

"너도 천하제일가(天下第一家)를 알고 있겠지?"

무림인이 아니더라도 대여섯 살의 코흘리개라도 한번은 들어본 이름, 천하제일가. 어찌 운예소라고 모를까.

비록 이곳이 관아에서조차 그저 화전민들의 부락쯤으로 치부되는 오지라지만 전해지는 소문이나 소식 정도는 빠짐없이 전달되기 마련이다.

화전민 부락도 어차피 사람 사는 곳이니까.

"낙양 정씨세가를 말씀하시는 거라면 알고 있어요."

손자의 야무진 대답에 운규화가 머리를 쓰다듬어 주며 너털웃음을 터뜨렸다.

"맞다, 맞아! 낙양 정씨세가가 아니고서야 그 어떤 세가가 감히 천하제일을 논할까! 하지만 정씨세가가 어째서 천하제일가가 되었는지는 잘 모를 것이야."

낙양 정씨세가.

낙양에 정씨 성을 쓰는 가문이 하나둘이겠는가마는 무림인이라면 낙양이라는 지명에서 정씨 성이 거론될 때 반드시 떠올리는 가문이 하나 있었다.

그것이 바로 천하제일가.

수많은 영웅담과 신화 속에 무림의 기둥으로 우뚝 섰으나 소문은 소문을 낳고 사백 년이라는 시간이 흘러오면서 진실은 과장이란 격류 앞에서 물길을 튼 지 오래.

이를 짐작이라도 하는 것인지 운예소는 운규화의 다음 이야기를 참을성있게 기다렸다.

"그러니까 사백 년도 더 된, 정말로 먼 옛날이야기부터 시작해야겠구나……."

사백 년 전 중원 땅에 천고의 재변이 들이닥쳤다. 원래 강호라는 대지는 바람 잘 날 없는 곳이고 조용하면 그게 이상한 일이었지만 이번의 변고는 그렇게 넘길 수 없는 무엇이 있었다.

그것은 바로 구파를 위시한 무림 대표 문파들의 이유없는 봉문 선언. 마치 약속이라도 한 것처럼 거의 동일한 시점에서 무림을 책임지던 기둥들이 모두 문을 걸어 잠갔으니 아닌 밤에 홍두깨 같은 노릇이었다.

단 한 마디의 전후 설명도 없는 봉문 선언에 무림의 모든 이들이 동요했음은 당연했지만 구파의 장문을 비롯한 원로들은 심심유곡과도 같은 자파의 비밀 장소에서 모습을 드러내지 않았고, 심지어 면담도 거부했다.

"수많은 설왕설래가 있었으나 당사자가 빠진 논의였으니 그야말로 한담밖에 되지 않았지. 돌아오지 않는 메아리는 자연히 맥이 빠질 수밖에 없는 노릇이었고."

틀을 지지하고 있던 하나의 힘이 사라진다고 해서 금방 무너지지는 않는 것이 바로 사회다. 절대 없어서는 안 될 가치와도 같은 구성원이 빠지면 처음에야 혼란이 야기되겠지만 인간이라는 동물들은 곧 빈자리를 수습하니까.

어떤 식으로든 말이다.

그렇게 구파에 관한 이야기도 점차 세인들의 관심에서 옅어질 무렵 무림에 공개적으로 하나의 문파가 나섰다.

"그들이 바로 전륜성(轉輪城)이었다."

전륜성. 성주 전륜성제(轉輪聖帝) 휘하 삼십이 상(相)을 거느린 초거대조직. 불가에서 말하는 전륜성왕의 현신이라고 스스로를 소개한 전륜성제는 무림인들에게서 정법(正法)과 화합으로 세상과 교류해 나갈 것이라 선언했다.

처음 그들의 일성을 그 누가 포효라고 여겼을까. 정신 나간 바보들의 넋두리로 치부할 수밖에 없을 정도로 광오한 선언이었기에 모두들 비웃음을 흘렸다.

하나 조소는 그만한 대가로 돌아왔다.

창법으로 중원을 호령한다는 산동의 악가가 단 반나절 만에 전륜성제를 찬양하는 노래를 불러야만 했고, 도법으로 한 시대를 풍미했던 섬서의 왕씨 가문 역시 하루를 버티지 못하고 전륜성제를 위한 시를 읊조렸다.

그제야 사람들은 알게 되었다.

전륜성의, 전륜성제의 위력을.

그들의 말에 담겨 있는 진심을.

또한 진심 속에 담긴 모호한 욕망을.

"말은 번드르르했으나 결론은 강호일통이니 당연히 무림인들은 반대를 했다. 어디서 굴러왔는지도 모르는 인간에게 자신들의 영역을 내줄 수는 없는 일이니⋯⋯. 강호인들이란 꺾이면 꺾였지 절대로 숙이지 않는 사람들이니까. 하지만 결과는 참혹했단다."

무림의 원로들이 주최한 회의 끝에 강남의 남궁세가를 중심으로 창설된 수호맹은 이천여 명의 강호인이 서명했고, 그 위세 또한 하늘을 찌를 듯했으나 전륜성제가 보낸 십오 상의 주력 부대와 맞붙어 힘 한번 제대로 써보지 못하고 칠십여 명의 사상자를 뒤로한 채 물러서고 말았던 것이다.

　"치욕이었지. 주력이라곤 하나 세력의 절반도 동원하지 않은 전륜성이었기에 무림연합군의 심정은 그야말로 참담했단다."

　이때 사람들의 뇌리에 다시금 떠오르는 이름은 당연히 구파였다. 만약 아홉 개의 큰 문파만 나서준다면 저 오만한 전륜성을 어찌해 볼 수도 있을 것만 같았으니까.
　그러나 여전히 구파는 침묵으로 시간을 보냈고, 사람들의 눈에서는 점차 희망이 사라져 갔다. 일련의 상황을 묵묵히 지켜보던 전륜성제 역시 보름이라는 최후 통첩을 남기고 휘하의 성도들과 함께 개봉부의 전륜성으로 몸을 돌렸다.

　"그때 천하제일가가 나섰던 거로군요?"
　운예소가 눈을 반짝이자 운규화가 무릎을 치며 박장대소를 터뜨렸다.
　"왜 아니겠느냐! 그때 정씨세가가 무림에 출두한 것이지!"

이름도 없었다. 장황한 별호나 수식어도 없었다. 그저 정 씨세가라고만 했다. 전륜성이 어디서 왔는지 몰랐던 것처럼 정씨세가 역시 어디서 왔으며 어떤 힘을 가졌는지도 몰랐다.

그들은 그저 무림에 발을 들였고, 피폐해진 남궁세가에 방문했으며, 패배의 울분과 내상에 몸을 떨고 있던 남궁세가주의 손을 한번 잡아주었다.

그리고 정확히 보름 후,

개봉부 전륜성에서는 경천동지의 대혈투가 벌어졌다.

"혹자는 몇천 명이 맞붙었다고도 했다. 또는 몇만 명이라고도 했지. 그래, 숫자가 무에 중요하겠느냐. 그저 지키려는 이와 빼앗으려는 이의 대결이었고, 결과는 그 누구도 예상하지 못했던 쪽으로 귀결되었다."

어떻게 싸움이 전개되었는지 모르지만 전륜성은 패퇴했다. 무림연합군을 파죽지세로 몰아붙이던 기세 따위는 어디로 갔는지 전륜성도들은 뿔뿔이 흩어졌고, 전륜성제는 하늘을 우러르며 피눈물을 흘렸다고 했다.

그렇게 불타는 전륜성을 바라보면서 무림인들은 이 구세주를 칭송했고, 당시 무림연합의 수장이었던 남궁세가주 남궁현보(南宮賢步)는 정씨세가의 가주인 정철군(鄭鐵君)에게 금수가 새겨진 편액 하나를 바쳤다.

　모든 무림인들의 마음이 담긴 다섯 글자가 새겨진 편액.

　천하제일가(天下第一家).

　"그렇게 무림의 겁난은 종식되었지만 문제는 여전히 남아 있었지. 아니, 하나도 해결된 것이 없었느니라."

　비록 시의 적절하게 천하제일가가 나서서 전륜성의 야망을 저지했지만 그들이 어디에서 왔는지, 또한 어디로 사라졌는지는 아무도 몰랐다.

　그렇기에 언제, 어떻게 다시 나설지 역시 모를 일이었다.

　하나 구파의 공백을 메울 힘이 절실했던 무림이었고, 대체 세력으로 떠오른 정씨세가의 은거를 방치할 리 만무한 노릇. 미래에의 걱정은 일단 접어두고 무림 일을 돌보던 정씨세가는 자연스레 낙양에 자리를 마련하게 되었다.

　그것이 오늘날의 천하제일가라는 건 두말할 나위도 없는 일이고.

　"일단 수습되기 시작하면 저절로 돌아가는 것이 인간사의 수레바퀴니라."

빠르게 제자리를 잡아가는 무림을 보면서 정철군은 안도보다 걱정의 한숨을 내쉬어야 했다. 전륜성도 전륜성이려니와 현실적으로 돌아가는 무림의 판도는 그야말로 오리무중이었으니까.

그렇지만 정씨세가는 고스란히 노출되어 있는 상태. 드러난 것은 드러나지 않은 것의 두 배 이상의 전력을 요구함은 당연한 일.

결단을 내려야 할 때였다.

"그건 바로 힘의 분산이었지. 아무도 모르게 말이다."

정씨세가는 사당 사전의 구조였으나 이것은 어디까지나 겉으로 드러난 조직이었고, 안으로 들어가 보면 세가주를 보필하는 문무쌍상(文武雙相)이 네 개의 당을 두 개씩 지휘하는 체제였다.

당연히 문무상이 정씨세가에서 차지하는 비중은 절대적인 것이었고, 또한 두 사람은 그만한 힘을 가진 인물들이었다. 한마디로 이 두 명을 제외한 정씨세가는 생각할 수 없다는 뜻이다.

그런 그들이었는데 돌연 이들 둘은 금분세수를 선언하고 무림에서 은거해 버리고 말았다. 정씨세가의 사람들도, 모든 무림인들도 경악을 금치 못할 사건이었지만 가주인 정철군의 만류조차 통하지 않는 결심에 어쩔 도리가 없었다.

토사구팽이 아니냐는 말도 들렸으나 세가주와 문무상이 주고받는 무언의 눈빛에서 사람들은 알 수 없는 감흥을 느껴야만 했다. 말로는 설명하기 어려운 그 무엇.

비가 많이 내리던 어느 날의 금분세수는 그래서 더욱 애잔했고 처연하기까지 했다. 몇 번이고 세가를 돌아보며 떠나가는 두 사람의 어깨엔 빗물조차도 머물지 못하고 미끄러져 내렸다.

"여기까지가 일반인들이 알고 있는 천하제일가의 창설 비화니라."

운규화의 말에 운예소가 고개를 끄덕였다. 이건 뭐, 애나 어른이나 다 아는 얘기였으니까.

아직도 취흥이 도도해지면 술자리에서 곧잘 나오는 일화 가운데 하나였고, 술 심부름 때문에 주점에 들렀던 운예소도 동네 아저씨들이 늘어놓는 이야기를 몇 번 들은 터였다.

"하나 세인들은 모르는 사실이 있었으니……."

문무쌍의 눈물, 그것은 아쉬움의 발로가 아니었다. 그들이 금분세수를 천명하기 하루 전날, 정철군은 문무쌍을 비밀리에 불러 장시간의 토의를 거듭하였다.

그래서 얻은 결론이 바로 힘의 분산이었고, 외부적으로 보기에 흠이 나지 않으면서도 가장 확실한 비율은 삼각 구도라는 결론에 이르게 되었다.

귀계와 책략으로 천하를 호령하는 문상과 무 하나만을 논한다면 세가주와도 능히 자웅을 결한다는 무의 귀재 무상, 그리고 인덕과 실력을 가진 정철군이 삼각 배치 된다면 무엇이 두려울까.

그렇게 결론을 내리며 세 사람은 뜨거운 눈물을 흘리며 주먹을 맞잡았다. 분산 배치라는 원칙에 입각하기 위해선 세 사람이 함께 자리할 수는 없는 일이니까.

다시는 보지 못할지도 모를 별리의 길. 그래서 이들의 눈물은 대지라도 녹일 듯했던 것이다.

"알겠느냐, 사나이의 길을? 남자란 그런 것이다! 비록 이 한 몸이 역사의 뒤안길에서 쓸쓸히 잊혀진다고 하더라도 결코 주저하거나 후회하지 않아야 하느니!"

"쩝."

주먹을 불끈 쥐고 몸을 부르르 떠는 운규화를 멀거니 바라보던 운예소가 입맛을 다셨다. 이런 감동의 섞어찌개는 왠지 할아버지와 어울리지 않았으니까.

그러나 운규화의 목소리는 열기를 넘어 광기까지 흐르기 시작했다.

"그렇다. 우리는 지금 비록 초라하나 천하제일가의 무상임을 잊지 말아야 할 것이다! 산간벽촌에 몸을 숙이고 있지만 언젠가 무림에 암운이 드리우는 날 화려하게 웅비할 것이니라!"

천장을 올려다보며 열변을 토하던 운규화가 돌연 손을 들어 묘한 표정이 되어버린 손자를 가리켰다.

"이제 그 나래는 너의 몫이 되었다! 천하제일가 제사십팔대 무상은 바로 너 운예소라는 것을 명심할지어다!"

쿠쿵!

화전민의 마을에서 천하제일가의 최강 무인이라는 무상이 새로 임명되는 순간이었다. 운예소의 반응 따윈 아랑곳하지 않고 운규화가 주먹을 불끈 쥐며 몸을 부르르 떨었다.

"언젠가, 언젠가의 하늘에 봉황처럼 찬연한 금빛 연이 하늘을 뛰놀게 되면 우리 가문은 무림의 수호신이 되어 천하를 평정할 것이다! 사백 년 전 정씨세가가 그랬던 것처럼!"

여전히 눈만 말똥거리는 운예소의 양어깨를 와락 움켜쥔 운규화가 달뜬 음성을 거두고 엄숙히 선언했다.

"그리고 이 막중한 일은 네게 넘겨졌도다. 운예소, 바로 천하제일가의 제사십팔대 무상에게로!"

우우우—

장엄한 배경음악이 어울릴 법한 순간, 불행히도 여치 하나 울지 않아 쓸쓸했지만 분위기는 나름대로 비장함을 물씬 풍겼다.

나름대로.

잡힌 어깨가 아파서 인상을 찡그리던 운예소도 할아버지의 기분에 동화되었는지 진지한 표정이 되어 무언가를 골똘히 생각하다 천천히 입을 열었다.

"금빛 연이 날게 되면 말이죠?"

"그렇다. 머리 부분에 철(鐵) 자가 아로새겨진 거대한 금빛 연!"

손자의 대거리가 마음에 들어 흡족한 얼굴이 된 운규화가 벌떡 일어서 주먹을 가슴에 가져다 댔다.

중대한 선언을 하는 사람처럼.

"금빛 연이 중원 하늘에 나부낀다 함은 천하제일가에 감당하기 힘든 변고가 발생했다는 것을 알리는 비밀 표식일지니, 천하제일가도 감당키 어려운 일이라면 중원무림이 절체절명의 위기에 처했다는 의미. 금빛 연의 의미를 헤아릴 사람은 천하제일가주 직계 분들과 우리 무상 가문, 그리고 어디선가 또 다른 하늘을 이고 살고 있을 문상의 가문이란다. 이렇게 숨죽여 살고 있지만 그날이 오면, 그날이 오면……."

그날이 오면 하고 연거푸 되새기는 운규화를 바라보다 운예소가 눈을 반짝 빛냈다.

"금빛 연이란 말이죠?"

"그래, 금빛 연!"

손자의 확인에 더더욱 만족스러워 운규화의 미소가 짙어

졌다. 그러나 그 웃음은 운예소의 다음 말에 그대로 굳어져야
만 했으니…….

"만약 날지 않으면 어떻게 되는데요?"

"뭐라고?"

"그 금빛 연 말이에요. 날지 않으면 어떻게 되는 거냐고
요."

"……!"

그렇다!

이런저런 얘기로 분위기를 한껏 잡았지만 이건 어디까지
나 연이 날고서 발생할 일이다.

"그, 그게…….".

"안 날면 말짱 꽝이잖아요?"

운예소가 무표정하게 물었다.

"하, 하지만 만약의 경우를 대비하기 위해 우리는…….".

"그렇게 사백 년간 기다렸다면서요?"

"이, 인내란 위대한 것이다. 중원무림의 안녕과 평화를 위
해."

쩔쩔매면서 어떻게든 정당화시키려던 운규화의 노력은 손
자의 매정한 한마디로 잠재워졌다.

"언제까지요?"

"으, 으음?"

"언제까지 하늘만 보면서, 그 연만 바라면서 살 수는 없잖

아요. 사백 년 동안 기다려도 뜨지 않았는데 대체 언제까지 기다려야 한다는 거죠?"

"허······."

손자의 결정타에 한숨을 내쉬던 운규화가 털썩 주저앉아 머리를 짚었다. 아득히 먼 선조에 선조들이 당연하게 받아들이고 당연하게 내렸던 가통.

운규화 자신도 한 점 의심 없이 받아들여 감수했던 인생이기에 손자의 전혀 예상하지 못한 물음에 대답하기 어려웠고, 솔직히 대답할 말도 없었다.

"그건… 그렇구나."

네가 싫다면 할 수 없는 일이지, 하며 고개를 숙인 운규화의 옆에 오도카니 앉아 눈알을 굴리던 운예소가 입맛을 다시다가 바닥을 손바닥으로 밀며 튕기듯 일어섰다.

"싫다고는 한 적 없는데요?"

"음?"

고뇌의 늪에서 허우적거리던 운규화가 벌떡 고개를 들었다.

"싫다고 한 적은 없다는 말이에요."

곰곰이 생각해 보니…

싫다고 한 적은 없다.

운예소는 그저 기약없는 기다림의 무상함을 정확히 지적했을 뿐 자신에게 부과된 운명을 거부하거나 저어한 적이 없었다.

"그 말뜻은……."

갑자기 희망적이 되어버려 운규화가 손을 내밀었지만 운예소는 이미 방문을 열고 있었다.

"놀러 갔다 올게요. 애들 기다리다 목 빠졌겠네."

꽝!

마을 공터로 발길을 옮기던 운예소가 문득 걸음을 멈췄다.

"뭐가 뭔지 잘 모르겠지만……."

잠시 하늘을 올려다보던 그가 입가에 미소를 머금었다. 세상천지에서 가장 아름다운 웃음[藝笑]을.

"조금만 더 놀게요. 조금만."

*   *   *

운예소는 과연 약속을 잘 지켰다.

무상이라는 얘기를 까맣게 잊은 듯 일 년여 동안 정신없이 놀러만 다니던 그가 밭을 매고 있던 할아버지의 손을 잡은 건 열한 살이 되던 해의 가을이었다.

"무상이라는 거, 무엇부터 해야 하나요?"

그날부터 운예소는 더 이상 아이들과 어울리지 않았다.

세월은 빠르게 여류한다. 아이들의 턱밑에 거뭇거뭇 굵은 털이 자라고, 굴강하던 청년들이 숙취를 이기지 못하여 중천의 해를 누워서 맞이하는 건 그리 오랜 시간이 소요되지 않는다.

물론 체감상으로.

"다녀오겠습니다!"

맑고 청아한 음성으로 대문을 박차는 운예소의 어깨도 어느새 청년의 그것처럼 기백이 배어 있었다.

"그래, 산에 오를 땐 조심, 또 조심해야 한다."

방에 앉아 손자의 듬직한 등을 바라보며 손을 흔드는 운규화의 허리는 구 년 전과는 비교도 되지 않을 만큼 굽어 있었다.

세월은 그런 것이다. 소년을 청년으로, 장년을 노년으로 자연스레 인도하고, 그에 맞추어 사람들의 머릿속에서도 각자가 걸어온 시간의 퇴적물을 쌓아놓기 마련이다.

"오늘은 어디서부터 시작해 볼까~"

가슴을 쫙 펴면서 운예소가 상큼 눈을 빛냈다.

청년기의 꽃이라는 약관, 스무 살. 뚜렷한 이목구비와 천진한 눈매는 보는 이로 하여금 호감을 갖기에 충분했으나 불행히도 화전민 부락의 뒷산에는 아무도 없었음이다.

"그래, 오늘은 저기다."

약초 광주리를 어깨에 들쳐 메며 운예소가 바라본 곳은 화전민 부락을 병풍처럼 둘러친 만경산(晩景山)과 중한산(中閒山)의 사이에 위치한 자양곡(刺暘谷)이었다.

맑은 하늘을 찌를 듯 험준한 골짜기라는 이름처럼 자양곡은 난다 긴다는 약초꾼들도 쉽게 접근하기 어려운 장소였지만 이제 약관의 청년은 그런 걱정 따윈 전혀 없는 것처럼 가벼운 발걸음으로 자양곡의 입구에 섰다.

"전부터 찍어뒀다. 내 오늘만큼은 반드시!"

안개마저 은은히 밀려오는 협곡을 마주하던 그가 침을 한번 꿀꺽 삼키고 팔을 빙빙 돌렸다.

"그럼 시작해 볼까!"

운예소가 자양산을 얼마 전부터 염두에 두었던 건 등반에의 욕구라는 얄팍한 심산도 배제할 수는 없지만 그보다 중요한 것은 어디까지나 할아버지의 고희가 가까웠기 때문이다.

어르신들의 생신 가운데 중요하지 않은 때가 어디 있을까마는 자고 이래로 드물다는 고희(古稀)처럼 중요한 생신은 아마도 없을 것이다.

그래서 운예소 역시 고희만큼은 챙겨 드리고 싶었지만 살림이 살림인지라 탕 한 그릇에 돼지고기 볶음이나 낼 정도였으니 답답할 노릇이었다.

며칠을 고심하던 그에게 자양곡은 그야말로 광명이었다.

전문 약초꾼들도 함부로 발을 딛기 어려운 곳. 사람들의 발길을 철저하게 거부한다고 하여 불입곡(不入谷)으로까지 불린다는 천애의 험지.

약초 채집 경력으로는 한참 미천하다는 오 년의 세월이지만 천부적인 감각으로 알 수 있었다.

밟기만 하면 노가 난다는 것을.

오르기만 하면 돈방석에 앉을 거라는 사실을.

지난 몇십 년, 아니, 몇백 년인지 모를 시간 동안 외부와 철저히 봉인된 상태 그대로의 자연을 유지했다면 그 산물은 말로 설명할 필요도 없을 터.

천혜의 약초들이 마구 널려 있을 광경을 그리자니 벌써 숨이 가빠온다.

"잘만 하면 집도 개수할지 몰라!"

힘겹게 협곡을 오르며 운예소가 이를 악물었다.

어떠한 일이 있더라도 자양곡만은 피하라고 신신당부하던 고참 약초꾼들의 충고 따윈 중요하지 않았다. 산을 잘 타기로 중원에서 상대할 이가 없다고 하여 우선생(禹先生)이라 불리던 천하의 채집꾼 만채초(萬采草)가 이곳에서 낙사했다는 소문도 이 순간만은 문제가 아니었다.

거의 일자로 깎아지른 협곡은 왜 사람들이 저어했는지 알 수 있었다. 산을 타려면 기본적으로 디딤 발이 될 만한 돌부리가 듬성듬성 박혀 있어야 하거늘.

단 하나의 돌부리가 없었다. 바위의 균열로 튀어나온 흔적

같은 것 하나 없이 말끔했기에 손 힘으로 버텨내야 하는 처지라 운예소의 손톱은 벌써 핏물이 배어 나오기 시작했다.

그러나 이 정도로 물러설 그가 아니다. 지난 구 년간의 세월은 그에게 결코 헛되지 않았으니까.

천고의 심공이라는 안호심법(眼湖心法)을 하루도 거르지 않고 운기했으며 일수로 천하를 아우른다는 황하육권(黃河六拳)을 거의 대성의 경지까지 깨우치지 않았겠는가.

이런 시련 따위는 일도 아니란 말이다.

"오른다!"

팔꿈치의 힘이 빠져나갈 무렵 다시금 마음을 다잡은 운예소의 팔뚝에 굵은 힘줄이 아로새겨졌다.

"오르기만 하면 다 내 거다!"

자기 최면처럼 같은 말을 반복하며 어렵사리 산을 오르던 운예소가 저도 모르게 발밑 쪽으로 시선을 던졌다.

후두둑―

이미 중턱까지 오른 상황. 거의 팔 장 정도를 올라온 터라 내려갈 수도 없었다. 하산할 방법은 오직 하나. 곡의 꼭대기에서 밧줄을 드리워 내려오는 수밖에.

이래저래 올라야 할 판이다.

그렇지만 디딤 발이 없는 상태에서 힘을 모으기란 너무도 힘든 일이었기에 한 치 앞을 오르기가 백 리 길을 걷는 것보다 어려웠다. 그 자리를 지탱하기에도 벅찼지만 이대로 떨어지면 목숨도 부지하기 어려울 터.

무조건 오를 수밖에 없다.

손톱을 쑤셔 박고 쉬다가 오르기를 반복하면서 운예소의 손등과 무릎은 모두 벗겨졌다.

"끄으응―"

아등바등거리면서 겨우겨우 전진을 시도하던 그의 손이 곧 허공을 맴돌았다.

"저, 정상인가?"

그렇다. 더 이상 암벽을 잡을 수 없다 함은 바꾸어 말해 잡을 암벽이 존재하지 않는다는 의미.

"끄으응~!"

마지막 안간힘으로 상체를 밀어 올린 운예소가 가슴으로 절벽의 끝 자락에 몸을 기대면서 가쁜 숨을 몰아쉬었다.

"헉! 허억~!"

힘들었다. 죽을 만큼 힘들었다. 그렇지만 끝내 정상을 밟았다.

"아아!"

죽을 정도로 힘들었기에 죽도록 좋았다. 그렇지만 손끝 하나 움직일 힘도 남아 있지 않은 터라 기쁨의 환호성도 뒤로하고 일단은 늘어진 그의 귓전에 문득 차디찬 일갈이 들려왔다.

"누구냐?!"

움찔!

푹 퍼져 있었시만 이런 순간 놀라지 않으면 사람도 아니다. 거기다 아무도 없을 거라고 생각했던 터에야. 그렇지만 놀람도 고개를 쳐드는 것만으로 표시해야 할 정도였다.

정말로 힘이 없었단 말이다.

"누, 누구요?"

쥐어 짜내듯 겨우 입을 열자 그의 앞으로 어떤 형체가 모습을 드러냈다.

"어?"

정확히 말하면 두 사람이었지만. 신형은 하나였으나 사람은 둘.

순간,

스슥—

운예소가 그들을 향해 팅기듯 몸을 날렸다. 인간이라면 기척이 난 방향으로 반응을 보이는 것은 지극히 당연한 일. 그러나 그는 조금 특이하게 상대방의 정면에서 약간 비틀어진 쪽으로 신형을 돌렸다.

마치 물처럼 자연스럽게.

"어?"

팔구 세가량의 여자 아이를 품에 안고 운예소를 쏘아보던 남자가 순간 눈을 깜빡였다.

"왜 그러세요?"

남자의 놀람은 소녀에게 의외였다. 그도 그럴 것이, 사내는 태산이 지금 당장 무너진다고 해도 좀처럼 감정을 드러낼 사람이 아니었으니까.

"아, 아니다."

짧게 고개를 흔든 사내가 멍청한 표정으로 그들을 바라보는 운예소에게 시선을 던졌다.

'분명 사라졌었는데?'

긴장한 탓인가. 눈앞의 형체도 놓치다니…….

"누구냐고 하지 않았나?"

오른손으로 눈을 가볍게 비빈 남자가 냉막한 어조로 재차 물었다. 볼에서 시작된 자상이 턱밑까지 이르러 있었기에 본디의 차가움을 배가시키는 용모였지만 운예소로는 그의 외향보다 풍기는 기도에서 이질감을 느꼈다.

'이건… 뭐지?'

전에 이런 느낌을 받은 적이 있었다. 아주 오래전에.

오 년 전으로 기억한다. 동네 최고 약초꾼이라는 달붕이 아저씨에게 약초학의 기본을 배우면서 설레설레 따라다니다 그만 길을 잃고 혼자 헤맸던 어느 날을.

당시에 이미 황하육권을 어느 정도 수련한 터라 산짐승 따위를 크게 두려워한 것도 아니었지만 혼자라는 고독감에 적잖이 당황했었다.

십오 세는 결코 많은 나이가 아니었으니까.

나름대로 하산 길을 찾겠다고 정신없이 돌아다녔지만 아

직 산행에 익숙하지 못했기에 날이 저물도록 제자리를 맴돌고만 있던 그가 갑자기 제자리에 멈춰 선 건 무엇을 봤기 때문은 아니었다.

느낌은 뒤에서 전달되었으니까.

그때의 기분을 뭐라고 설명하면 옳을지 모르겠다.

그저 근원적인 공포? 등골이 서늘한 어떤 기운? 막연한 두려움? 아니, 그 모든 것을 상회하는 전율?

돌아봐서는 절대로 안 된다는 걸 알면서도 천천히 몸은 돌려졌고, 그곳엔 말로만 듣던 호랑이가 눈을 빛내고 있었다.

어떠한 위협적인 포효도 없이, 이를 드러내지도 않은 채 그냥 그 자리에서 십오 세의 소년을 빤히 쳐다보았지만 운예소는 아무런 행동도 취하지 못하고 멍청하게 서 있었다.

마치 처분을 기다리는 간식거리처럼.

얼마나 흘렀을까. 운예소를 지켜보던 호랑이가 낮은 울음소리와 함께 몸을 돌려 풀숲 사이로 자취를 감추자 맥이 풀린 그는 주위의 경물이 흐려졌던 것까진 기억하고 있다.

그리고 깨어난 곳은 집이었다. 뒤늦게 따라온 달봉이 아저씨가 쓰러져 있던 운예소를 발견하여 집까지 들쳐 업고 왔다고 하는데 그로서는 도통 기억이 없었다.

정신을 차리고도 나흘간은 자리보전을 했어야 할 정도로 당시의 공포는 생생했다. 일 년간 산을 타지 않았음은 물론이고.

그리고 지금 오 년 전의 느낌이 되살아난다.

왜일까? 비록 차갑고 냉정해 보이지만 분명 사람일진대.

"누구냐고 묻지 않았나?"

다행히 이 호랑이는 말을 했다. 그리고 사람의 아이를 데리고 다녔다. 결국 분위기니 뭐니 해도 사람이라는 소리.

그래도 어쩐지 호랑이 같다.

인호(人虎)의 날카로운 울음소리에 운예소가 주위들은 풍월대로 어색한 포권을 보냈다. 어쩐지 이 호랑이는 격식을 좋아할 것만 같았으니까.

"이, 이 동네 사는 약초꾼입니다."

"약초꾼?"

사내가 눈을 빛내며 그의 전신을 쓱 훑어보다 약초 광주리와 다 깨진 손톱에 시선을 멈추었다. 행색과 태도를 보아하니 약초꾼이라는 말이 맞는 것도 같은데…….

"요즘은 약초가 암벽에서도 자라는가?"

말이 통한다. 그렇게 안심하니 아까의 분위기는 찾아보기 어려웠고 자연 말도 술술 풀렸다.

운예소의 설명을 찬찬히 듣던 사내가 인상을 왈칵 구겼다.

"하필 오늘 같은 날을 택하다니, 너도 어지간히 운이 없구나."

마구 기른 수염과 머리 때문에 나이가 많을 거라고 생각했는데 음성은 의외로 젊었다. 이제 겨우 서른 살 정도?

"오늘 이곳은 너와 같은 약초꾼들이 돌아다닐 장소가 아니다. 올라온 성의가 딱하나 어서 하산하도록 하여라."

"예?"

이 무슨 말인가. 죽을 똥을 싸면서 올라왔구만.

그러나 사내의 태도는 너무도 단호하여 추호의 양보도 허용하지 않을 분위기였다. 그렇지만 운예소 또한 그 말에 순순히 내려갈 처지가 아니었다.

"무슨 일이 어떻게 벌어질지는 알 수 없는 노릇이나 저의 사정 또한 이대로 물러나기 어렵습니다. 고인께서는 제 걱정 마시고 일을 보시기 바랍니다."

"답답한 녀석이로군."

그의 단정한 응대에 사내가 혀를 찼다.

"그래, 은자 몇 냥을 쥐자고 목숨을 내놓겠단 말인가?"

"그 은자 몇 냥이 때로는 억만금보다도 소중한 경우가 있으니까."

운예소를 빤히 쳐다보던 소녀가 사내에게 몸을 돌려 뭐라고 귓속말을 하자 인상을 쓰던 호랑이가 장탄식을 터뜨렸다.

"정말 별일이 다 있군. 좋다, 그럼 이렇게 하자."

사내가 투덜거리면서 품속에서 무언가를 꺼내 운예소의 발밑에 던졌다.

쩔렁ㅡ

"여기 네 할아비의 고희상을 차릴 정도의 은자가 있다. 속히 이것을 가지고 하산하여라."

떨어지는 소리만으로도 꽤 많은 양의 동전이 들어 있음을
알았지만 그것을 바라보는 운예소의 얼굴엔 그늘이 깔렸다.

차라리 소리가 조금 요란했었더라면.

"받을 수 없습니다."

"뭐라?"

"받을 수 없다고 했습니다."

단호한 와중에 가늘디가는 떨림. 사내는 직감적으로 약초
꾼이 뭔가 동요한다는 걸 알았고, 안겨 있는 아이의 눈에서
가는 이채가 흘렀다.

"어째서냐? 이 돈으로 충분치 않을 성싶어서?"

"충분하겠지요."

문득 운예소가 하늘가에 시선을 던지며 피식 웃었다. 눈가
에서 시작된 잔주름이 입가에 맺힌 사선과 일치하며 얼굴 전
체에 퍼지자 세상에 다시없는 미소가 만들어졌다.

"충분할 겁니다. 제가 생각했던 상과는 비교도 하기 어려
운 진수성찬을 대접할 수 있겠지요. 그렇지만 그런 상을 받아
과연 할아버지께서 좋아하실까요?"

"음."

"대접을 한다는 건 받는 이의 마음도 중요하겠으나 건네는
이의 마음이야말로 생명이라 생각합니다. 미주가효를 올려
도 근본적으로 문제가 있는 차림상이라면 그건 이미 죽어버

린 상이겠지요. 입으로 받아들인 음식은 하루가 지나지 않아 소화되어 버리기 마련이지만 가슴으로 받은 정성은 일평생 추억으로 남을 테니까. 그리고……."

처억—

길게 말을 늘이던 그가 느닷없이 집게손가락을 쭉 펴며 심각한 표정으로 사내에게 얼굴을 가져다 댔다.

"돌아가는 걸로 봐서 이건 분명히 횡재수가 분명한데, 일생일대의 천운을 고작 은자 몇 푼과 맞바꿀 수는 없는 노릇이 아니겠습니까. 이렇게 날리면 땅을 치고 후회할 순간이 오는 법이지요. 암, 그렇고말고!"

"……."

운예소의 말이 끝나고도 한참을 서 있던 사내가 신경질적으로 전낭을 집어 챘다.

"말로는 장안의 변설자들도 울릴 녀석이로군. 좋다, 그럼 내 마음대로……."

휘리릭—

이때 한 무리의 사람들이 날아오르듯 다가왔다.

'어라? 절벽에 오를 길은 이곳 암벽과 반대편의 물길뿐인데 이들은 어디서 온 거지?'

난데없는 인물들의 등장에 운예소가 한 발 뒤로 물러서는데 사내가 이를 악물며 투덜거렸다.

"내려가랄 때 내려가라니까."

워낙 낮은 중얼거림이었지만 운예소의 귀에 똑똑히 들렸다. 하지만 무슨 일이 어떻게 벌어질지도 모를 일인데 어찌 눈앞의 기회를 놓칠까.

그리고 내려가기엔 늦은 듯도 하다.

第二章 강호만큼 유동적인 대지도 없다

　나타난 이들은 하나같이 전신을 검은색의 옷으로 둘둘 말
고 있었는데, 살벌한 기운을 풀풀 날리는 것으로 보아 사내와
는 그리 좋은 인연으로 만나는 처지는 아닐 터이다.

　"오래 기다렸나?!"

　열 명가량의 무인 가운데 가장 먼저 모습을 드러낸 이가 버
럭 소리를 질렀다. 그는 사십대의 장한으로 검은색의 복색에
간간이 금실을 수놓았는데, 가슴팍에 새긴 글자 역시 나머지
아홉 명과는 다르게 금색이었다.

　"별로."

　사내가 차갑게 응대하고는 소녀를 내려보다 조용히 땅에

내려놓았다.

"금방 끝날 것이다."

호랑이에게도 관음의 미소가 감추어져 있었던 걸까. 자애로운 웃음으로 소녀의 머리를 쓰다듬던 사내가 한구석에서 꿔다 놓은 보릿자루처럼 서 있는 운예소에게 시선을 던졌다.

"그래, 저기 약초꾼에게 가 있어라."

유달리 약초꾼이라는 말을 강조하고 사내가 소녀의 등을 떠다밀었다.

"약초꾼? 이제는 아이도 모자라서 약초꾼까지 데리고 다닌다는 건가?"

금실의 남자가 빈정거리자 사내가 턱을 쓰다듬으며 툴툴 웃었다. 같은 웃음이지만 운예소의 그것과 달리 삶에 찌들 대로 찌든 고뇌가 담긴 울림이라 왠지 허무한 미소.

"물정 모르고 약초 따러 온 바보 놈에게 신경을 나눌 만큼 자신이 있나 보군, 마영초(馬永招)?"

'마영초?'

사내의 말에 운예소가 깜짝 놀라 금실의 남자를 바라보았다.

마영초라면 이곳 안휘성에서 제왕처럼 군림하는 패마보(覇馬堡)의 보주였으니까.

'패마보주와 같은 인물이 어찌 이런 산촌에 왔단 말인가?'

어이없어하던 운예소가 곧 고개를 저었다. 하긴, 천하제일세가의 무상인 자신도 이런 모습일진대. 그리고 사람의 행로에 귀천은 없는 법이니까.

"건방진 놈! 네가 제아무리……!"

마영초가 부리부리한 눈을 굴리며 으르렁거리자 사내가 차갑게 말을 잘랐다.

"입씨름으로 낭비할 시간 따윈 내게 없다, 마영초."

"좋다, 건방진 녀석! 오라!"

쿠르르—

씹어뱉듯 말을 끝낸 마영초가 두 주먹을 불끈 쥐자 그의 장포가 팽팽하게 부풀어 올랐다. 그러자 나머지 아홉 명은 두 사내의 대치를 피해 몇 걸음 물러섰다. 하나 사내는 여전한 눈빛으로 마영초를 바라보고만 있었다.

아마도 소녀와 운예소를 위함이리라.

"음?"

사내와 마영초의 대치를 흥미롭게 지켜보던 운예소가 옷깃 당겨지는 느낌에 고개를 숙였다.

"여기 있으면 다칠 거예요. 저리로 가요."

소녀의 침착한 어조에 그 역시 고개를 끄덕이고 자리를 피해 평평한 바위들이 널브러져 있는 곳으로 걸음을 옮겼다.

"겁내지 마세요."

"……?"

소녀의 속삭임에 운예소가 우뚝 걸음을 멈췄다. 눈이 커서 겁이 많아 보였지만 소녀는 의외로 침착했고, 그 또래의 아이들에게서는 찾기 어려운 당당함까지 보이고 있었다.

아무리 그래도 귀여운 여자 아이라는 것은 변함이 없지만.

"듣기로 마영초라는 작자는 비록 인물됨이 용렬하고 속이 좁은 편이지만 과시욕 또한 남다르기에 일반인을 어찌하지는 않을 거라 했답니다."

"허……"

기가 막혔다.

이 아이는 자신의 정체를 알기나 하면서 그런 말을 입에 담는 걸까? 아니, 자신의 신분을 알게 된다면 감히 그런 상상이나 했을까?

그가 누구던가!

'이봐, 나는 천하제일가의 무상이야! 누가 감히 나를 겁나게 할 수 있겠어?'

입이 간지러웠지만 절대로 말을 할 수는 없었다. 그런 운예소의 태도가 마음에 걸렸는지 소녀는 여전한 어조로 속삭였다.

"만약… 이지만… 우리 숙, 아, 아버지께서 패하신다고 하더라도 패마보주는 우리 두 사람을 해코지하지는 못할 거예요. 아홉 명이나 되는 수하들 앞이니……."

그렇게 중얼거리던 소녀가 한숨처럼 말을 맺었다.

"무엇보다 아버지는 절대로 패하지 않습니다. 마영초 정도

되는 사람에게 패할 리가 없지요."

확신에 찬 목소리, 결연한 눈빛. 아이는 아마도 이런 경우를 많이 겪었나 보다.

"그런데 말이야, 소공녀의 나이가 어떻게 되나?"

소녀의 가지런한 분석에 문득 운예소가 물었다.

"아홉 살입니다."

'아홉 살이라…….'

무슨 놈의 아홉 살이 오십 먹은 중늙은이에게서나 느낄 인생의 무게를 짊어지고 있다는 건가. 대체 어떤 삶을 살았고 어떤 생각을 하기에.

"소공녀도 편한 인생은 아닌가 보네."

"……?"

소녀가 고개를 들어 운예소를 올려다보다 씁쓸하게 머리를 숙였다.

"그런가요……."

소녀에게서 눈을 떼고 아무 바위에나 걸터앉은 운예소가 두 사람의 대치를 물끄러미 보다 약초 가방을 뒤적였다.

부시럭부시럭—

봉지를 뒤적거리는 소리처럼 뭔가 기대감을 주는 음향도 드물 것이다. 하물며 밥 때를 한참 넘긴 시간임에야.

찌리릿!

그래서일까. 바쁘게 손을 놀리던 운예소가 방금 전과는 또

다른 기운을 느끼고 흠칫 고개를 돌렸다.

'헉!'

약초 가방에 고정된 소녀의 눈망울을 보라! 금방이라도 튀어나올 것만 같지 않은가!

그러나 마음이 굴뚝이라도 행하지 못하는 경우가 있다. 지금이 바로 그런 때였고.

'이런, 다 터져 버렸네.'

시전에서 어제 사 온 만두였기에 식다 못해 거의 쉴 판이기도 했지만 무엇보다 암벽을 오르면서 이리저리 부딪친 탓에 성한 것이 하나도 없었다.

'후……!'

어쩌다 이런 산골을 전전하는지 모르지만 척 봐도 귀티가 줄줄 흐르는 차림새에 학식과 교양을 친친 감고 있는 말투, 거기다가 이런 상황에서도 흔들림없는 여유까지.

어디 잘나가는 무림 권문의 예비 숙녀임이 확실하다.

그리고 운예소의 손에 들려진 만두는 원래의 형체조차 알아보기 어려울 정도로 망가진 상태였으니.

'에라, 모르겠다.'

아무렇게나 들려진 만두를 입에 가져가며 그가 애써 소녀를 무시했다.

우물우물―

꿀꺽―

우물우물우물—

꿀꺽꿀꺽—

우물우물우…

꿀꺽꿀꺽꿀꺽—

"……."

소녀의 너무도 생생한 침 넘어가는 소리에 운예소가 그만 한숨을 내쉬었다. 어른스럽고 대범한 척은 혼자 다 한다고 해도 천상 아이는 아이라는 건가.

그렇다고 이런 걸 주자니 역시 뒷골 당기는 일이고.

뭐라도 먹이면서 데리고 다닐 일이지!

'어디 보자…….'

개중 형태가 온전한 것을 찾아 약초 가방을 뒤적이던 운예소가 그나마 만두 비슷한 덩어리를 하나 찾아 꺼내 들었다.

"받게나. 꼴보다는 알찬 놈이니."

뭐, 괜찮다느니 입맛이 없다느니 하면서 점잔 떨면 바로 먹어치우려 했으나 소녀는 알찬 자가 나오기도 전에 그의 손에서 만두를 받았다.

"뭐, 이런 걸 다……."

라는 말과 함께.

그리고 바로 입가에 가져가서 씹기 시작했는데, 워낙 순식간에 먹어치운지라 운예소는 과연 자신이 만두를 준 적이 있었나 싶었을 정도였다.

'하나면 충분하겠지.'

어른 주먹만 한 만두다. 아홉 살배기에겐 충분한 정도가 아니라 남을 정도의 크기라고 하겠다. 하지만 소녀의 눈과 목젖은 외치고 있었다.

'난 아직도 배가 고프다!' 라고.

그렇다고 한 개 더 권하자니 방금 건넨 만두 정도의 형태가 없다. 만두라고 부를 모양 자체가 없는데 형태는 무슨.

부시럭—

그래서 운예소는 아예 약초 가방에서 만두를 꺼내 펼쳐 버렸다, 진작 이럴 걸 하고 생각하면서. 그러자 눈치만 보던 소녀도 부담없이 만두(?)에 손을 가져갔다.

두 사람이 만두에 탐닉하는 동안 사내는 운예소들의 안전함을 확인하고 천천히 움직였다. 그러자 팔짱을 끼고 관망하던 마영초가 비죽 웃었다.

"흐흐… 칼을 뽑아라."

마영초가 빙글거리자 사내는 치렁치렁한 머리칼 사이에서 안광을 내뿜다 문득 허리춤에서 도를 빼 들었다.

"오호, 그게 강호 동도들이 두려워 마지않는다는 망월참(望月斬)이라는 건가?"

사내가 빼 든 한 자 세 치의 도를 바라보며 껄껄 웃던 마영초가 두 주먹을 불끈 말아 쥐었다.

쿠르르—

그가 일으킨 기세는 실로 놀라워 나뭇가지들이 요동을 치고, 바닥의 흙먼지가 들썩거리기 시작했다.

"저, 저럴 수가!"

운예소가 저도 모르게 탄성을 지르자 소녀가 빙긋 웃었다.

"아, 무림인이 아니라면 놀랄 만한 광경이겠네요. 하지만 걱정하지 마세요. 저건 단지 내공을 불러오는 과정에서 파생된 여파랍니다. 우리에게 미치지는 못해요."

"그, 그게……."

무림인? 여태까지는 무림인이 아니었다는 표현은 분명 맞다. 하지만 운예소는 언제든지 무림인으로 복귀할 준비가 되어 있는 사람이 아닌가.

그래서 지난 십여 년간 열심히 무공을 수련하고 내공을 닦았다. 즉, 그는 예비 무림인이란 말이다.

그런데 놀랍다. 어찌 사람이 공력을 일으키는 것만으로 나뭇가지를 흔들 수 있다는 건가. 안호심법을 아무리 끌어올려도 기껏 마음이 진정되는 정도이거늘.

'그래, 난 아직 완성되지 않았다. 그래서 그런 거야.'

애써 마음을 진정시킨 그가 다시 전장으로 시선을 던졌다.

"간다!"

마영초가 한 발 나서며 두 주먹을 불쑥 내밀었다.

콰르릉!

마른하늘에 천둥이라도 치는 걸까. 마영초의 두 주먹은 천지를 뒤흔들 기세로 사내에게 다가서기 시작했다. 일견 느려 보였지만 그래서 피하기도 힘든 권력.

"개붕권시(開崩拳矢)로구나."

'개붕권시?'

소녀의 중얼거림에 운예소가 고개를 갸웃거렸지만 사실 개붕권시는 꽤나 유명한 초식이었다.

안휘의 제왕이라는 마영초의 독문절기인 천붕권(天崩拳) 가운데 첫 번째 초식이자 천하에서 가장 무거운 권력 가운데 하나로 불리는 권법.

무엇보다 이 초식의 무서움은 상대가 피한다고 해서 변화를 마치는 것이 아니라 어떤 식으로든 적과 조우를 해야 끝난다는 거다. 그래서 사람들은 이 초식을 무거운 화살[重矢]이라고 칭하며 두려워했다.

휘릭―

개붕권시를 지켜보던 사내가 슬쩍 발을 비틀자 그의 몸은 어느새 원역에서 완전히 벗어나 있었다. 그야말로 눈에 잡히지도 않을 만큼 빠른 보법.

쿠쿠쿠―

그러나 과연 개붕권시는 중시였다. 목표물을 잃었다고 생각이 드는 순간 방향을 완전히 바꾼 권력은 여전한 기세로 사내를 옥죄어들고 있었으니까.

쾅!

사내가 움찔 옆으로 이동하자 애꿎은 바위를 박살 낸 권력이 또 한 번 기묘하게 방향을 틀었다.

"허극!"

운예소가 벌떡 일어서며 소리를 지르자 소녀는 저도 모르게 고소 지었다. 일반인이 무림의 고수들의 결투를 보면 흔히 나타내는 증상이었으니까.

그런데 이 사람은 조금 심하다. 시시때때로 놀란다고 할까.

"괜찮다니까요. 이렇게 험준한 암벽을 맨손으로 등반한 분이 뭐 그리 놀라세요? 다시 말하지만 우리에겐 아무 해도 없어요."

해가 있고 없고의 문제가 아니다. 바위를 산산조각 내다니! 그것도 권력만으로.

어떻게 저런 일이 가능하다는 건가!

운예소는 그의 자랑인 황하육권을 빠르게 떠올렸다.

'이, 이럴 수가……!'

황하육권의 그 어느 것으로도 권력만으로는 바위를 박살 낼 수 없었다. 두부라면 모를까.

아니,

'두부라도 가능하긴 할까?'

그가 두부와 황하육권의 관계에 관해 심각한 고찰을 할 때 마냥 피하기만 하던 사내가 갑자기 멈춰 서서 칼을 중극으로 비스듬히 들었다.

쿠르르—

미친 해일처럼 달려드는 중시가 사내의 목전에 이른 순간 그의 도가 힘차게 치켜 올려졌다.

콰릉!

"컥!"

맹렬한 파찰음과 함께 마영초가 비틀거리며 두 걸음을 물러섰다.

"대단하군! 역시 대단해!"

비척거리던 그가 오른발에 힘을 주며 신형을 안정시켰다. 그러나 사내는 여전한 얼굴로 전방을 쏘아볼 뿐이었다.

"과연 명불허전! 망월도법은 무섭기 그지없구나!"

마영초의 으르렁거림에 소녀가 득의의 미소를 머금었다.

"저것이 망월도법 가운데 무겁기로 소문난 사침침월(死沈沈月)이랍니다. 단순히 무거움으로 승부하는 것이 아닌 무거움 자체를 주위의 기운과 동화시킨 도세거든요."

무거움을 동화시킨다?

도시 알 수 없는 말이라 운예소가 고개를 갸웃거렸다. 칼이라는 거, 그냥 잘 써서 상대를 베면 그만 아니던가? 어떤 조화를 부리든 결국 사람 찌르고 베자고 사용하는 것이 칼이거늘.

"그래 봐야 칼질인데 뭐 그리 어려운 설명이 필요할까."

피식 웃는 운예소에게 소녀가 자못 엄한 목소리로 꾸짖

었다.

"칼질이라고 다 같은 칼이 아니지요. 시전의 육강(肉杠)에서 고기를 다듬기 위한 칼질과 무에서 예를 만들어가는 칼 놀림이 어찌 같을 수 있겠습니까?"

그러나 운예소는 여전히 심드렁했다.

"결국 고기를 써나 사람을 써나 무언가를 분리하기 위함 아닌가? 차이라면 대상이겠지."

"어떻게 그것이 같을… 아아, 그만 해요. 무림인이 아니시니 이해하지 못하는 게 당연할지도."

무림인이라니까! 예비라서 그렇지.

고개를 절레절레 젓는 소녀를 지그시 바라보던 운예소가 큰 한숨을 몰아쉬고 다시 전장으로 눈을 돌렸다.

이맘때의 아이들이란 다 그렇지 하며.

"내 사과를 하지. 봉문객(封門客)의 명성을 그만 잊고 있었지 뭔가? 강호를 떨쳐 울린다는 망월도법도 그렇고."

우드득—

왼손으로 오른 손목을 누르며 마영초가 히죽거렸다.

"그렇지만 이제부터는 다를 거야."

번쩍 눈을 빛낸 그가 양팔을 마구 휘두르기 시작하자 방금 전의 기세를 상회하는 권력이 파생되었다.

쿠쿠쿠—

"형태로 보아 멸붕파랑(滅崩波浪) 같은데 바로 절초를 사용하다니, 말과는 달리 다급해졌구나."

희희낙락 소녀가 손뼉을 치며 웃었지만 운예소는 떫은 감을 씹다 못해 감밭에서 뒹구는 기분이었다.

'멸붕이고 뭐고……'

황하육권의 존재감이 옅어지다 못해 사라지는 순간이 아닌가. 마영초의 기세는 그야말로 태산까지 집어삼킬 정도였으니까.

하나 그는 애써 웃었다.

'난 아직 완성되지 않았어. 원래 처음부터 잘나가면 뒤끝이 좋지 않다고들 하지 않는가!'

라고 위안하면서.

또 아는가? 극성에 이르면 황하육권은 말 그대로 황하까지 요동시킬 위력을 발할지 말이다.

천하제일가의 무상이 이런 정도로 꼬리를 말 수는 없는 일이다.

그런데,

"소공녀는 어찌 그리 무학을 많이 알고 있는 거지? 패마보주의 절학을 모조리 통달하고 있는 듯한데……"

통상 무인들은 비장의 절초는 남에게 보여주지 않는 법이다. 수련까지도 다른 이의 눈을 피하기 위해 야음을 틈타거나 심심산골에서 한다고들 하는데.

아무리 천재라도 이건 좀 말이 안 된다.

"통달까지는 아니랍니다. 단지 아버지께서 말씀해 주신 것을 빌어 판단하는 정도지요."

"음?"

"마영초란 사람의 절학이라는 천붕권은 삼 초로 되어 있다고 했답니다. 제일초가 무거움을 위주로 상대를 쫓는 개붕권시지요. 이초는 사방을 차단하여 적을 밀어붙인다는 방사추붕(防四推崩)이고, 삼초가 지금처럼 주먹의 기세로 상대를 깨뜨린다는 최후의 초식, 멸붕파랑이랍니다. 이 정도의 기초 상식을 가지고 있으면 기의 흐름만으로 어떤 초식인지 분간하기란 여반장이니."

순간 운예소는 여반장이라는 단어의 뜻에 심한 괴리감을 느꼈다. 그런 그의 마음을 읽었을까. 소녀는 친절하게도 설명까지 곁들여 주었다.

"그리고 구경하면서 입을 놀리는 것만큼 쉬운 일도 없어요. 훈수 삼단이라는 말도 있잖아요."

그건 바둑을 둘 줄 아는 사람에게나 해당되는 말이고, 무학역시 어느 정도의 경지에 이른 이들이나 할 소리다. 소녀가이런 말을 하기엔 무리가 있다.

"그래, 얼마나 구경을 다녔다는 거지?"

"사 년인가? 음… 횟수로는 오 년이네요."

"오 년!"

오 년이라면 운예소가 약초를 배운 시간과 같다. 그렇다면 이런 말도 어느 정도 일리가 있는데.

'그렇다면 계집아이를 네 살 때부터 데리고 다녔다는 말이잖아? 무슨 생각인 거야, 저 인간은?'

그 '저 인간' 은 운예소의 생각 따위를 신경 쓸 겨를이 없었다. 눈앞에 밀어닥치는 권력을 상대하기에도 바빴으니까.

마영초의 멸붕파랑은 이름만 요란한 것이 아니었다. 그가 안휘성의 제왕으로 등극한 것도 이 초식에서 기인했다고 봐야 할 정도였으니.

일순간에 모든 것을 파괴시킬 힘으로 밀려오는 권력. 그렇지만 사내는 피할 생각도 없는 듯 제자리에서 미동조차 없이 서 있었다.

그리고,

파앗!

갑자기 사내의 도가 두 치가량 늘어났다.

"어어!"

운예소가 돌연한 변화에 입을 떡 벌리는데, 늘어난 칼을 양손으로 힘차게 잡은 사내가 한 발 앞으로 움직이며 권력의 파랑 속으로 뛰어들었다.

츠으으으—

귀신의 울부짖음과도 같은 파공성과 함께 마영초의 기운은 비단결처럼 찢겨져 나가기 시작했다.

"쿠어억!"

구름처럼 깔려 있던 기세가 산산조각난 가운데 양팔이 피투성이가 되어 비틀거리던 패마보주가 입을 떡 벌리고 뭐라 말을 하려다가 그대로 고꾸라졌다.

쿠웅—

"역시 숙… 아, 아버지야!"

소녀가 낭랑하게 웃으며 벌떡 일어섰지만 운예소는 여전히 앉아서 중얼거리고 있었다.

"칼이 늘어났다. 칼이 늘어났다……."

바보처럼 중얼거리는 그가 한심해 보였는지 살짝 콧잔등을 찌푸리던 아이가 쪼그려 운예소에게 얼굴을 가져다 댔다.

"저건 도기라고요. 어떻게 칼이 늘어나요?"

"도기(刀氣)?"

"그래요. 잘 모르시겠지만 공력이 심후한 무인들은 병장기에 기운을 주입해서 잠깐 동안이지만 무기에 기운을 실을 수 있어요. 그때 병장기에 어린 기운으로 무기가 커지는 느낌이 드는 거지요."

"하, 하지만 늘어난 날로 층층이 쌓인 기운을 베었는데?"

"에휴!"

가슴을 콩콩 치던 소녀가 전혀 이해를 못하는 운예소의 표정에 졌다는 표정으로 철퍼덕 엉덩이를 붙였다.

"제 말을 이해하지 못하시나 본데, 칼이 늘어나지는 않았지만 칼에 어린 기운으로 기세를 베어낸 거랍니다. 무슨 말인지 모르시겠어요? 칼의 힘이 커진 것이지, 칼 자체가 커진 게 아니에요."

'아아……!'

알긴 알겠다. 그런데 어떻게 칼에 힘을 주입해서 저런 물리적인 변화를 준다는 건가.

"암만 그래도 상식적으로……."

"무림에서 상식을 찾으시면 어떻게 해요?"

"……!"

그렇다. 자양곡은 분명 화전민들의 뒷산에 위치한 곡이었지만 이들이 들어오는 순간 무림으로 변한 거다. 또한 이들이 사라진다면 다시 자양곡으로 변할 터이다.

그리고 무림인들은 일반인들과 다르다.

하면 상식이란 무엇일까.

"아무리 그래도 칼이 저렇게 변한……."

멍청하게 같은 소리를 뇌까리는 운예소를 빤히 보던 소녀가 다시 일어섰다. 백날을 이해시키려고 해봐야 일반인의 눈에 도기는 분명 마술과도 같은 일일 테니.

파앗!

그때였다. 마영초의 뒤에 시립해 있던 아홉 명의 수하들 가운데 운예소 등과 가장 가까운 거리에 서 있던 무인이 빙글 몸을 돌려 아이에게 다가선 것이.

"안 돼!"

봉문객이 손을 들었으나 워낙 순식간에 벌어진 상황이고 거리도 거리인지라 당장 몸을 날린다고 해도 어떻게 손을 쓸 계제가 아니었다.

'실수다! 마영초 개인만을 걱정했거늘!'

정인군자까지는 아니지만 비겁하게 수를 쓰지 않을 거라 안심했었다. 그게 패마보주의 기본적인 인품이었으니. 하나 그건 어디까지나 마영초 개인에 국한된 경우일 뿐.

하나둘도 아닌 수하들이 모두 보주와 같으리라 생각했다면 그야말로 착각 중의 착각 아닐까.

사내의 눈에 당황과 분노, 그리고 절망감이 복합적으로 어리는데 소녀를 잡아채려는 무사의 앞을 운예소가 곧바로 막아섰다.

"비켜!"

약초꾼 따위가, 하며 버럭 소리를 지르던 무인이 싸늘한 운예소의 표정을 보고 그만 얼굴을 붉혔다. 무인으로서 아이를 볼모로 잡으려니 역시 마음 한구석에서 찜찜함이 밀려왔으니까.

하나 지금은 비상사태다. 무슨 일인들 못하랴?

"비키라고 했다!"

창피함을 감추려는 듯 발악적으로 외치며 무사가 칼을 치켜들 때 운예소가 발을 굴려 그의 정면에서 살짝 비켜선 방향으로 신형을 이동했다.

스륵—

"뭐, 뭐야?"

무사가 칼을 내리고 봉사처럼 주위를 두리번거리기 시작했다. 그의 눈엔 초조함과 분노가 가득했지만 무엇보다 황당함에 입까지 떡 벌린 상태였다.

돌연한 상황에 주먹만 쥐고 있던 봉문객도 어이없기는 마찬가지. 분명 약초꾼은 무사의 측면에 서 있는데 무엇을 찾아 저리 헤맨다는 건가?

설마 하니 약초꾼 '따위' 가 그저 앞을 가로막은 정도였거늘 패마보의 이름 높은 무사가 겁이라도 먹어 정신이 나가 버린 걸까?

아니면…….

일시지간에 봉사가 된 사람처럼 무사가 제자리에서 헤매고 있을 때 그의 앞에서 몸을 살짝 구부리고 있던 운예소가 오른발을 옆으로 내질렀다.

퍼억—

"꾸엑!"

아무리 단련된 이라도 난데없이 옆구리를 가격당하면 숨이 막히는 법이다. 그 짧은 시간, 하나 봉문객에게는 충분하다 못해 남아돌 순간이었다.

"이 약초꾼 놈이!"

순간적인 타격에 혼이 나갔던 무사가 곧 정신을 차리고 눈알을 부라리는데 어느새 운예소와 아이를 막아선 그가 옆구리를 부여잡고 있는 사내의 턱에 칼을 걸쳐 놓고 냉랭하게 중얼거렸다.

처억—

"수치도 모르는 놈."

봉문객이 칼을 쥔 손에 힘을 실으려는데 소녀가 급급히 막아섰다.

"그만, 그만 하세요!"

"음?"

"승부가 난 이후의 무력은 야만이라고 말씀하셨잖아요! 이제 그만 하세요!"

"허……!"

소녀와 겁에 질려 있는 무인을 번갈아 바라보던 봉문객이 깊은 한숨과 함께 칼을 치웠다.

"꺼져라."

"예……."

"꺼지라 했다! 어서!"

짧게 끊어 외치자 전전긍긍 눈치만 보던 무사가 엉거주춤한 자세로 비척거리며 동료들에게 몸을 숨겼다.

"보주의 생사조차 확인도 않고 일을 벌이다니."

봉문객의 탄식에 무사들이 깜짝 놀라 마영초에게 달려들

어 그의 머리를 받쳐 들었다.

"수, 숨을 쉬고 계신다!"

"어서 속명단을 가져와!"

"빨리! 빨리!"

이들의 수선을 무표정하게 바라보던 봉문객이 몸을 돌렸다.

"자비를 바라는 것은 한번으로 족하다."

그의 독백에 무사들이 일순 눈을 빛냈으나 곧 고개를 숙여야만 했다.

비등한 상대와의 대결이었다면 이렇게 목숨을 가늠하면서 손을 쓸 수 없을 터. 바꿔 말한다면 봉문객과 패마보주의 실력은 격이 다르다는 말이니.

마영초의 상세를 살피던 무사가 소녀에게 달려들었던 무인을 쏘아보며 투덜거렸다.

"보주님의 안위도 살피지 않고 이 무슨 망동이냐, 구마(九馬)?!"

"죄, 죄송합니다. 순간적으로 분기가 치밀어……."

"다 좋다. 그런데……."

아홉 명 가운데 유난히 태양혈이 불끈 서 있는 사내가 패마보주의 등에서 장심을 떼며 구마라는 무인을 똑바로 쏘아보았다.

"일을 벌였다면 차라리 확실하게 처나 할 것인데 약초꾼이 막아섰다 하여 주춤거리다니……. 그러고도 네놈이 패마보의 구전마라고 자부할 수 있느냐?!"

구전마(九戰馬).

패마보주의 직속 친위대. 마영초의 지시가 아니면 그 어떤 명령에도 움직이지 않는다는 별개의 조직이다. 물론 이들 아홉은 패마보의 그 어떤 무인들보다도 강하다는 소문이었다.

또한 보주의 직접적인 지시만 따르다 보니 자연 외골수적인 경향이 있었고, 손속 또한 냉정하기 짝이 없어 혹자들은 구혈마(九血馬)라 칭하며 두려워한다고 했다.

보주 마영초와 함께 패마보를 대표하는 두 개의 이름 가운데 하나라는 구전마. 그런 그가 인정 때문에 일을 그르쳤다?

아무리 상대가 무학을 모르는 민간인이라도 무인의 입장에서 이것저것 다 봐주다간 될 일도 안 된다.

"대마(大馬)님, 그것이 아니라……."

무언가 변명하려던 구마가 동료들의 싸늘한 시선에 고개를 외면하며 폭포수와도 같은 한숨을 쏟아냈다.

"순간적으로 사라졌는데……."

변명도 변명 같아야 관심 비슷한 것이라도 던져 준다. 구마의 탄식에 나머지 구전마들의 눈이 더욱 차가워졌으나 그것을 모르는 듯 그는 계속 뇌까렸다.

"귀신이 곡할 노릇이지만 정말로 사라졌는데……."

끝끝내 변명을 늘어놓는 구마가 보기 싫었는지 마침내 다른 이들도 한마디씩 핀잔을 던졌다.

"변명할 거리가 없으니까 이제 아예 봉사 행세를 하는구나."

"그럼 저 약초꾼 녀석이 유령이라도 된다는 거냐?!"

"차라리 말을 말아라!"

"한심한 녀석!"

쏟아지는 비난에 당황하여 머리를 조아리던 구마가 힘없이 중얼거렸다.

"분명 눈앞에 있는 건 알겠는데 정말로 안 보였다니까요."

"……!"

구마의 멍청한 중얼거림에 소녀의 머리를 쓰다듬던 봉문객이 눈을 빛냈다.

'인지는 했으나 형체는 없다?'

구마에게서 시선을 뗀 그가 멀뚱히 서 있는 운예소에게로 시선을 옮겼다.

'처음 저자를 보았을 때 나 역시 같은 경험을 했다. 그렇다면 그것이 단순한 착각은 아니었다는 말인가?'

구전마가 구마를 타박하며 마영초를 살피기에 여념이 없는데 여전한 얼굴로 멀뚱히 서 있던 유령 약초꾼 녀석이 이들의 앞에 불쑥 나섰다.

"잠시만."

"뭐야?"

운예소의 등장에 대마가 눈살을 찌푸렸다.

"지금 환자의 상태를 감안한다면 환약 따위의 고체를 넘기기 어려울 것이오. 그렇다고 이대로 방치한다면 놀란 기혈을 바로잡기 어려울 테니……."

그가 허리춤의 호로병을 풀어 구전마에게 내밀었다.

"청심수(淸心水)라고 하오. 비록 천하의 영약은 아니지만 날뛰는 혈기를 진정시키는 데 탁월하다오."

"뭐, 청심수라고? 지금 보주님의 상태가 어떤지나 알고 이런 걸 내미느냐?!"

대마가 버럭 소리를 질렀지만 유령 약초꾼의 평정심을 깨뜨리지는 못했다.

"보아하니 환자는 치명적인 상해를 입은 상태가 아니오. 또한 피의 색이나 얼굴빛을 감안한다면 생명에 직결될 정도의 내상을 입지 않았다는 말이오. 그러나……."

그의 논리정연한 말에 덮어놓고 소리만 지르던 대마가 입을 다물었다.

"문제는 심적인 타격인데… 혹시 환자는 평소에 어떤 일이든 빨리빨리 처리하는 편이었지요?"

"그, 그렇다."

대마의 대답에 운예소가 고개를 끄덕였다.

"또한 한번 옳다고 확신한 일에는 결코 물러서는 법이 없었겠지요? 그 누구의 조언도 가납하지 않는?"

"그래, 그러셨지."

"마지막으로… 배포가 커서 종종 주위의 친인들이 곤란할 때가 많았겠지요?"

"딱이다!"

족집게도 이런 족집게가 어디 있을까! 유령 약초꾼은 이제 보니 약초 가방보다 커다란 깃발이 필요할 터이다.

길흉화복 만사형통(吉凶禍福 萬事亨通)이라고 큼지막하게 쓰여 있는.

구전마들은 이제 운예소의 말을 철저히 신뢰하게 되었다. 그도 그럴 것이, 생면부지의 처지인데 진맥 한번 없이 환자의 평소 상태를 정확히 짚어냈으니 믿을 수밖에.

이런 반응을 눈치 챈 운예소가 목소리에 힘을 실었다.

"종합해 볼 때 지금 환자를 괴롭히는 것은 마음의 울화가 분명합니다. 그런고로, 내상을 진정시키기에 앞서 놀라고 흥분된 기혈을 안정시키는 것이 급선무."

거부당했던 호리병을 다시 내미는 그의 태도는 확신을 넘어 절대적인 무엇이 있는지라 대마는 감히 거역하지 못하고 공손히 받아야만 했다.

"이 청심수면 급한 대로 불은 끌 수 있을 것이오."

호리병을 받아 들고 우물거리던 대마가 안에 든 액체를 조금 맛보고 인상을 찌푸렸다.

한약재로 달인 물이 달콤할 리는 없으니까.

"정말로 이 늙이……."

"어서 복용시키시오."

아무리 그래도 봉문객과 함께 있었기에 완전히 신뢰하기는 어려운 일이다. 거론하긴 뭐하지만 어쨌든 구마의 앞도 막아섰지 않았는가.

이도저도 못하는 대마를 물끄러미 내려보던 운예소가 호리병을 되찾으려 손을 내밀었다.

퉁명스런 한마디를 덧붙이면서.

"정히 못 미덥다면야 할 수 없는 일이지. 놀란 내 속이나 다스려야겠구나."

"아, 안 돼!"

다급하게 외친 대마가 등 뒤로 호리병을 감추며 흡사 강아지처럼 으르렁거렸다.

"줬다 뺏으면 엉덩이에 털이 난다는 격언도 모르느냐?!"

별 이상한 격언을 언급하며 호리병을 사수한 대마가 마영초를 받쳐 들고 청심수를 조금씩 먹였다.

"끄으으……."

몇 모금이나 마셨을까, 패마보주의 입에서 신음성이 흘러나온 것이.

"보주, 정신이 드십니까?!"

"보주!"

마영초의 반응에 구전마들이 흥분하여 소리를 지르자 운

예소가 이들을 급히 제지했다.

"아아, 날뛰던 혈기가 겨우 진정된 정도요. 이리 소리를 지른다면 환자에게 득이 될 것이 없소이다. 어서 편안한 곳으로 모셔야 할 것이오."

"이 은혜를 어찌 갚아야……."

정확한 안목에 확실한 차도까지. 구전마들에게서 운예소는 구마의 일을 방해한 유령 약초꾼 녀석이 아니라 보주의 목숨을 돌려놓은 은인으로 탈바꿈했다.

"안심하긴 이르다니까. 임시방편에 불과하니 더는 지체하지 말고 환자를 모시고 가란 말이오. 빨리!"

누구의 말씀인데 거역을 하겠는가.

"아, 알겠네."

마영초를 들쳐 메고 몇 번의 눈인사를 보내며 순한 양처럼 구전마들이 사라질 때까지 봉문객의 눈은 깊게 침전되어 있었다.

第三章 악연은 인연처럼 다가온다

"무슨 생각을 그리 하세요?"

"흠… 아니다."

소녀를 안아 든 봉문객이 걸음을 옮겨 운예소가 올라온 절벽을 힐끗 내려다보았다.

"핫!"

무심결에 그와 같이 시선을 던졌던 소녀가 봉문객의 품에 머리를 박으며 소리를 질렀다. 일반인이라면 내려다보는 것만으로 현기증을 일으킬 높이.

빈손 타령을 할 만도 하다.

"이제 상황은 대충 정리된 듯합니다만?"

참을성있게 자리를 지키던 운예소가 허리를 굽혀 약초 가방을 주섬주섬 챙겼다.

"일단은."

"일단은?"

봉문객의 뜻 모를 대답에 가방을 메던 그가 고개를 갸웃거렸다.

"패마보주가 비록 패배를 받아들일 줄 아는 무인이라고는 하나 그 수하들까지도 모두 같은 생각과 행동을 하리라는 보장은 없다. 방금 전에도 경험하지 않았는가."

"방금 전? 아……!"

운예소가 고개를 끄덕이자 아이를 내려놓은 봉문객이 그를 똑바로 쳐다보다 정중히 포권을 올렸다.

"생면부지의 아이를 위해 위험을 무릅쓰고 칼을 든 무인을 마주한 용기에 감사드리는 바일세. 이토록 큰 은혜를 어찌 갚아야 할지 모르겠네."

이에 소녀도 읍을 하며 또랑또랑한 목소리로 감사를 표하자 운예소가 손을 내저었다.

"그 상황이라면 누구나 취했을 법한 일이었습니다. 과례는 비례이니 이만 예를 거두세요."

"그 상황이라면 누구나……."

사내가 운예소의 말을 곱씹었다.

그 상황이라면 누구나 위와 같은 행동을 했을까?

그 상황이라면 누구나 위와 같은 반응 속도를 보였을까?

그리고,

'그 상황에서 패마보주의 오른팔이라는 무인의 옆구리에 일타를 꽂아 넣을 수 있었을까?'

생각은 머릿속에 남겨두고 사내가 품에서 전낭을 꺼냈다.

"약소하지만 받아주겠나?"

부릅!

운예소의 눈에 핏발이 서자 소녀가 전낭을 받아 들고 쪼르르 달려가 그의 팔에 매달렸다.

"저는 거지가 아니랍니다."

"뭐?"

"이깟 돈 몇 푼이 제 목숨 값을 대신할 거라고 보였다면 실례라고요!"

맞는 말이다. 돈으로 사람의 목숨 값을 매긴다는 건 있을 수도 없고 있어서도 안 되는 일이다.

하지만 뭔가 어이가 없다.

처억―

몸을 낮춘 운예소에게 소녀가 집게손가락을 쭉 펴며 심각한 표정으로 얼굴로 가져갔다.

방금 전 그가 그랬던 것처럼.

"이건 어디까지나 만두 값이란 말이에요! 비렁뱅이도 아닌데 어찌 다른 사람의 음식을 거저 먹겠어요?"

만두 값으로 만두 가게를 차리겠다.

운예소의 떫은 표정에 소녀가 피식 웃었다.

"원래 비무장에서 파는 물건은 뭐든지 비싸다고요. 전에는 산동에서 물을 무려 십 전에 파는 노인네도 봤는걸요?"

그야 그 노인네 사정이다.

소녀의 말을 천천히 듣던 운예소가 곧 고개를 끄덕이고는 전낭을 받아 들어 은자 한 개를 꺼냈다.

"자, 나머지는 돌려 드리시게."

"에? 그냥 다 받으시라니까요."

눈망울을 일렁이는 소녀가 귀여웠는지 아예 쭈그리고 앉은 운예소가 살짝 웃었다. 입가에서 피어난 미소가 눈가에 작은 경련을 일으키고 이마를 지나 볼을 타고 다시 입가로 향하자 세상에서 가장 아름다운 웃음이 완성되었다.

"나 역시 소공녀의 목숨을 돈 몇 푼으로 환산하는 건 싫어. 그렇다고 만두 값을 받기도 우습고. 해서 바꿔 생각한 건데……."

처억!

언제 웃었냐는 듯 순식간에 미소를 싹 지우고 소녀에게 집게손가락을 쭉 펴며 심각한 표정으로 얼굴로 가져간 운예소가 근엄한 오른쪽 눈을 찡긋거리며 입을 열었다.

"이 은자라면 할아버지가 가장 좋아하시는 홍소육을 장안제일의 음식점에서 사고도 남을 것이네. 소공녀는 할아버지

의 고희 상에 가장 좋은 음식 하나를 대접해서 좋고, 덤으로
나까지 얻어먹어서 좋으니 이야말로 누이 좋고 매부 좋은 일
이 아닌가!"

그의 장난기 어린 말에 소녀가 양팔을 벌렸다.

"그렇다면 이 은자 모두를 가져가시면 더 나은 음식을 올
릴 수 있잖아요! 그러지 마시고……."

소녀를 지그시 바라보던 운예소가 무릎을 짚으며 상체를
일으켜 세웠다. 여전히 입가에 미소의 끝 자락을 매단 채로.

"과유불급(過猶不及)이라고들 하지. 한 개의 은자라면 서로
에게 예의를 벗어나지 않는 감사의 표시일지 모르나 두 개가
넘어간다면 누군가는 필연적으로 부담을 안게 된다네. 주는
편이든 받는 편이든 말이야."

나 역시 거지는 아니니까, 하며 말을 마친 운예소를 심유한
눈으로 쳐다보던 봉문객이 고개를 끄덕였다.

정론이다. 반박할 말도 대꾸할 말도 없다.

소녀가 또 뭐라고 입을 열려는데 성큼 다가선 봉문객이 전
낭을 받아 품에 갈무리했다.

"정확한 처방만큼이나 똑 부러진 태도로군."

그의 말에 운예소가 어깨를 슬쩍 들어올렸다.

"아, 그것 말입니까?"

방금 전 패마보주에게 청심수를 건네며 구전마를 설복시
킨 일을 말함이리라.

"그래, 어찌 마영초를 그렇게 속속들이 파악했단 말인가? 전에 만난 적도 없는 듯한데."

"파악까지는 아닙니다. 단지 소공녀가 살짝 알려준 패마보주의 성격과 그의 현재 위치를 종합해서 판단하면 누구라도 짐작할 수 있는 정도를 말로 푼 것입니다만……."

"음?"

봉문객이 소동에게 고개를 돌렸지만 소녀도 영문을 모르겠다는 표정이었다.

"소공녀가 말해주더군요. 패마보주는 기본 성정이 용렬하고 속이 좁으나 과시욕이 많기에 일반인을 해하지는 못할 것이라고."

"그렇지."

"그런 인물들은 기본적으로 화급한 성격을 가지는 편이지요. 매사에 일 처리를 빨리빨리 하려고 드는 법입니다."

그의 말에 봉문객이 눈살을 찌푸렸다. 이런 식의 성급한 일반화는 오류를 동반하기 쉽다. 그런 마음을 짐작했는지 운예소는 친절하게 설명을 이었다.

"물론 모든 사람이 같을 수는 없겠지요. 하나 방금 전 자양곡을 가장 먼저 오른 이가 누구였습니까? 바로 패마보주 본인이었지요. 이것을 어떻게 이해해야 할까요?"

결투를 앞둔 장소에 수하를 대동하고 나타났다면 기본적으로 상대의 실력을 무시하지 않고 있다는 뜻이다. 이런 경우

보통 부하들을 먼저 보내고 주인이 나서는 것이 상례.

그러나 패마보주는 가장 먼저 산에 올랐고, 가장 먼저 나섰다. 이는 그의 성격이 얼마나 불같은지를 보여주는 행동일 터.

"두 번째 역시 앞서의 상황으로 유추 가능한 일이지요. 분명 수하들은 패마보주에게 나중에 오를 것을 간언했을 것이나 그는 이를 묵살하고 먼저 올랐겠지요. 마영초가 다친 후에 보인 수하들의 충정을 기억하신다면 짐작하기 쉬운 일일 것입니다."

무리를 이끄는 이들이 약속 장소에 수하들을 먼저 보내고 나중에 등장하는 이유가 단지 어깨에 힘을 주려는 심산 때문이라고 생각한다면 오산이다.

보이지 않는 암습이나 매복을 파악하는 데 가장 좋은 수단이 바로 사람을 통한 확인이니까. 이런 속내를 그럴싸하게 포장하기 위해 괜히 수하들을 두 줄로 세우고 가운데를 통과하는 것이다.

안휘성에서 둘째가라면 서러운 조직의 수장이 이런 기본적인 수칙을 몰랐을 리 없고, 수하들 역시 마찬가지.

"그것이 비록 단 한 번의 상황이라도 평소의 성격을 가늠할 수 있는 경우가 종종 있습니다, 아까처럼 특별한 경우라면. 고로 패마보주의 성격이 독불장군임은 불문가지."

"냉정한 분석이다. 그럼 배포가 크다는 것은 어찌 유추했나?"

봉문객의 질문에 운예소가 소동을 바라보았다.

"위의 두 가지를 가정한다면 소공녀께서 일러준 패마보주의 성격에 뭔가 오류가 발생합니다. 그건 바로 과시욕이지요. 남들보다 먼저 나서서 일을 벌이는 성격인 그가 과시욕이 심하다면 자신의 치적을 떠들기 좋아하거나 씀씀이가 헤프다는 말인데, 대화를 듣자니 패마보에 관한 얘기나 자신의 무학에 대한 언급은 거의 없더군요. 일장 광설을 늘어놓을 상황이었는데 말이죠. 그렇다면 결론은 하나로 이어지겠지요."

"음……."

"또한 패마보주는 전신을 금실로 두르고 있었지요. 무인들은 기본적으로 화려한 색을 피한다고 들었습니다. 그런데 하고많은 빛깔 가운데 가장 화려하다는 금색……. 이 모든 정황을 종합해 보면 그의 씀씀이를 짐작할 수 있지요."

듣고 보니 정말로 일반적인 추론이다. 그런데 왜 대답하면서도 신비롭게 느껴졌던 걸까. 봉문객 자신뿐 아니라 구전마 역시 넋을 놓았었지 않은가.

이렇게 풀어놓으니까 별것도 아닌데.

"단지 시간적인 선택이 적절했던 것이지요. 수장의 패배로 무너져 가는 마음에 보주의 화급한 상태까지 겹쳐져 그들은 정신을 차리기 어려웠던 상태였습니다. 그런 순간이라면 지푸라기가 아니라 솜털이라도 잡고 싶어지는 법이니까."

맞는 날이다. 어처구니없는 사기를 당하는 사람들을 보면 대개 절박한 사정에 처해 있어서 뭐든 의지할 곳을 찾아 헤매는 경우가 태반이니까.

"의도한 바는 아니지만 그들이 제게 전폭적인 신뢰를 보낸 이유가 바로 여기에 있었습니다. 다른 순간이었다면 몇 마디 말로 설복시킬 사람들이 아니었겠지요."

문제는 봉문객 자신도 완전히 넘어갔다는 거다. 그건 기회 포착을 넘어서는 무엇이 있다는 말일 터.

봉문객이 이마에 내 천 자를 그리고 생각에 잠겨 있는데 그런 그를 유심히 바라보던 운예소가 가방을 고쳐 메며 바람결에 질문 하나를 흘려보냈다.

"그런데 귀하께서는 무엇을 위해 싸우시는 겁니까?"

상념에 빠져 있던 터라 언뜻 질문을 이해하지 못하고 고개를 돌린 봉문객이 운예소의 눈에서 이름 모를 무게를 느끼고 입술을 꾹 물었다.

또래의 청년들에게서 찾아보기 어려운 삶의 무게. 이런 산골에서 약초나 캐며 하루하루를 연명하는 청년이라면 평생을 보내도 알기 어려운 부피인데.

"글쎄… 이런저런 이유를 가져다 붙일 수는 있겠지만 궁극적으로 자신을 위해 싸우는 것이겠지."

"자신을 위해? 야망 같은 겁니까?"

"야망?"

야망이라, 하며 고개를 들어 아득한 곳을 응시하던 봉문객이 그들의 사이에서 요리조리 고개를 돌리고 있는 아이의 어깨를 살짝 움켜쥐었다.

"야망일지도 모르지. 야망의 또 다른 이름이 희망이니까."

"야망의 또 다른 이름이 희망이라……."

"왜, 생소한가?"

어쩐지 씁쓸한 미소를 머금고 허공에서 눈을 뗀 봉문객이 운예소를 똑바로 쳐다보았다.

"희망일 수도 있고 소망일지도 모르지. 다른 말로는 갈망일 수도 있고. 아무튼 무언가를 바란다는 의미에서 위의 모든 단어들은 하나로 귀결된다네. 단지 어감의 차이일 뿐일진대 그것들을 다른 의미로 받아들이는 것은 우리도 모르게 누군가가 만들어놓은 관념의 포로가 된 게지."

"그런가요……."

운예소가 말꼬리를 흐리자 봉문객이 침 한 방울을 입으로 흘려 넣었다.

오늘따라 왜 이리 감성적이 되어버린 걸까. 근자에 들어 이리도 많은 말을 입에 담은 적이 없었는데. 단순한 질문에 뻔한 대답으로 응대하면 그만인 것을.

"물리적으로 누군가와 충돌하는 것만이 싸움이라고 생각하나? 살아가면서 내가 아닌 존재와의 마찰은 모두 싸움이라 할 수 있다는 말이지. 그것이 사람이 아니라 동물, 기타 자연적인 어떤 것이라도. 그렇기에 모든 투쟁은 나 자신에게서 말미암고 나 자신에게 귀결된다네."

"그건 너무 각박한 사고가 아닐까요?"

어쩌면…….

"진실이란 잔인하니까. 단 한 점의 여과도 없이 세상을 담아내기에."

어쩌면 너무도 깨끗한 산골 청년의 두 눈이 부럽고도 샘이 나서 한바탕 오물이라도 덧씌워 주고 싶은 걸지도.

"그렇다면 사백 년의 기다림 역시 거창한 명분하에 이루어진 자기만족이라는 건가."

운예소가 웅얼거리자 봉문객이 눈썹을 꿈틀 움직였다.

사백 년의 기다림이라……. 왠지 구미가 당기는 얘기지만 구태여 캐묻지는 않았다. 토로하고 싶으면 입을 막아도 말을 할 친구고, 언급하고 싶지 않으면 억지로 입을 찢어도 목구멍을 주먹으로 틀어막을 사람으로 보이니까.

"하긴… 그런 위안도 없었다면 사백 년을 어떻게 견뎌냈을까."

아무래도 말을 하고 싶었나 보다. 그런데 사백 년을 자꾸

들먹이니 방금 전에 느낀 무게가 어디서 비롯되었는지 알 것만 같아 봉문객이 운예소를 찬찬히 살폈다.

그가 짊어진 사백 년은 어떤 이름일까?

궁금증이 더해갔지만 물을 수 없다. 물어서도 안 될 것만 같고 물어봐야 대답이 돌아올 것 같지도 않았다.

이럴 때는 잠자코 있는 편이 낫다는 걸 너무도 잘 알고 있었기에 봉문객은 그저 운예소의 초상을 머릿속에 차곡차곡 담아두었다.

어쩐지 그래야만 할 것 같아서.

콧등을 매만지며 생각에 빠져 있던 운예소가 문득 정신을 차리고 황망히 포권을 했다.

"이런, 벌써 해가 서산으로 기울려고 하네. 날이 어두워지기 전에 조금이라도 성과를 내야겠으니 저는 이만 물러갈까 합니다. 부디 살펴 가시길."

"어? 가시는 거예요?"

소녀가 한 발 나섰으나 운예소는 입가에 살짝 미소를 드리운 채로 몸을 돌렸다.

"저, 저는 류선민(柳先玟)이라고 해요. 실례지만 성함을 여쭈어봐도 되겠어요?"

소녀의 외침에 걸음을 우뚝 멈춘 그가 다시금 환한 미소를 떠올리며 한자한자 힘을 주어 말했다.

"내 이름은 운예소라 하네."

"운예소……."

그 말을 끝으로 운예소는 자양곡의 무성한 수풀 사이로 몸을 감추었다.

"운예소라……. 구름과도 같은 멋진 미소. 참으로 어울리는 이름이로군."

고개를 끄덕이는 봉문객과 달리 뭐가 그리 아쉬운지는 몰라도 연신 목을 잡아 빼며 약초꾼의 잔영을 쫓던 소녀가 곧 나이에 어울리지 않는 한숨을 토했다.

"가게 놔두어라. 해가 서서히 저물고 있다."

"아, 벌써!"

입으로는 수긍하면서도 운예소가 사라진 자리를 힐끔거리는 소녀를 물끄러미 보던 봉문객이 아이를 안아 들었다.

"일개 약초꾼인데 뭐 그리 신경 쓰는 것이냐?"

"일개 약초꾼 같지 않아서요. 잘은 모르지만 저분의 분석은 아무나 할 수 없을 것만 같아요."

말로는 쉽지만, 하면서 소녀가 말꼬리를 끌자 봉문객이 뭐라고 입을 열려다 고개를 가로저었다.

'한순간으로 사물의 내면을 뚫어본 것도 놀랍긴 하지만 저 절벽을 오른 것은 어찌 설명해야 할까? 어떤 도구도 없이 매끄럽게 깎인 절벽을 등반했다는 말인데…….'

봉문객은 자신이 어떠한 도구나 신법을 사용하지 않는다는 전제하에 절벽을 오르는 것을 가정해 보았다.

'벽호공을 이용해서 절벽의 자그마한 빈틈을 최대한 이용한다고 치자. 중간에 휴식을 취하면서 입공(立功)으로 숨을 돌리고…….'

그렇게 머릿속으로 절벽을 오르던 그가 곧 입술을 지그시 깨물어야 했다.

'역시… 내공력이 없다면 무리다. 처음부터 말이 안 되는 가정이란 거다.'

그러나 약초꾼의 그 어느 곳에도 내공력을 읽을 수 없지 않은가.

또한 유령처럼 사라졌던 것은?

착각일 줄 알았으나 구전마의 일인까지 같은 경험을 했다면 우연으로 치부할 수 없는 무엇이 있지 않을까?

무엇보다 그 침착함이란…….

대저 일반인이 무림인들과 어떤 식으로든 엮이게 되면 꼬랑지부터 말고 눈치나 살피는 게 고작이거늘 약초꾼은 한 점의 위축도 보이지 않았다.

아니, 세 치 혀로 대국을 주도하는 여유까지 보였단 말이다.

이건 담력 문제가 아니다. 강호인들이 자연스레 흘리는 기세를 배짱만으로 상대할 수 있다고 생각한다면 큰 오산이니까.

동물이라면 원초적으로 가지는 강자에의 두려움을 어찌

배포 따위로 마주하겠는가. 이건 본능의 문제이기에 사람의 의지나 기개로 해결될 일이 아니라는 거다.

그렇다면 약초꾼이 정체를 숨긴 고인이란 말인가?

"사백 년이라……."

"예?"

열쇠는 그 사백 년이 쥐고 있을지도. 아니면 감당하기 어려운 충격 때문에 잠시 정신이 나가 버린 청년의 무모한 만용으로 빚어진 기사(奇事)일지도.

"아니다. 만날 일이 있다면 만나겠지."

그의 독백에 소녀가 눈을 동그랗게 떴다.

"저분 말이에요?"

"자자, 우리도 서둘러야겠다. 오늘은 벽에 돌아가야지?"

소녀의 말을 자르고 몸을 띄운 봉문객이 운예소를 집어삼킨 자양곡의 수림을 한번 돌아보고 지체없이 신형을 날렸다. 그런 그의 얼굴에도 알 수 없는 아쉬움이 남아 있었으나 안겨 있는 소녀로는 알 도리가 없었다.

*   *   *

시전의 소란에 눈살을 찌푸릴 법도 한데 오늘의 운예소는 그저 희미한 웃음으로 넘길 수 있었다. 간만에 할아버지를 모신 나들이라 그럴지도 모르지만 그보다 중요한 건 역시 어깨에 걸려 있는 물건 때문일 것이다.

자양곡에서 캔 약초들은 비록 생각보다 많은 양이 아니어서 약초 가방의 삼분지 일도 채우지 못했지만 하나하나가 흔히 보기 어려운 것들이었기에 가치로 따진다면 가방 몇 개로도 대신하기 어려웠다.

몇 개가 다 뭔가. 부르는 게 값인 것들도 있다.

이런고로 그의 기분은 당연히 좋았고, 자양곡에서 벌어졌던 일도 그저 재미있는 추억으로 치부할 수 있었다.

"옷감이 쌉니다, 싸요!"

"중원 최고의 품질을 자랑하는 비단이 여기 있어요!"

"이곳보다 좋은 옷감이 있다면 내 손에 장을 지지겠소!"

운예소가 할아버지를 모시고 들어선 곳은 포목점이 밀집된 골목이었다.

"아니, 약방(藥房)은 이곳이 아닌데 어찌 여길 왔느냐?"

운규화가 포목점 상인들의 절규에 가까운 호객성에 눈살을 찌푸리며 손자를 돌아보았다.

"어, 그렇군요? 약방 골목이 아니네?"

의뭉스레 놀람을 과장하는 운예소를 보며 한숨을 푹 내쉰 운규화가 하는 양을 그냥 지켜보기로 했다.

언제부터였던가, 손자의 속내를 짐작조차 하지 못하게 되었던 것이. 또한 뻔뻔하기도 그지없어 어떠한 질문이든 슬쩍 흘려버리기 일쑤이니.

'혹시 이 녀석, 산에 오르는 목적이 약초가 아니라⋯⋯!'

자신이 생각해 놓고 스스로 놀라 운규화가 입을 떡 벌렸다.

"아소야."

"예?"

"요즘 구렁이가 땡기지 않더냐?"

"그게 무슨 말씀이세요?"

"아니면 뱀이라든가⋯⋯."

도통 알 수 없는 말이라 운예소가 머리를 벅벅 긁었다.

언제부터였던가, 할아버지의 속내를 짐작조차 하지 못하게 되었던 것이. 또한 죄송스러운 말이지만 엉뚱하다면 엉뚱해지셔서 의미 모를 질문을 반복하시기 일쑤이니.

'혹시 할아버지, 이불 빨래를 스스로 하시는 이유가⋯⋯.'

자신이 생각해 놓고 스스로 놀라 운예소가 입을 떡 벌렸다.

"할아버지."

"응?"

"둘에다 여섯을 더하면 몇일까요?"

"여덟이지. 그걸 질문이라고 하는 거냐?"

"좋아요. 열일곱에 스물 셋을 더하면요?"

"그야 사십이지! 지금 이 할아비를 시험하는 게냐?"

'어떻게 아셨어요?' 라고 차마 말하지 못하고 운예소가 입맛을 쩝쩝 다셨다. 당연히 말 못한다. 시험의 목적이 치매에 관한 의심이라는 것을 알면 운규화는 어떤 표정을 지을까.

그런데… 문답을 주고받다 보니 알 수 없는 호승심이 치밀어 올라 운예소의 눈빛이 강렬해졌다.

"하나 더요! 육백이십사에 삼백칠십이를 더하면?"

이번 질문은 조금 어려웠나 보다. 손가락으로 머리를 툭툭 치며 수를 헤아리던 운규화가 곧 만면에 미소를 지으며 자신 있게 대답했다.

"구백구십육!"

'으음!'

흠칫 놀라 조부를 바라보던 운예소가 이를 악물고 최후의 질문을 던졌다. 이제 치매 따위는 아무래도 좋았다. 그냥 난처해하는 할아버지를 보고 싶을 따름이다.

"그럼 육천육백사십이만 이천칠백십육에 팔천구백이십만 사천오백육십팔을 더하면요?"

"육천육백… 뭐?"

"너무 길어서 얼른 알아듣지 못하신 거예요? 좋습니다. 다시 질문드리죠. 육천오백사십만 이천백이십육에 구천이백십이만 오천삼백오십팔을 더하면요?"

"육천오백… 음? 어째 숫자가 바뀐 것 같다?"

"그게 무슨 말씀이세요? 이상한 구실 대지 마시고 얼른 셈이나 하시죠!"

아무렇게나 떠올린 여덟 자리의 숫자를 어떻게 기억하겠는가? 그러나 기억을 못하기로는 자신도 마찬가지라 득의만

만한 얼굴을 한 손자를 뚫어지게 쳐다보던 운규화가 한숨을
내쉬었다.

"그러니까 그게… 음, 에, 또… 에휴, 그걸 어떻게 풀어!?"

"못 풀 건 또 뭔데요?"

"얼씨구? 좋다, 네가 풀어봐라!"

운규화의 말이 떨어지기가 무섭게 운예소가 쏜살처럼 대
답했다.

"십오억 구천칠백육십이만 삼천이백오십삼!"

순간 찾아든 정적.

"……."

"……."

손자는 천재였나 보다. 어떻게 여덟 자리의 두 수를 숨도
쉬지 않고 암산으로 계산해 낸다는 건가.

그런데,

"가만? 다른 건 기억하지 못하지만 분명 첫 번째의 끗수가
여섯이었고 두 번째의 끗수는 여덟이었으니 합산은 무조건
넷으로 끝나야 하지?"

"예? 아하하… 네, 넷이라……. 그, 그렇죠. 그런데요?"

당황해서 비척거리는 운예소에게 한 발 다가서며 운규화
가 손자의 그것처럼 집게손가락을 쭉 폈다.

"네가 말한 수의 끝은 분명히 셋이렷다."

"그, 그랬던가요? 내가 그랬나? 하하하!"

손자의 능청을 물끄러미 바라보던 운규화가 손을 휘휘 저으며 화제를 바꿨다. 말을 이어봤자 또 무슨 엉뚱한 소리로 기기묘묘한 대화를 이끌어낼지 모를 일이니까.

　역시 손자는 구렁이를 장복하고 있음이 틀림없다. 이건 한두 해 복용해서 될 수준이 아니다.

　"어허험, 신소릴랑 관두고 여기 온 이유를 어서 말해보거라."

　"아!"

　멋쩍게 웃으며 운예소가 운규화의 팔을 잡아끌고 가장 큰 포목점으로 걸음을 옮겼다.

　"여기까지 온 김에 옷감 구경이나 하고 가지요."

　"동네 아낙도 아니고 옷감 구경은 무슨!"

　그러나 이 모습을 놓칠 포목점 주인이 아니었다.

　"어서 옵쇼오오오~"

　메아리의 진수를 듣고 싶으면 산에 오를 것이 아니라 시전에 가라. 자연이 아니라 인간이 자신의 성대만으로 얼마나 훌륭하면서도 강렬한 울림을 만들어낼 수 있는지 알게 될 테니.

　사십대의 배가 볼록하게 튀어나온 주인은 조손을 재빨리 가늠하고 미적거리는 운규화에게 착 달라붙어 굽실거리는 일방 슬그머니 팔을 잡아끌었다.

　"자자, 안쪽에는 더욱 좋은 옷감들이 쌓여 있답니다. 어서어서 들어오세요!"

"허, 이것 참……."

마지못해 끌려 들어가며 운규화가 난처한 얼굴로 운예소를 쳐다보았다. 원래 상점 안으로 손님을 모시면 승부의 오할은 거머쥐는 셈이니 주인으로서는 반절 먹고 들어갔다고 하겠다.

"그래, 구경이야 못할 것도 없지."

등 떠밀려 들어온 운규화가 포목점주의 손을 가볍게 밀치고 턱을 쭉 내밀었다.

"예, 예. 마음껏 구경하십시오! 얼마든지 말입니다!"

전주가 누구일지 뻔히 아는 주인이 운규화에게 연신 굽실거리며 운예소의 동태를 살피는 것을 게을리 하지 않았다.

주머니의 마음이 틀어지면 말짱 도루묵이 될 테니.

"흐음……."

옷감의 사이를 누비면서 반쯤 감겨 있던 운규화의 눈이 차차 벌어졌다. 워낙 검박하게 살았던지라 진한 회색의 옷밖에 입지 않았는데 이곳에 와보니 형형색색의, 그야말로 휘황찬란한 옷감들이 가득하다.

개중 너무 요란한 빛깔들이 눈에 거슬렸지만 은은하면서도 고고한 맛이 흐르는 붉은색의 옷감은 운규화의 마음에 쏙들었는지라 몇 번을 쓰다듬으며 감탄을 연발했다.

"좋구나! 아주 좋아!"

"그렇습니다!"

이 시점에서 끼어들지 않으면 장사꾼도 아니다.

"역시 노대인의 안목은 따르기 어렵군요. 맞습니다. 이것으로 말씀드리자면……."

뒤이은 장황한 설명에 고개를 끄덕이던 운규화의 얼굴이 점차로 굳어졌다.

긴 설명의 종극은 비싼 옷감이라는 결론이었으니까.

"아, 그렇구려. 그럼 우린 이만."

하고 손을 들어 나가려는 운규화의 손을 잡은 건 놀랍게도 포목점의 주인이 아니었다.

"뭐냐? 구경은 이제 됐다. 어서 약방으로 가자꾸나."

"구경이야 이제 됐지요."

씨익 웃은 운예소가 포목점 주인을 바라보며 힘주어 말했다.

"그럼 이 옷감으로 한 벌 부탁합니다. 고희연에 입으실 것이니 각별히 신경 써주세요."

"네, 네가 무슨 돈이 있어서? 치워라!"

"전부터 모아둔 것이 조금 있어요. 이런 때가 아니면 언제 새 옷을 지어드리겠어요?"

"허……."

물론 그 돈은 만두 값이었다. 은자 한 냥은 제법 큰 액수라 돼지고기 몇 근과 옷 한 벌은 살 정도였으니.

나머지 준비는 가방에 담긴 약초들로 충분할 터이다. 비록 가방 하나를 채우지도 못한 분량이나 질이 좋은 것들이기에 못 받아도 은자 한 냥은 너끈할 테니.

"여부가 있겠습니까. 왕후장상도 울고 갈 정도로 멋들어지게 한 벌 대령하겠습니다아~!"

은자를 확인한 주인이 어쩔 줄 몰라 하는 운규화의 양팔을 들어 치수를 재기 시작했는데, 워낙 순식간에 일을 진행시키는지라 정신이 다 나갈 지경이었다.

그렇게 옷 한 벌을 받아 들고 나온 운규화가 얼떨떨한 표정으로 걸음을 옮기다 운예소에게 버럭 화를 냈다.

"네 녀석은 이 할아비가 아주 물로 보이더냐? 앞으로 살날 얼마 남지 않았다고 이리 괄시해도 되냔 말이야!"

억지다. 좋고 기쁜데 어색하고 민망스러워 괜스레 역정으로 표정을 관리하는 걸 게다. 눈치 빠른 운예소가 이를 모를 리 만무했고, 그럴듯한 맞장구는 예정된 수순이다.

"아아, 소손이 조부님의 의사나 심기를 헤아리지 않고 독단적으로 일을 처리했군요. 다시는 이런 일이 없도록 하겠습니다."

"오냐! 다시 한 번 이런 일이 발생한다면……."

"여부가 있겠습니까! 절대로 그러지 않을 테니 기왕 산 옷은 내치지 마시고……."

"어쩌겠느냐. 이미 재단까지 다 되어버린 것을. 성의를 무시하기 어려워 입긴 하겠으나 차후로……."

눈 가리고 아웅 하기도 이 정도면 수준급이라 하겠다. 아무튼 화기애매하게 대화를 나누며 시전에 접어든 조손이 뉘엿뉘엿 저물어가는 해를 보면서 걸음을 서둘렀다.

"어서 일을 보도록 하자. 이러다 날이 저물겠구나."

"아, 할아버지께선 그냥 저기 찻집에서 기다리세요. 얼른 물건을 넘기고 올게요."

물건을 매입하는 쪽과 매수하는 쪽은 서로 유리하게 흥정을 하려드는 건 인지상정이고, 이 정도의 매물이라면 필연적으로 목소리가 커질 터.

연로하신 할아버지에게 그런 모습은 보이기 싫었다. 그렇다고 터무니없는 가격으로 물건을 넘길 수도 없고.

"그렇게 하겠느냐?"

손자의 속내를 짐작했음인지 운규화가 선선히 응낙하며 찻집으로 향하자 가뿐한 걸음으로 약방을 향하던 운예소의 얼굴이 순간적으로 일그러졌다.

"이게 누군가! 아소가 아니냐?"

스무 명가량의 젊은이들에게 둘러싸여 너털웃음을 터뜨리는 육십대의 노인은 나이에 맞지 않게 혈색이 좋은 얼굴을 하고 있었다. 거기다 적당히 다져진 근육과 시원시원한 목소리까지.

얼굴에 드리워진 세월의 나이테가 아니라면 오십대의 장년인이라고 해도 믿을 판이었다.

"오랜만에 뵙습니다, 왕 노야."

공손한 목소리와 달리 고개 숙인 운예소의 표정은 뭔가 귀찮으면서도 찜찜함이 역력했지만 얼굴을 들면서 부자연스러운 미소를 억지로 만들었다.

"정말로 반갑군, 정말로 반가워."

왕칠의 손을 슬쩍 피하며 운예소가 빙긋 웃었다.

"정말로 간만입니다. 그간 가내 두루 평안하셨습니까."

애쓴다, 운예소.

"오, 그래. 화창한 봄날이지?"

"그러게 말입니다."

당신만 만나지 않았더라면 더욱 화창했을 거야.

모조(模造)의 티가 팍팍 나는 덕담을 늘어놓던 두 사람의 눈이 어느 순간 허공에서 격렬하게 얽혔다.

찌릿—

그러나 노인은 운예소의 어깨를 툭툭 치며 환하게 웃었다. 누가 보더라도 후덕한 미소였기에 지나가던 행인들이 돌아보면서 절로 마주 웃게 하는 표정.

그러나 운예소는 똑똑히 보고 있었다.

얼굴이 만들어낸 주름과 달리 차갑게 식어 있는 눈동자를.

"그래, 여긴 어쩐 일인가? 아, 약초꾼이 약방을 찾았으면 뻔한 일이거늘, 내가 괜한 질문을 했구먼."

"그러고 보니 오늘이 약초를 넘기시는 날이로군요? 이제

그런 건 아랫사람들에게 맡기시고 조금 쉬셔도 될 듯합니다만?'

운예소가 묘한 어조로 묻자 순간 얼굴을 굳혔던 왕칠이 곧 손사래를 치며 너털웃음을 터뜨렸다. 이런 신경전은 서로에게 피곤한 일이나 어쩐지 둘은 익숙해 보였다.

"나도 쉬고는 싶지만 밑의 녀석들에게 맡기자니 한숨만 나와서 말이야. 어서 괜찮은 후진이 뒤를 이어줘야 손을 씻고 초야에 묻히련만. 이 늙은이가 직접 챙기지 않으면 안휘성 전체 약방들이 휘청거린다고들 난리니, 쯧쯧."

운예소의 눈을 외면하며 왕칠이 짐짓 고뇌의 탄식을 늘어놓았다.

왕 노야. 본명은 왕칠.

본래 약초꾼으로 입지전적인 사람이었으나 이제는 약초꾼들의 연합을 이끄는 우두머리로서 더욱 유명한 인물. 한마디로 이곳 안휘성 약초꾼들의 왕초 격이라 하겠다.

지닌 바 인품이 자상하다 하여 자상노대(慈祥老大)라고 약초꾼들이 치켜세우는 사람.

하나 운예소의 얼굴에 서린 거부감은 무엇을 의미하는 걸까?

"그렇군요. 수고가 많으십니다. 저는 그럼 이만."

"아, 그래. 다음에 또 보세나."

운예소가 몸을 돌려 사라지자 그때까지 부드럽게 머금었

던 왕칠의 안면 근육이 차갑게 식어버렸다. 방금 전의 미소는 애초부터 존재하지 않았던 것처럼 순식간에 바뀐 표정.

이를 아는지 모르는지 운예소의 등을 못마땅한 눈으로 흘겨보던 사내들 가운데 하나가 입을 열었다.

"저자가 바로 운예소입니까?"

"그렇다네."

"시건방지다고 들었는데 역시. 감히 대야께서 작별을 고하지도 않았거늘 먼저 몸을 돌리다니! 에이, 재수없어!"

그는 깡마른 체구에 나긋나긋한 목소리로 푸념을 늘어놓았는데, 흡사 잠꼬대라도 하는 듯해서 왕칠의 인상이 저절로 구겨졌다. 남자라는 족속은 기본적으로 동성의 간드러진 여하한의 행동에 거부감을 느끼니까.

"신경 쓰지 말고 이만 가도록 하지. 제 혼자 독야청청하라고 내버려 두게나."

그러나 왕칠이 누구던가. 맨손으로 이만큼의 세력을 일구어낸 데는 그만한 이유가 있는 법. 사람 다루는 데 익숙한 그가 이런 순간에 감정을 드러낼 리 만무하다.

자신의 사람이라고 여긴 약초꾼에게는 더없이 자상하지만 눈 밖에 난 인물이라면 철저히 짓밟아서 일어설 여지조차 주지 않는 것이 왕칠의 성공 철학이었다.

그렇게 키운 조직이어서일까. 왕칠의 조직은 출범 시와 달리 약초 매매를 넘어서 안휘성 일대의 검은돈까지도 암묵적으로 다루는 정도에까지 이르렀다.

깨끗하지 않은 자금의 뒤에는 언제나 어두운 힘이 따르는 법. 왕칠의 수법은 나날이 교활해졌으나 겉으로 드러난 분위기와 연출된 선행으로 말미암아 일반인들은 그를 여전히 사람 좋은 약초꾼으로 알고 있는 형편이었다.

물론 왕칠의 진면목을 아는 몇몇 약초꾼들은 그를 일컬어 인자함으로 위장한 상어교(慈祥鮫)라고 칭하며 두려워했지만 왕칠의 위세에 전전긍긍 대놓고 말하지 못하는 처지였으니.

"그래도 재수없잖아요, 아유~ 짜증나~"

"허허… 다른 이도 아니고 자네가 그런 말을 입에 담으면 쓰겠나. 그만 잊으라고."

연방 투덜거리는 사내의 어깨를 위로하는 일방 몸을 돌려 운예소가 들어간 약방을 바라보던 왕칠이 눈을 깜빡이자 그의 뒤를 따르는 사내 둘이 은근슬쩍 뒤로 빠졌다.

'네놈의 콧대는 그야말로 하늘을 찌르는구나. 하지만 오늘은 호된 맛을 좀 봐야 할 것이다.'

第四章 기대 하나, 실망 하나

"위 노숙, 그간 안녕하셨어요?"

"아니, 이게 누구야! 아소가 아니냐!"

천혜약방(天惠藥房)이라 쓰여 있는 상점의 주렴을 걷어올리며 운예소가 기운차게 외치자 한 켠에서 쭈그리고 앉아 셈을 치르는 일방 물건을 감별하기에 여념이 없던 노인이 벌떡 일어서며 와락 그의 손을 잡았다.

"이게 얼마 만인가! 그간 별고 없었고?"

"노숙 덕분에요."

노인은 위관호(魏寬湖)라는 인물로, 푸짐한 살집처럼 인품까지 후덕한 약초상이었다.

장사꾼이라면 누구나 그러하듯 위관호 역시 이문을 남기는 것을 원칙으로 하지만 약초의 품질에 어긋나지 않는 셈을 쳐주고 때때로 사정이 딱한 지인들에게 이자를 받지 않고 돈을 빌려주기까지 하니 하루 벌어 하루 먹고사는 약초꾼들이 따르지 않을 도리가 없었다.

 "소정이가 보이지 않네요?"

 "이런, 또 어디서 농땡이 부리고 있나 보구먼. 틈만 나면 딴 짓거리를 하는 통에 이 늙은이의 속이 새까맣게 탄다니까! 내 이 녀석을 당장!"

 "하하하!"

 팔을 둥둥 걷어붙이던 위관호가 기분 좋게 웃는 운예소를 은근한 눈으로 바라보다 입꼬리를 올렸다.

 "호오, 신색이 여느 때와 다른 것으로 보아 질 좋은 물건이라도 캤나 보구먼?"

 "와~ 역시 위 노숙입니다. 어떻게 바로 아셨어요?"

 약초 가방을 내리며 운예소가 함박웃음을 짓자 위관호의 눈에 숨길 수 없는 호기심의 감정이 그대로 드러났다.

 그가 아는 운예소라면 비록 나이가 어리지만 성과에 대해 결코 과장을 할 인물이 아니었으니까. 그런 그가 자신있게 내놓는 물건이라면 분명 높은 품질의 물건일 테니.

 생계 때문에 택했던 약초상의 길. 눈을 비비며 품질을 나누고, 값을 매기며 함께하다 보니 어느새 풀 내음이 그 어떤 방향(芳香)보다도 감미롭게 느껴졌고, 그렇게 평생을 약초와 늙어왔다.

그렇기에 매일 대하지만 어제가 새롭고, 오늘 이 시점에서 다시 한 번 새로운 것이 약초였다.

'역시……'

어린아이와 같은 위관호의 표정을 보며 운예소의 입가에 한줄기 미소가 맺혔다.

자신의 일에 자부심을 가진 이라면 그가 어떤 위치에 서 있든 존중을 받아 마땅하다. 또한 자신의 일을 단지 돈벌이 수단으로서가 아니라 세상을 이루는 하나의 축으로 여기는 이라면 더더욱 인정해야 할 것이다.

그런 점에서 위관호는 최고의 약초상이리라.

"한번 보시겠어요? 오늘은 정말로 기가 막힌 놈들이……"

그러나 운예소는 가방을 열 운명이 아니었다.

"아니, 위 노야! 이런 법이 어디 있습니까?"

"순서는 지켜야지! 아까부터 기다리던 사람들은 뭐가 되냐고요?"

"이거 새치기야, 뭐야?"

운예소보다 먼저 와서 약초 가방을 들고 있던 약초꾼들이 볼멘소리를 늘어놓았다.

"아, 이런……"

당황한 운예소가 미적거리는데 위관호가 버럭 소리를 질

렀다.

"새치기는 무슨! 이쪽이 수량도 적고 하니까 먼저 봐주려는 것일세. 고작해야 일다경도 걸리지 않을 텐데 어린아이들처럼 뭘 그리 주절대는 게야!"

저리 융통성들이 없어서야, 하며 위관호가 혀를 차자 툴툴거리던 약초꾼들의 입이 싹 다물어졌다.

왕칠과 더불어 약초꾼들에게 가장 영향력을 행사하는 또 하나의 인물이 바로 위관호이니 어쩌면 당연한 반응이었지만 분명 논란의 여지가 많은 얘기였고, 그 결과는 바로 나타났다.

"그렇다면 이놈의 가방부터 봐주시오. 약초 서너 뿌리밖에 없으니까."

"난 두 뿌리라고!"

운예소의 뒤를 따라 들어온 사내 둘이서 저마다 약초 가방을 열면서 떠들기 시작했다.

"두 뿌리? 끄응……."

융통성……. 이거 골치 아픈 발언이 되어버렸다. 위관호가 난처한 얼굴로 두 사내를 바라보는데 운예소가 약초 가방을 내려놓고 머리를 벅벅 긁었다.

"기쁜 마음에 제가 그만 실수를 했습니다. 차례를 지키는 것이 당연한데 노야께 보이고픈 마음이 앞서 결례를 범했나 보네요. 순서대로 처리해 주세요."

"허……."

선선히 물러난 운예소가 고맙기도 하고 또한 미안하기도 했으나 원칙은 지키는 것이 낫다는 걸 위관호 자신이 너무도 잘 알기에 고개를 끄덕였다.

"그런데 어떻게 하지? 오늘은 왕가 쪽에서도 약초를 들여오는 날이라 보다시피……."

위관호의 눈은 몇십 개의 가방에 가득 쌓인 약초 가방에 향했다.

"저 물건을 다 보고 여기 약초꾼들까지 처리하려면 적어도 두 시진은 걸릴 텐데……."

"음."

두 시진이면 절대로 짧은 시간이라 할 수 없다. 그렇지만 순서는 순서다.

"할 수 없지요. 그럼 이거……."

가방을 위관호에게 내밀며 운예소가 고개를 숙였다. 부자지간에도 맡기지 않는다는 물건이 바로 약초 가방이건만 운예소는 너무도 선선히 내주었고, 이를 받아 드는 위관호 역시 별다른 긴장감이 없었다.

한두 해 거래로, 아니, 금전만을 목적으로 거래를 튼 사이라면 기대하기 어려운 신뢰.

"기다려야 함이 원칙이지만 할아버지를 모시고 온 터라 두 시진씩이나 이곳에 있을 수는 없습니다. 순서에 따라 약초를 봐주세요. 약조한 시간에 돌아오겠습니다."

"오, 어서 가보게. 할아버지를 모시고 왔다면 여기서 이러면 안 되지. 그럼 두 시진 후에 보세나."

"고맙습니다, 위 노야."

약초 가방을 맡기고 나서는 운예소를 미소 띤 얼굴로 바라보던 위관호가 약초꾼들의 성화에 곧 몸을 돌렸다.

"알았어, 알았어! 다음은 누구야?!"

약초에 골몰하는 위관호를 바라보며 묘한 웃음을 짓던 두 사내가 슬그머니 자리를 이동하기 시작했다. 그러나 늙은 약초상으로는 알 도리가 없었다.

두 시진이 흐르고 운예소가 돌아왔을 때 위관호는 여전히 바빠 보였다.

"저 왔습니다. 여전히 수고 많으시네요."

"음."

운예소의 인사에 위관호가 그저 고개를 끄덕였다. 뭔가 냉랭한 반응이라 꺼림칙했으나 일에 치여서 그러나 보다 생각하고 잠시 기다리던 그가 겸연쩍은 얼굴로 입을 열었다.

"저기……."

"뭔가?"

고개조차 돌리지 않고 대답하는 위관호의 태도에 어쩐지 가슴이 답답해졌지만 애써 담담하게 운예소가 물었다.

"바쁘신 중에 죄송한데… 제 약초는 다 보셨는지……."

"약초? 아, 그거?"

심드렁하게 대답한 위관호가 무표정하게 거방(柜房)―오늘날 상점의 계산대―쪽을 손짓으로 가리켰다.

"내가 조금 바쁘거든? 알아서 받아가도록 하게."

"아, 예."

거방엔 위관호의 손녀인 위소정(魏素淨)이 앉아 있었다. 그녀는 운예소와 어릴 때부터 친하게 지내던 터였기에 서로 간엔 꽤나 깊은 정이 있었다.

구 년 전만 해도 진흙을 얼굴에 덕지덕지 바르고 낄낄거리던 선머슴 같은 계집아이였는데 이제 그녀는 안휘성에서도 손꼽히는 미녀가 되었다.

그래 봐야 운예소에게는 영원한 친구였지만.

어쩐지 주눅이 들어 쭈뼛거리며 다가서는 운예소를 그윽하게 보던 위소정이 목소리를 낮추어 소곤거렸다. 가뜩이나 큰 눈인데 한껏 치뜨니 마치 쏟아질 것만 같았지만 운예소는 그런 생각을 할 여유가 없었다.

"얘, 아소."

"오랜만이야, 소정."

"오랜만이고 뭐고… 너답지 않게 어쩌자고 조부님의 심기를 건드린 거니?"

"뭐? 그게 무슨 말이야?"

"쉿! 좀 조용히 말해!"

놀라 소리를 지르려던 운예소가 급히 만류하는 위소정을 보고 가까스로 언성을 낮췄다.

"내가 위 노야의 심기를 건드리다니? 아까 네가 없을 때 약초 가방을 맡긴 것이 다였는데 그럴 시간이 어디 있어?"

"답답하기는."

한숨을 몰아쉬는 위소정과 묵묵히 제 일만 하는 위관호를 번갈아 보던 운예소가 눈에 힘을 주었다. 만약 잘못을 했다면 마땅히 비난을 감수할 용의가 있지만 이런 상황은 정말이지, 싫다.

천천히 얼굴을 굳히고 운예소가 나지막이 입을 열었다.

"같은 말을 세 번이나 토하라는 거냐?"

'……!'

순간적으로 침착해진 운예소를 보고 위소정이 움찔 몸을 굳혔다. 이런 표정을 짓는 경우의 그를 잘 알고 있었기에. 여태껏 위소정이 운예소에게서 이런 분위기를 느껴본 건 이 년 전의 '그 사건' 이후로 처음이었다.

"그, 그게… 아까 탕평약방의 오 노야가 방문했었어."

탕평약방이라면 천혜약방과 더불어 이곳 안휘성에서 가장 크고 품질 좋은 약초를 취급하는 곳이다. 그러나 탕평약방의 점주 오탕평은 위관호와 달리 욕심이 많고 셈이 빨라 약초꾼들은 그리 높은 점수를 주지 않았다.

다만 그의 뒤에 든든한 배경이 있었으니…….

"오 노야?"

"그래, 오 노야가 와서 쓸데없는 자랑을 또 늘어놓더라. 늘 그래 왔던 일이지만 오늘은 강도가 조금 심했단 말이야."

"……."

투덜거리던 위소정이 무언의 재촉을 하는 운예소의 눈빛을 감당하지 못하고 본론을 말하기 시작했다.

"그게… 휴, 아까 네가 약초를 맡기면서 조부님께 허풍을 떨었다면서?"

"허풍?"

"그래, 세상에 다시없는 물건들인 것처럼 너스레를 늘어놓았다면서? 그래, 조부님께서 여봐란 듯이 오 노야의 앞에 네 보따리를 풀었는데… 에휴, 그 다음 얘기야 너도 짐작할 테니 말할 필요도 없잖아."

조부님 성품을 잘 아는 사람이, 하며 탄식을 뱉는 위소정을 뚫어지게 바라보다 어금니를 지그시 깨물고 운예소가 사무적인 태도로 말했다.

"그래, 내 안목이 별 볼일 없을지도 모르지. 알았으니 대금이나 치러줘. 할아버지가 기다리고 계셔서 늑장 부릴 시간이 없어."

천혜약방쯤 되면 중원천지의 기화요초를 거래할 테니 그의 약초가 보잘것없어 보였을지도 모를 일이다. 비록 상등품이라고는 하나 전설의 영초(靈草) 따위는 아니었으니까.

하지만 이런 식의 면박이라면 정말이지, 실망스럽다.

'천 길 물속은 알아도 한 길 사람 속은 모른다더니.'

사 년간 꾸준히 거래했다. 오간 약초와 돈보다 정이 많았다고 자부했기에 단순히 매입자와 매수자의 관계는 아니라고 생각했거늘, 장사꾼은 그저 장사꾼이었던 건가.

난처한 얼굴로 운예소를 바라보던 위소정이 서랍을 열어 동전을 꺼냈다.

"할아버지께서 주라고 하신 대금이야."

짤랑—

손바닥에 떨어진 동전을 묵묵히 내려다보던 운예소가 볼에 세 가닥 선을 그리며 고개를 쳐들었다.

"지금… 나랑 장난하자는 거야?"

그의 손에 쥐어진 돈은 고작 다섯 문. 가져온 약초를 아무리 평가 절하한다고 해도 이건 너무나 터무니없는 액수였다. 아니, 터무니없는 정도가 아니라 완전 사기에 가까운 일이었다.

"나, 난 그저 할아버지께서 시킨 대로……."

당황한 위소정이 양손을 들어올려 휘휘 젓자 입술을 꾹 물고 운예소가 몸을 빙글 돌리자 기다리기라도 한 것처럼 위관호가 투덜거렸다.

"뭐 그리 말들이 많은 게야? 약초 값이 마음에 들지 않으면 다른 곳에서 팔면 되지 않아?"

꿀꺽—

침을 한번 삼키고 숨을 고른 운예소가 애써 평정심을 다잡았다. 실망스럽고도 실망스럽지만 인연이 인연인지라 함부로 얼굴을 붉힐 수는 없다.

"죄송합니다, 위 노야. 제 안목이 비록 미천하다고 하지만 이 가격으로 약초를 넘길 수는 없군요."

"그래? 그럼 도로 가져가든가!"

퉁명스럽게 말하며 위관호가 운예소의 약초 가방을 되는대로 잡아 던졌다.

툭—

떨어지는 가방처럼 구겨진 자존심.

힘없이 벌어진 가방 사이로 약초 몇 개가 뒹굴 흘러내렸고, 운예소의 표정이 싹 변했으나 미처 보지 못한 위관호가 씹어 뱉듯 중얼거렸다.

"에잉~ 그리 보지 않았거늘 젊은 놈이 쓸데없는 허세나 부리고. 내 비록 장사로 먹고살지만 그래도 부끄러움없이 사람을 상대했었다. 그런데 고작 삼지구엽초, 그것도 채 여물지 않은 것들이나 뽑아 와서 뭐, 기가 막힌 거라고? 천하에 몹쓸 녀석!"

삼지구엽초?

그는 삼지구엽초 따윈 캐온 기억이 없다. 아니, 삼지구엽초 같은 걸 본 적도 없다. 자양곡에서 채집한 약초들은 많은 수량이 아니었기에 하나하나를 확실히 기억하고 있었으니까.

그렇다면?

싸늘하게 굳은 얼굴로 운예소가 약초 가방을 거꾸로 들어 올리자 당귀며 삼지구엽초, 그리고 음양곽 따위가 우수수 떨어졌다.

물론 그는 이런 약초를 캐지도 담아오지도 않았다.

부르르—

너무도 분하기에 절로 떨리는 몸을 주체하지 못하고 눈을 내리감은 운예소가 살짝 무릎을 꿇었다. 이대로라면 감정을 주체하지 못할 것만 같았기에.

캐지도, 가지고 오지도 않은 약초다. 그런데 가방에 담겨 있다. 물론 가방은 운예소 자신의 것이었다. 사 년을 함께했던 녀석이기에 어디서든 바로 알아볼 수 있는 잿빛의 가방.

'뭐가…….'

뭐가 어떻게 돌아가는 걸까?

위관호가 거짓을 말할 리는 없다. 그렇다고 위소정이 거짓을 말한다는 건 더더욱 말이 안 되고. 두 시진 동안 무슨 일이 벌어졌던 걸까?

약초를 지그시 바라보는 운예소를 못마땅한 얼굴로 응시하던 위관호가 엄하게 한마디 던졌다.

"지금 시위라도 하겠다는 거냐?"

위관호의 꾸짖음에 뭐라 말을 하려던 운예소가 곧 고개를 절레절레 흔들었다.

그조차도 영문을 모르겠는데 무슨 말을 어떻게 하겠다는 건가?

"아니, 아닙니다."

볼품없이 나뒹굴고 있는 약초들을 하나하나 약초 가방에 담으며 운예소가 고개를 절레절레 저었다.

한번쯤 물어봐 주었더라면…….

"그 빌어먹을 것들 내 눈앞에서 썩 치워라! 사람 망신을 시켜도 유분수지! 괘씸한 놈!"

한번만이라도 확인해 주었더라면…….

부질없는 넋두리라는 걸 잘 알면서 계속해서 떠오르는 의타심에 제 뺨이라도 때리고 싶었지만 운예소는 약초 하나를 으스러지게 잡으며 감정을 삭이려 노력했다.

하나의 기대가 싹튼다는 건 하나의 실망이 몽우리를 맺는다는 말과도 같다. 그것을 알면서도 끊임없이 기대라는 잎새를 틔우는 것은 홀로 서지 못하는 인간의 자기 방어일까.

그렇게 약초들을 모두 담고 일어선 그가 위관호에게 목례를 보냈지만 화가 머리끝까지 치민 노인은 고개조차 들지 않았다.

"그럼… 안녕히."

터벅터벅 걸음을 옮기는 운예소가 서글픈 표정의 위소정과 얼굴을 마주하게 되자 허탈하게 웃으며 손을 흔들었다.

"영지가 구엽초로 둔갑하다니… 이런 날도 있군 그래."

무슨 말인지 알 도리는 없지만 그의 힘없는 미소가 너무도 안쓰러워 몇 걸음 뒤따르던 위소정이 조부의 일갈에 발길을 멈춰야만 했다.

"어딜 그리 강시처럼 비척거리면서 가려는 게냐?!"

"예, 예? 아, 아니에요."

"할 일이 그렇게도 없어? 일거리를 만들어주랴?"

"아니, 그게……."

꾸물거리는 손녀를 한심한 눈으로 쳐다보던 위관호가 장부를 꺼내 휘휘 넘겼다.

"어디 보자……. 음, 여기 있군. 너, 사해약방 알지?"

장부에서 눈을 떼지도 않고 위관호가 묻자 위소정이 서둘러 대답했다. 장부를 꺼냈다는 건 조부의 심기가 엄청나게 틀어졌다는 반증이고, 이럴 땐 그저 나 죽었다 하고 꼬리를 말아야 하니까.

"사해약방이라고 하셨어요? 알지요. 물론 알아요!"

모른다. 하지만 몰라도 알아야 할 때가 있다.

"썩 가서 미수금 오십 냥을 받아오너라. 보름이 지났는데 뭐 하자는 거야?"

"지금 말이에요?"

"왜, 저녁밥이라도 먹고 가려느냐? 그런 정신 상태로 어찌 이 험난한 세상을 살아가려는 게야! 답답한……."

뒤이어 장황한 잔소리가 이어졌지만 미동조차 없이 위관호의 역정을 감내한 위소정이 조부의 말이 끝나자마자 뒤도 돌아보지 않고 약방을 나섰다.

손녀가 꽁무니를 빼자 고즈넉해진 약방에 홀로 남은 위관호가 장부를 덮고 멀거니 허공을 응시하다 깊은 한숨을 내쉬며 자리에서 일어났다.

"그리 보지 않았거늘 왜 허세를 부린 걸까? 늦더라도 확실한 놈들만을 가져오던 녀석이었는데. 내가 손녀사윗감을 잘못 찍었다는 건가."

방금 전의 역정은 어디로 다 사라진 것인지 약방을 거니는 늙은 약초상의 독백에는 어쩐지 애잔한 무엇이 잔뜩 담겨 있었지만 무거운 공기에 가로막혀 밖으로 새어나가진 못했다.

천혜약방을 나서자마자 위소정은 행인 하나를 붙잡고 사해약방의 위치를 물어야 했다.

'흥! 흥! 아무리 화가 나서도 그렇지, 가본 적도 없는 곳을 대시면서 아느냐고 하시면 어쩌라는 거야?'

돈 재촉을 하지 않기로 유명한 위관호가 장부까지 꺼냈다 함은 심사가 틀어져도 어지간히 틀어졌다는 것. 아무리 그래도 위치 정도는 일러줘야 하지 않은가.

호통이 무서워 변변한 대꾸 한마디도 못한 자신의 나약함 따윈 저 멀리 날려 보내고 편한 대로 툴툴거리며 발길을 재촉하던 위소정이 길 한구석에서 수다를 떨고 있는 왕칠의 패거리들을 보고 혀를 찼다.

둥그렇게 모여 있었기에 전부를 볼 수는 없었지만 얼굴이 보이는 몇몇은 한눈에 알아봤으니까.

'아아, 오늘은 재수가 적은 날이로구나.'

왕칠이 안휘성 약초꾼들의 대부라는 사실은 누구나 알고 있는 터. 그 말을 달리하면 안휘성에서 융통되는 약초들의 대부분이 그의 손을 거친다는 거다.

자연 안휘성 일대의 약초상들에게 왕칠은 무시하지 못하는 존재가 되었고, 천혜약방 역시 그의 약초를 쓰지 않을 도리가 없었으나 위관호와 왕칠의 관계가 그리 좋지만은 않음을 알음알음으로 사람들은 대충 짐작하고 있었다.

시장의 논리가 그 이유라면 이유일까? 공급자의 힘이 커지는 것에 무언의 압박을 느낀 중간상인의 불쾌감일 거라고 혹자들은 말했지만 위소정의 관점은 달랐다.

질이 떨어지는 물건이라도 떠넘기는 식으로 끼워 파는 일이 빈번했고, 그에 반발이라도 하면 물건 자체를 끊어버린다는 압력도 서슴지 않았으니 누가 좋아하겠는가.

또한 허장성세를 병적으로 싫어하는—그렇기에 아까 운예소를 그토록 질타했던 것이다—위관호로서 왕칠의 행태는 봐줄 수 없을 지경이었으니까.

회계와 더불어 총관 비슷한 일을 맡고 있는 위소정이었기에 누구보다 이러한 사정을 잘 알았고, 그러한 문제로 위관호가 골머리를 썩는다는 것도 모르는 바 아니었지만 나설 계제가 아니었다.

또한 왕칠 휘하의 약초꾼들이 보내는 끈적끈적한 시선은 그녀로 하여금 불쾌감과 반감을 심어주기에 충분했고, 그렇게 지나가던 어느 날 일등품(一等品)의 딱지를 붙이고 배달된 왕칠의 약초를 보고 끝내 분통을 터뜨렸다.

어깨너머로 배운 지식이지만 서당 개 삼 년이면 풍월을 읊는다는 말처럼 미세한 부분까지는 모르지만 상품과 하품 정도는 구분하기에 약초라고 부를 수도 없는 물건을 최상품으로 둔갑시켰으니 이 어찌 참을 수 있겠는가.

필연적으로 고성이 오갔고, 불만을 품은 패거리들은 독기를 내뿜으며 약방을 나섰다. 그리고 다음날부터 약초의 공급이 끊겼음은 물론이었다.

왕칠과 위관호가 담판을 봐서 일은 잘 마무리되었으나 그녀가 퇴짜를 놓았던 물건은 어찌 된 영문인지 그대로 일등품의 판정을 받았다.

그 사건 이후로 위소정이 왕칠의 패거리들을 마음으로부터 완전히 밀어내게 되었음은 물론이다. 뻔한 귀결이지만 그들이 약방을 들르는 날이면 뭐든지 구실을 달아 자리를 비우는 것은 위소정이 택할 수 있는 최소한의 방어 기제였다.

'못 볼 것을 자꾸 보다니, 오늘은 만사를 조심해야겠어.'

일진이 사나운 날은 굴러가는 가랑잎이라도 조심해야 한다. 그것이야말로 만수무강의 첩경이니까. 골목으로 몸을 피하며 위소정은 옛 성현의 말씀을 가슴에 새겼다.

그 말을 듣기 전까진.

"감쪽같이 해치웠지 뭐야!"

"정말 자네의 손은 기가 막히더군! 푸하하하!"

"당연하지! 한때 시전의 행낭은 모조리 내 것이었다고! 그걸 벌써 잊은 거야?"

"맞아, 맞아! 수년 전만 해도 천하를 떠들썩하게 했던 안명호리(眼明狐狸)께서 직접 나섰는데 누가 막을 수 있겠나!"

"쉿, 누가 안명호리라는 게야? 이 몸은 어엿한 약초꾼이라고, 약초꾼! 안명호리는 무슨!"

"아이고, 내가 큰 실수를 했네! 암, 약초꾼이지! 어엿한 약초꾼이고말고!"

"푸헤헤헤!"

사내 둘이서 희희낙락 재잘거리고 있었는데 뭔가 음습한 냄새가 물씬 풍겨서 위소정이 인상을 구겼다. 일진이 좋지 않으니까 별 소음까지 사람을 괴롭힌다.

안명호리라……. 이름 그대로 어디서 도적질이나 해먹던 놈인 듯했고, 맞장구치는 녀석은 그런 능력도 없어서 바람이나 잡는 모양이었는데 늘어놓는 말본새를 보자니 어디서 또 한 건 올린 모양이었다.

'에휴! 귀 버릴라, 얼른 가버려라.'

왠지 귀에 익은 음성이었지만 미처 인식하지 못한 그녀가 귀를 틀어막으려고 할 때 안명호리라는 자의 득의만만한 한마디가 귓가에 걸쳤다.

"영지를 구엽초로 바꿨으니 그 녀석, 미쳐 버렸을걸?"

"두말하면 잔소리지! 자네가 빼돌린 영지 말이야, 왕 대야 말씀이 상품 가운데에서도 상품이라더군. 최소한 삼백 년은 묵은 물건이라고 하셨잖아?"

"그것도 무려 사십 송이야! 거기다 다른 물건들도 짝을 찾아보기 어려운 귀품들이었다고 하더라니까!"

"멍청한 놈. 그러게 왕 대야께서 자비를 베푸실 때 머리를 조아렸어야지 소 힘줄처럼 버티긴 왜 버텨?"

"자고로 머리가 나쁘면 수족이 고생한다고 하지 않았던가? 대세를 거스르는 놈치고 잘되는 꼴을 못 봤다고!"

띠잉—

"영지가 구엽초로 둔갑하다니, 이런 날도 있군 그래."

소리라도 지를 뻔했지만 입을 틀어막으며 마음을 진정시킨 위소정이 두근거리는 가슴을 누르고 머리를 굴렸다.

'치, 침착하자. 침착해야 해, 위소정!'

이들의 말을 종합해 보면 운예소의 가방에 정말로 영지와─그것도 삼백 년은 넘게 묵은!─기타 극상품의 약초들이 있었고, 그걸 안명호리라는 자가 바꿔치기했다는 거다.

또한 이 사실을 왕칠도 알았고, 운예소에게서 훔친 물건들을 감정까지 했다는 말인데.

'아니야. 저자가 한때 천하를 종횡했던 소매치기였다 해도 모든 일에 절대란 없는 법이잖아.'

규율이 엄격한 왕칠 패거리의 속성상 이러한 일을 통보도 하지 않고 벌일 리가 없다. 왕칠의 말은 곧 법이었고, 그의 지시는 곧 천명이었으니까.

그 말은 곧 지시를 한 이가 따로 있음을 의미하니.

충혈된 눈으로 살짝 고개를 든 그녀가 대화를 주도하는 두 사내를 바라보고 잠시 고개를 갸웃거리다 헉 놀라 하마터면 뛰쳐나갈 뻔했다.

자신의 성과에 도취되어 겔겔거리는 자와 연신 맞장구치는 사내가 누군지 이제야 알았으니까. 그들은 시답지 않은 약초 두어 뿌리를 가지고 한 시진이나 죽치며 노가리를 까대던 인물들이었다.

종일 돌아다니면서 이것저것 참견하고 자신의 옆얼굴을—사실은 몸 전체를— 힐끗거려서 짜증이 났었는데 그것이 바꿔치기를 하기 위한 준비였다니.

'이, 이럴 수가!'

사내들은 여전한 목소리로 주절주절 떠들어댔다. 대략 내용은 운예소의 불경함에 관한 것이었는데, 그 내용이 하도 유치찬란해서 자리를 뜨고 싶었지만 위소정은 단 한 자도 놓치지 않으려 귀를 쫑긋 세웠다.

"산 좀 잘 타고 약초 좀 볼 줄 안다고 제가 무슨 천하제일이라도 되는 양 거들먹거렸는데 쌤통이다!"

그들 말마따나 산 좀 잘 타고 약초 좀 볼 줄 아는 이야말로 최고의 약초꾼이다. 하나 이들의 관점에서는 다른 방면에 능통한 자가 최고인가 보다.

"누가 아니래? 왕 대야께서 누구신데 감히 고개를 뻣뻣이 쳐들고 헛소리냐고? 기어들어 오라 할 때 나 죽었다 조아렸어야지! 건방진 자식!"

키득거리던 사내들이 곧 어디론가 사라지자 양손으로 입을 가리고 있던 위소정이 부리나케 뛰기 시작했다.

'당장 할아버님께 알려야… 아, 아니지. 증거가 없잖아! 어쩐다지? 어쩌면 좋아?'

차를 음미하며 편안하게 오후를 보내던 운규화가 손자를

보고 자리를 권했다.

"그래, 일은 다 보았고?"

"예."

"잘됐구나. 이곳 차가 나름대로 맛이 괜찮으니 너도 한 잔 마셔보아라."

쪼르륵—

손자의 잔에 차를 따르고 운규화가 지그시 눈을 감았다. 입가에 맴도는 다향, 적당히 선선한 바람, 그리고 따사롭되 따갑지 않은 햇살까지.

그야말로 최상의 오후가 아닌가.

이런 일상을 꿈꿨다. 이렇게 고즈넉한 일상이야말로 최고의 행복일 것이다. 무상의 후예로서 보내는 삶도 나쁘지는 않지만 이제 늙어버린 그에게 더 이상의 모험 따위는 별 의미가 없었다.

그저 오늘만 같았으면.

그렇게 웃음을 머금던 운규화가 옆 자리의 소란에 절로 눈살을 찌푸렸다. 늘, 어디든, 어느 곳에서든 이런 존재들이 있다. 잔잔한 호수에 분탕질을 치는 송사리들이.

송사리들은 단 세 마리였지만 목소리가 장난이 아니었기에 찻집 전체를 가득 메우고도 남았다. 거기다 대화 내용은 한심하기 짝이 없는 것이었으니.

"이야~ 난 언제나 그런 운을 품어보나!"

"어이구, 참아주게! 그게 어디 원한다고 될 일인가!"

"맞는 말이야! 그건 사람의 힘으로 어찌할 일이 아니라고!"

이들은 아까부터 뭐가 그리 부러운지 연방 한숨을 동반한 부러움을 토하고 있었는데 그 이유가 너무도 가소로웠다.

"아아, 그 양반은 전생에 어떤 덕을 쌓았기에 그런 기연을 얻으신 거지?!"

"낸들 아나? 아마 그 양반도 모르실 테니. 자기 전생을 기억할 사람은 없으니까."

"오늘부터 수련이고 뭐고 그냥 이름난 절벽이나 찾아다닐까 봐! 또 아나, 내게도 천룡무심결(天龍無心訣) 같은 희대의 검서가 떡하니 안겨질지?"

천룡무심결이라는 말이 떨어지자 나머지 두 사내의 입에서 다시금 한숨이 쏟아졌다. 그리고 곁 귀로 듣던 운규화의 입에서도 한숨이 터져 나왔다.

물론 그 성격은 전혀 달랐지만.

천룡무심결.

오백 년 전, 검 한 자루로 천하를 떨쳐 울렸던 천룡검제(天龍劍帝) 백강민(白江敏)의 독문절학이 수록되어 있다는 비서.

당시 천룡검제의 위상은 거의 신과도 같았으나 어떤 일인지 무림 횡보 칠 년 만에 홀연 종적을 감추어서 그를 흠모하던 많은 이들이 백방으로 찾아다녔으나 끝내 백강민을 찾지는 못했다.

그로부터 얼마 지나지 않아 천룡검제가 이름 모를 장소에 자신의 절학이 담긴 기서를 숨겨두었다는 소문이 돌았으니 그것이 바로 천룡무심결이었다.

천하제일을 바라보던 검수의 무학이 고스란히 담긴 비학. 무에 뜻을 둔 모든 이들이 심심산천을 이 잡듯 뒤지고 다녔으나 비급은커녕 천룡검제의 옷자락 끝도 찾지 못했고, 그렇게 세월의 여류에 따라 사람도 기서도 점차 잊혀져 갔다.

"이럴 게 아니라 진동보(陳桐甫) 대협께 직접 물어볼까?"

절벽 타령을 하던 사내가 번뜩 눈을 빛냈다.

"뭘 말인가?"

전생 타령을 하던 자가 되묻자 절벽 사내가 얼굴을 숙이며 소곤거렸다. 말이 속삭임이지 주위 사람들 모두의 귀에 똑똑히 들릴 성량이었지만.

"뭐긴, 절벽에서 떨어지는 방법이지."

"엥?"

"자네 지금 제정신이야?"

나머지 둘의 반응엔 아랑곳없이 절벽 사내가 입술을 침으로 축이며 음모적인 미소를 지었다.

"생각해 보라고, 진 대인이 절벽에 투신했던 이유를! 그리고 비급을 얻게 된 경위도! 비록 한 번뿐인 기연이었지만 고기도 먹어본 놈이 먹는다는 말처럼 우리가 모르는 지식이나 정보를 가지고 있을 것 아닌가!"

비룡검객(飛龍劍客) 진동보. 하남의 최강 무인.

몰락한 무인 가문의 후예로 온갖 설움을 감내하며 가문의 무공을 고련하던 그가 뜨내기 청년 무사와 사소한 시비 끝에 비무를 하게 되었다.

결과는 단 칠 초 만에 완패.

무려 십칠 년을 갈고닦은 가전무공이었지만 아무런 도움이 되지 못했고, 진동보는 무려 스무 살이나 어린 청년에게 무릎을 꿇는 치욕을 당해야 했다.

그 일이 있고 식음을 전폐하며 며칠을 고심한 그가 수치심을 이기지 못하고 모 산 모처에 올라 아득한 낭떠러지에서 몸을 날렸으나 커다란 나무 잎사귀에 떨어져 용케도 목숨을 부지했는데 운은 여기서 끝이 아니었다.

하늘이 다시 주신 생명이라 여기고 마음을 다잡은 그가 절벽에서 탈출하려 이곳저곳을 헤매다 동굴 하나를 발견하고 잠시 몸이라도 누일까 해서 들어섰는데, 그곳엔 이름 모를 유골과 책 두 권이 놓여 있었다.

망자에 대한 예를 올리고 호기심에 책을 집어 든 진동보가 겉 표지, 더 정확히 표지에 쓰여 있는 다섯 글자를 보고 숨이 멎을 듯한 충격에 빠져야 했으니.

천룡무심결.

놀란 가슴을 억누르고 책장을 넘겨본 그가 현묘하면서도
알 수 없는 검식이 수록되어 있음을 확인하고 유해에 구배지
례를 올린 후 침식을 잊고 그것에 매달렸다.

그로부터 팔 년 후, 하남의 판도를 완전히 바꾼 희대의 검
객이 출몰했으니, 그는 스스로를 천룡검제의 제자라 칭하고
비웃는 무인들을 하나하나 격파해 갔다.

하남 최고의 방파라는 유황문주마저 그에게 패하자 반신
반의하던 사람들도 그의 말을 믿지 않을 도리가 없었다. 당시
까지만 해도 유황문주는 패배를 모르는 승부사였으니까.

진동보라 이름을 밝힌 무인은 심오한 무학만큼이나 인품
또한 고고했기에 하늘을 뛰노는 용과도 같은 사람이라 하여
비룡검객이라 칭하며 숭앙하게 되었다.

"그런 우연이 마음먹는다고 착착 온다면 천하에 고수 아닌
자가 어디 있을꼬?"

운규화가 작은 목소리로 중얼거리며 혀를 차는데 절벽 타
령의 사내는 여전히 목청을 드높였다. 이젠 아예 주먹까지 허
공에서 빙빙 흔들었기에 보는 이들이 눈살을 찌푸렸지만 상

대가 무인인지라 누구도 그들의 소란을 탓하지는 못했다.

"기연에 주인이 어디 있어? 먼저 가서 얻으면 그만이잖아? 약간의 요령만 있으면 우리에게도 꿈만은 아닐 거라고!"

"맞는 말일세! 우리라고 기회가 돌아오지 말란 법은 없지!"

"아, 그렇게만 된다면 꿈에서나 그리는 소화 소저가 내 품으로 뛰어들 텐데."

나머지 바보들이 몽롱한 얼굴로 맞장구치자 절벽 사내가 다탁에서 일어나 호기롭게 외쳤다.

"기분이다! 오늘은 내가 한잔 살 테니 일단 마시고 생각하세나!"

"조오~치!"

"술이라도 없으면 험난한 이 세상을 어찌 버틸까? 가세나! 가서 마시자고!"

와자지껄 떠들며 바보 송사리들이 나가자 운규화가 참았던 분노를 쏟아냈다.

"한심한 놈들. 젊은것들이 노력은 하지 않고 벌써부터 요행수나 바라고. 평생을 떨어져 봐라, 제 몸만 축날 테니. 그렇지 않느냐, 예소야?"

"예."

"자고로 사내는 스스로가 강해야만 한다. 저따위 요행수에 기대어 살다간 집안 들어먹기 십상이지. 뭐, 절벽에서 떨어져? 기연에도 요령이 있다고? 한심해서, 원."

그런 할아버지를 바라보는 운예소의 입가에 미소가 살짝 어렸으나 곧 침울한 무엇이 찾아들었다.

'음?'

이를 알아차리지 못할 운규화가 아니었기에 운예소의 뜻 모를 음영에 마음이 답답해졌다.

'일이 잘되지 않았구나.'

평소의 손자라면 시시한 농을 섞어서 맞장구쳤을 터이다. 그런데 오늘은 그저 '예'란다. 이는 일이 틀어져도 단단히 틀 어졌다는 건데.

'알 수가 없는 일이로군. 약초에 관해 까막눈인 내가 봐도 분명 좋은 물건이었거늘.'

자양곡을 올랐다고 했을 때 운규화는 하마터면 손자에게 역정을 낼 뻔했었다. 생판 모르는 이가 오른다 해도 만류할 불입곡인데 하물며 손자임에야.

그러나 운예소의 맑은 미소를 보고 그런 마음은 싹 사라졌 었다. 알 수 없게도 손자는 아침과는 다른 분위기를 풍겼으니 까. 무언가 성장했다고 해야 할까?

운예소가 풀어놓은 약초 가방에서 어떤 물건이 나와도 상 관없었다. 단지 손자는 자양곡에서 뭔가를 얻은 듯했고, 그것 이 물질적인 것만은 아니란 걸 알았으니까.

하지만, 하지만 말이다……. 늙고 힘이 없어지면 강장제 따 위의 보약 앞에서 한없이 작아지는 법이다. 그렇기에 손자가 내놓은 영지를 애써 외면하면서 시나가는 말로 몇 년산이냐고 묻는 운규화의 목소리가 약간 떨렸던 것이다.

아주 약간.

삼백 년은 족히 묵었다는 운예소의 대답에 설마를 연발했지만 달여 먹은 다음날 운규화는 이십 년 만에 두통없는 아침을 맞이했고, 손자의 말을 믿게 되었다.

'몇십 년을 달고 살던 관절통까지 좋아지는 판인데… 대체 어찌 된 거지?'

그러나 묻지는 않았다. 해결해 줄 수 없는 문제라면 억지로 끌어낼 필요가 없으니까. 가슴속에 담아두기 힘든 울화라면 스스로 토하도록 놔두는 편이 낫다.

"그래, 이제 집으로 갈까?"

"예."

第五章 되찾자는 게 아니다.
다만 어긋난 걸 바로잡고 싶을 뿐이다

　간단히 답하고 운예소가 자리에서 일어섰다. 그때 찻집 주렴을 걷고 황급히 들이닥친 인영이 운예소를 보며 와락 달려들었다.

　"아소! 아소!"

　"네가 여긴 어쩐 일이야?"

　뛰어들어 온 여인은 누가 봐도 미인인지라 찻집 손님들의 시선을 한 몸에 끌었지만 그녀의 커다란 눈은 오직 운예소만을 쫓고 있었다.

　"아아, 들었어! 듣고 말았다고!"

　"지금 무슨⋯⋯? 차라도 한 잔 마시고 천천히 말을 해봐."

숨을 헐떡이며 횡설수설하는 위소정에게 차 한 잔을 내민 운예소가 주위의 이목에 얼굴이 빨개졌다. 찻집 손님들은 노골적으로 질시의 눈빛을 던졌으니까.

꿀꺽꿀꺽―

시원하게 차를 비운 위소정이 숨을 고르고 운예소를 쳐다보다 그의 손을 와락 잡았다.

"여기서 얘기하긴 좀 그래. 우선 자리를 옮기자."

이 말, 무언가 묘한 분위기를 풍기기에 충분하다. 거기다 대담한 동작까지 곁들어지니 효과는 몇십 배 증폭되었고 반응은 즉각적으로 나타났다.

"휘익~"

손으로 입을 오므려 휘파람을 불어젖히는 사람들과,

"이야, 요즘은 여자가 남자에게 고백을 하는구나! 세상 참 많이 변했네!"

라며 빈정거리는 인간들,

"누군 좋~겠다! 백주에 저런 미인의 애정 공세라니! 못난 이 몸은 언제나 꿈꿔보려나!"

하며 탄식과 질시를 가득 담은 눈길을 던지는 인물들까지.

이제야 상황 돌아가는 걸 눈치 챈 위소정도 얼굴이 화끈거려 고개를 떨구었는데, 이런 반응이 싫지만은 않았는지 입가에 은은한 미소까지 지었으나 운예소는 미처 보지 못했다.

"아아, 어서 나가자. 이럴 시간이 없어."

마냥 기분에 도취되어 있을 수는 없는 노릇. 고개를 처든 위소정이 굳은 표정으로 운예소를 잡아끌었다.

"어디를 가려는… 자, 잠시만! 할아버지께 말씀이라도 드려야겠으니 이 손 좀 놔줘!"

"어머!"

경황 중이라 잊고 있었다. 운예소가 할아버지와 함께 시전에 나왔다는 사실을. 깜짝 놀라 주위를 살피던 그녀가 운예소의 맞은편에서 엉거주춤 서 있는 노인을 보고 급하게 고개를 조아렸다.

"처음 뵙겠습니다. 아소의 친구 위소정이라고 합니다. 경황이 없어서 어르신께 결례를 범했네요. 부디 용서해 주세요."

이렇게 예의 바르고 똑 부러진 사과를 받아들이지 않을 사람은 없다. 거기다 손자의 친구라고 하지 않은가?

"소저가 위 대야의 손녀인가? 내, 말은 많이 들었네. 그런데 소문보다 몇 배는 더 아름답구먼. 화룡월태가 따로 없어!"

기분 좋게 인사를 받으며 운규화가 위소정을 뜯어보았다.

'이 녀석, 생각보다 솜씨가 좋구먼. 언제 이런 미인의 마음을 사로잡았다는 거야?'

처음 대하지만 바로 알 수 있었다. 운예소를 바라보는 위소정의 눈길이 각별하다는 사실을.

"어여삐 봐주셔서 몸 둘 바를 모르겠습니다. 하나 저희가 지금 급히 의논할 것이 있어서 잠시 자리를 비울까 하오니 어르신께서 넓은 마음으로 소녀의 결례를 헤아려 주세요."

"실례는 무슨, 경황이 없으면 그럴 수도 있지. 어서 가보게나."

온화한 대답에 다시 한 번 고개를 숙이고 운예소를 끌고 나가던 위소정이 문가에서 운규화에게 또 한 번 머리를 조아렸다.

이번 기회에 확실히 눈도장을 찍겠다는 심산일까?

"어, 그래. 어서 가봐~"

손을 흔드는 운규화의 표정에도 흐뭇함이 가득 배어 있었다.

"무슨 일인데 그래?"

골목으로 끌려온 운예소가 난처한 얼굴로 물었다.

"그게……."

그의 눈치를 살피던 위소정이 왕칠 패거리들의 대화 내용을 털어놓기 시작했다. 그게 뭐 어쨌냐는 표정으로 듣던 운예소가 영지에 관한 얘기가 나오자 차갑게 얼굴이 굳어졌다.

"그게… 아무래도 바꿔치기였나 봐. 나는 나대로 약초꾼들 셈해주느라 바빴고, 할아버지와 일꾼들은 약초 분류에 감정하느라 정신이 없었거든."

뒤이어 왕칠의 품평에 관한 대목이 나오자 그의 어깨가 부르르 떨렸다.

"너도 잘 알겠지만 왕칠 영감의 방식으로 미루어 이런 일을 그 사람들이 단독으로 꾸미지는 않았을 거야. 무엇보다 제멋대로 일을 벌였다면 그 영감의 성격상 약초나 감별하면서 뭐라 뭐라 떠들지는 않았을 테니."

"……."

여전한 침묵. 그러나 위소정은 지금 운예소가 얼마나 분노하고 있는지 피부로 느낄 수 있었다. 너무도 거대한 부피의 울분이라 세 치 혀로 담아내지 못할 뿐.

안명호리들의 마지막 말을 모두 전하고 걱정스러운 얼굴로 운예소를 쳐다보던 위소정이 그의 입가에 차가운 무엇이 맺히는 걸 보고 소스라치게 놀랐다.

그건 미소. 그러나 한없이 차갑기에 어떤 것이라도 순간적으로 얼려 버릴 얼음의 속삭임.

"달봉이 아저씨가 이끌던 약초꾼들의 모임에서 사람을 하나하나 빼돌릴 때도 단지 세력 간의 다툼이라고 치부하고 무시했었지. 둘 이상만 모이면 단체를 만들려는 인간들의 속성은 죄 똑같다고 생각했으니까."

그래, 이 미소다. 이 년 전의 그날도 이런 한소(寒笑)를 입가 가득 머금었었다.

"그렇게 세력 싸움을 벌이다 달봉이 아저씨가 원인을 알 수 없는 실족으로 다리를 쓰지 못하게 되었지만 역시 무시했었다. 어차피 추악한 진흙탕이었고, 승부를 내는 방식 역시 일반적일 거라고는 생각하지 않았으니까."

그때 달봉이 아저씨가 참 많이도 야속해했었지, 하며 고개를 들고 생각에 잠겨 있던 운예소가 꿈결처럼 말을 이었다. 물론 이런 꿈이라면 세상에 다시없는 악몽일 테지만.

"무리를 싫어하는 나였기에 그들의 제의를 거절했고, 힘과 과시욕에 찌든 왕 노인이 노골적으로 경원함을 알았지만 이 또한 무시했다. 사람이란 사는 방식이 모두 다르고, 생각 또한 천차만별이라 그런 사람도 있겠거니 하고 넘어갔던 거지."

잠시의 정적. 머리를 떨군 운예소가 걱정이 되어 위소정이 조심스레 다가가 그의 어깨를 감싸주려 손을 뻗었다.

"그러나… 이번의 일은 다르다."

서서히 고개를 세우는 운예소의 얼굴은 그야말로 차갑고도 차갑게 얼어 있어서 흡사 악몽을 현실 세계로 가져오려는 몽마(夢魔)처럼 느껴졌다.

'시, 싫어! 지금의 아소는 너무 낯설단 말이야!'

어깰 향하던 손을 황급히 거두며 위소정이 저도 모르게 입을 가렸다.

"험담이나 욕설이라면 웃고 넘길 의향도 있다, 또 그래 왔었고. 하지만 이런 식으로 사람을 몰아넣는다면 가만히 있을 수 없지. 당하고만 살다간 결국 막다른 골목으로 내몰리기 마런이거든."

입으로 하는 말은 분명 울분인데 어찌 이렇게 얼어붙어 있을까. 뜨겁게 타오르는 불을 그대로 냉동시킨다면 아마도 이런 형태가 아닐까.

이럴 때의 운예소는 무섭다. 이럴 때의 그는 구름처럼 표홀하면서도 예(藝)를 담은 웃음을 짓지 않는다. 이럴 때의 그를 보노라면 마치 이방인 같다.

오래전 딱 한 번 보였던 살소(殺笑).

이 년 전의 일이었다, 시전에서 노리개를 팔던 처자가 불량배와 자릿세 문제로 다툼을 벌였던 것이.

단 한 푼도 낼 수 없다고 버티던 처자를 흉물스럽게 바라보던 불량배는 처자의 얼굴을 면도로 그었다. 그녀의 얼굴에서 피가 솟구쳤고, 도망가던 불량배는 곧 시전의 자치대들에게 붙잡혔으나 옥에 가면 그만이라면서 킬킬거렸다.

여인네에게 얼굴은 생명이다. 하물며 아직 혼처도 정하지 못한 처자임에야.

무려 아홉 번의 칼질이었기에 처자의 인생은 만신창이가 되었지만 불량배는 단지 사오 년을 옥에서 버티면 아무런 일도 없었던 것처럼 대로를 활보할 판이었으니 자치대의 입에서도 한숨이 터져 나왔다.

시전에 약초를 넘기러 왔던 운예소가 위소정의 손에 이끌려 현장을 지켜보다 관아로 끌려가면서도 여전한 음성으로 처자를 모욕하는 불량배를 응시하며 이를 물었다.

그리고 앞으로 나선 그가 우연처럼 자치대의 앞에 넘어졌고, 순간의 소란을 틈타 불량배는 다시 도주를 시도했다.

일대 혼란이 벌어졌고, 사람들이 도망가는 그를 잡으려는 순간 가장 먼저 뛰쳐나간 운예소가 불량배의 뒤를 덮치며 그의 목을 잡아 눌러 버렸다.

골라내지 않은 자갈밭이었기에 불량배의 얼굴은 크고 작은 돌에 갈리고 찢겨 완전히 망가졌지만 운예소의 행위는 범죄자의 도주를 막다가 우연히 발생한 사건이라 판단했기에 문제 삼은 사람은 아무도 없었다.

그러나 위소정은 보았다. 비명을 지르며 얼굴을 감싸 쥐는 불량배를 바라보며 '그 미소'를 짓던 운예소를.

당시의 충격으로 그녀는 한동안 운예소의 얼굴을 똑바로 쳐다보지 못했다. 마주하면 그 살소가 떠올라 견딜 수가 없었고, 마음속의 정인이 너무도 멀게 느껴졌으니까.

위소정이 이 년 전의 일을 반추하며 몸을 떨 때 그의 차가운 미소는 허탈한 표정과 함께 그대로 녹아내렸다. 워낙 급작스런 융해였기에 그녀는 차라리 얼음 그대로의 운예소가 나을지도 모른다는 생각까지 들 정도였다.

그만큼이나 처연한 무엇을 담고 운예소가 침울하디침울한

독백을 토하기 시작했다.

"하나 아무것도 할 수가 없어. 아무것도 하지 못한단 말이지. 빌어먹을 운명의 족쇄가 내 발목을 단단히 움켜쥐고 옥죄어 제자리에서만 맴돌아야 한단 말이지."

"아소……."

"무력감이란 놈은 사람을 차근차근 좀먹어 종국엔 파멸로 인도하지만 그런 열패감에 대항조차 하지 못한다는 또 다른 무력감이 찾아오면 살아 있다는 걸 단지 숨을 쉼으로 확인하게 되지."

"아, 아소! 그러지 말고 우리 조부님과 상의를 해보자! 이렇게 가면 너만 다칠 거야!"

위소정이 운예소의 손을 붙잡았다. 격렬한 아픔과 함께 차디찬 냉기가 전달되었지만 그녀는 잡은 손에 힘을 실었다.

이 한기를 녹일 수만 있다면…….

"말은 고맙지만 그리하면 동정이라고 이름만 바꾼 무력감이 하나를 더 불러들일 뿐이야."

"그래도 이렇게 있는 것보단 낫잖아!"

이 한기를 녹일 사람이 나라면…….

"무력감을 더할 바엔 가만히 있는 편이 낫지."

죽어가고 있다. 이건 삶을 영위하는 자의 생기가 아니다. 마음속 정인은 한 발 한 발 그렇게 생을 포기하고 있었다.

해빙(解氷)은 그녀의 몫이 아니다. 아닌 것을 알면서도 함께하려 했고, 어떻게든 영위해 보고자 목청껏 외쳤지만 역시 위소정이 점할 부분은 아니었다.

그렇다면 맡겨야 한다. 그것이 뭐든.

아랫입술을 꼭 깨물고 눈을 빛내던 위소정이 운예소의 손을 슬그머니 놓았다.

"마음 가는 대로 해."

"음?"

"마음 가는 대로 하란 말이야. 이렇게 시들어갈 바에야 차라리 마음이 부르는 대로 행하는 것이 낫잖아?"

"음!"

이 길이, 이 결정이 그와 그녀의 사이에 어떤 여파를 미칠지 몰라도 지금의 운예소는 싫었다. 이런 모습은 위소정이 사랑했고 마음에 담았던 남자가 아니었다.

그는 당당해야 했고, 거침없어야 했다.

비록 가진 바가 적어도 떳떳해야 했고 힘이 없어도 결코 주눅이 들어서는 안 된다.

옳고 그름에 명확하지만 절대로 정도를 벗어나지 않으며, 자신의 판단에 주저함없이 움직여야 한다.

그게 운예소니까.

"그런가……."

하늘가를 올려다보던 운예소가 입가에 미소를 그려냈다.

'그래, 그게 너야, 그 미소야말로 운예소라고!'

입가에서 만들어진 미소가 얼굴 전체에 퍼지다 눈가에서 완성되자 위소정은 그만 울음이라도 터뜨릴 뻔했지만 주먹을 꼭 쥐고 참았다.

정인이 가는 길이다. 여기서 울 수는 없지 않은가!

"그래, 고마워."

위소정의 어깨를 슬쩍 짚은 운예소가 그녀의 옆을 지나 성큼성큼 걸음을 옮겼다.

'아소, 난 고맙다는 말을 들을 자격도 없어. 그저…….'

위소정이 운예소의 등을 보며 눈물을 글썽였다.

'그저… 순간적으로 너를 믿지 못했던 내 자신을 용서받고 싶었는지도 몰라.'

가인의 눈물은 낙조와 맞물려 애잔한 빛을 띠었다. 그러나 사내의 가슴엔 차가운 증오가 파도처럼 타올랐기에 돌아볼 여유는 없었다.

아니, 애써 돌아보지 않았는지도.

주작관(朱雀館)은 화려한 이름처럼 건물도 화려한 음식점이었다. 건물만 화려한 게 아니라 내부도 화려했고 음식도 화려했으며 일하는 사람들의 옷차림까지 화려했다.

한마디로 주작관 하면 화려한 음식점의 대명사였고, 그 화려함은 손님들이 지불하는 은자로 유지가 되었으니 이곳의 음식들이 얼마나 비쌀지는 미루어 짐작하고도 남음이 있었다.

그런 주작관의 별실 한쪽을 모조리 빌려서 먹고 마시려면 최소 은자 두 냥은 나갈 터였기에 일반인들은 언감생심 꿈도 꾸기 어려웠지만 한 달에 두 번씩 빌리는 이가 있었다.

"자자, 마음껏 먹고 마시게. 음식이나 술이 떨어지면 바로바로 시키도록 하고."

최상석에서 서른 명이 넘는 일행에게 넉넉한 미소를 지으며 왕칠이 예의 후덕한 미소로 약초꾼들을 독려했다. 먹고 마시는 걸 독려한다는 표현이 어색하긴 했으나 이건 분명히 독려였다.

"아아, 우선 왕 대야의 만수무강을 기원하는 건배부터 올리고 시작해야지?"

왕칠의 옆에 착 붙어서 눈을 굴리던 사내가 술을 따라 잔을 쳐들자 와자지껄 시끄럽던 약초꾼들이 입을 닫고 그의 다음 행동을 기다렸다.

이자는 마중(馬衆)이라는 인물인데, 본시 문사였으나 변변찮은 학식 때문에 먹고살기 힘들어서 시전을 기웃거리던 중 왕칠의 소문을 듣고 몸을 의탁한 처지였다.

명목은 약초꾼이나 풀에 관해서 아는 바가 거의 없었기에 왕칠을 따라다니며 잔심부름을 하는 것이 그의 주 임무였지만 어쩐지 수입은 다른 이들보다 배는 많았다.

약초 매매 이외에 어떠한 수입도 지급하지 않는다고 천명한 왕칠이었기에 마중의 수입은 의아스러운 부분이 많았지만 수하들은 그냥 쉬쉬하며 넘어갔다.

마중이 왕칠의 오른팔이라는 건 세상이 다 아는 사실이었고, 그의 심기를 거스른다는 건 곧 왕칠의 기분을 상하게 하는 것과 같았으니까.

"옳소! 전부 잔을 채웁시다!"

"채웁시다!"

약초꾼들이 모두 잔을 치켜들자 벌떡 일어선 마중이 왕칠에게 몸을 돌려 공손히 머리를 조아렸다.

"우리 약초꾼들을 이끄시느라 몸도 마음도 피곤하실 테지만 늘 건강하시어 천년만년 장수하소서!"

"장수하소서!"

마중의 선창에 따라 음식점이 떠나가도록 소리를 지른 약초꾼들이 단숨에 잔을 비우자 왕칠이 만족스러운 미소를 지었다.

천년만년이라……. 썩 마음에 들지 않은가?

물론 말은 전혀 달리 나갔다.

"예끼, 이 사람들아! 천년만년이라……! 하하하! 아무튼 고맙네! 빈말이라도 이런 말을 들으니 기분이 좋은 걸로 보아 나도 늙긴 늙었나 보네!"

"대야께서 늙으셨다니요?!"

"천부당만부당한 말씀입니다!"

쏟아지는 아양과 아부를 은근히 즐기며 왕칠이 의자 깊숙이 몸을 묻었다.

이 맛에 우두머리 노릇을 하는 거다. 돈도 돈이지만 이런 맛이 없다면 반대파들을 억눌러 가면서, 심지어 말살시키면서까지 조직을 반석에 올리지도 않았을 거다.

멍청한 아랫것들이야 때때로 던져 주는 뼈다귀로 달래고, 때로 꾸짖으면 알아서 해결되니 이 어찌 신선놀음이 아닐까.

그가 편안한 얼굴로 새우 튀김을 하나 집어 들려다 문득 정신을 차리고 옆을 바라보고는 신경질적으로 젓가락질을 하는 사내에게 머리를 숙였다.

"아! 대인에 관한 소개가 늦었습니다그려. 한 달에 두 번뿐인 회식이라 소란스럽기 그지없어서. 혜혜혜……."

에혜혜혜…….

왕칠에게 비굴한 웃음을 보기란 드문 노릇. 그러나 사내에게 왕칠은 안중에도 없는 눈치였다. 아니, 이 모임 자체가 안중에 없는지도.

"뭐, 상관없어. 저런 어중이떠중이들과 안면을 트고 싶지는 않으니까."

'어린 놈의 자식이 건방지게!'

어중이떠중이라면 왕칠 자신은 어중이떠중이들의 대장이란 말 아닌가. 사내의 냉소적인 대답에 왕칠이 이를 악물었으나 발작하지는 못했다.

"이해해 주서서 감사합니다. 차린 건 없지만 모쪼록 즐기시길."

대답없이 사내가 젓가락을 들어 음식을 깨작거렸다. 이제 서른이나 됐을 나이였지만 그의 눈에서 흘러나오는 관록은 왕칠 따위가 감히 마주할 것이 아니었다.

안휘성에서 그래도 힘깨나 쓴다는 왕칠을 무시하는 사내.

그는 누구일까?

똥 씹은 표정을 가까스로 진정시키며 왕칠이 좌중으로 내려섰다. 회식 자리에서 약초꾼들을 일일이 독려하며 술을 따르는 그의 모습은 낯선 것이 아니었으니까.

물론 오늘은 앉은자리가 가시방석인 이유도 한몫했지만.

"자자, 이 술 한잔 쭈욱 들이켜고 좋은 약초 많이 캐야지!"

"여, 여부가 있겠습니까!"

그렇게 취흥이 도도해질 무렵 별실에 한 사람이 들어섰다. 그의 걸음엔 비록 커다란 소리를 동반하지 않았으나 왠지 무거웠기에 술을 마시던 패거리들이 모두 돌아보았다.

"잠시 실례를 좀 해야겠습니다."

사내가 입을 열자 패거리의 눈에 노골적인 적개심이 피어올랐다. 그것은 왕칠도 마찬가지였으나, 아니, 그 누구보다 더한 독화(毒火)를 피워냈지만 금방 표정을 바꾸었다.

"아니, 이게 누구야? 아소 아닌가!"

그러나 운예소는 왕칠 쪽으로는 시선도 주지 않고 좌중을 둘러보았다. 하나 패거리들은 운예소를 쏘아볼 뿐 나서는 이는 아무도 없었다.

"왕 대인과는 지금 나눌 말이 없으니 죄송하지만 비켜서시지요."

'으음!'

너랑은 당장 볼일 없으니까 저리 꺼져 있어라.

능구렁이 같은 왕칠도 패거리들의 앞에서 직접적으로 당한 면박을 참긴 힘들었다.

"허허, 우리 식구들에게 볼일이 있는 듯한데, 그렇다면 먼저 나를 통해야지."

어금니를 지그시 깨물며 왕칠이 억지웃음을 지었다.

"걱정하지 마십시오, 통하지 말라 해도 통할 때가 있을 것이니. 하지만 지금은 사람부터 찾는 것이 급선무라 말을 나눌 계제가 아니로군요."

"으음!"

완곡한 거절 속에 묘한 가시가 섞여 있다.

설마 이놈이…….

왕칠의 떨떠름한 표정을 무시하고 좌중을 둘러보던 운예소가 어깨에 메고 있던 약초 가방을 앞으로 불쑥 내밀었다.

"이게 뭔지 모두들 아실 거라고 믿소."

왜 모르겠는가. 약초로 생활을 영위하는 사람들이라면 한

번에 알아볼 물건이거늘.

"그렇소. 약초 가방이요. 또한 우리의 긍지이자 자랑이라는 것도 잘 아시리라 믿소."

가방……. 일반인들에게는 그저 물건을 넣어 가지고 다니는 용구 정도로 생각하겠지만 그것이 약초 가방이면 약초꾼들에게는 각별한 무엇이 되어버린다.

그들의 피와 땀, 그리고 목숨을 담보로 한 결실물이 차곡차곡 숨 쉬고 있는 곳이 약초 가방이기에. 해서 아무리 친한 약초꾼들이라도 서로의 가방은 열어보지 않는다.

긍지를 훔쳐볼 수는 없기에.

"오늘 나는 이 약초 가방을 송두리째 바꿔치기 당했소. 약초꾼에게 약초는 언제나 소중한 것이지만 이번의 것들은 정말로 각별했던 녀석들이었소."

운예소의 목소리에 서린 비장함에 뭐라 쫑알거리던 패거리들이 입을 다물었다.

"그건… 할아버님의 고희연을 위해 자양곡에서 딴 소중한 물건들이었단 말이오."

자양곡!

순간 여기저기서 두런두런 속삭이는 소리가 들렸다. 안휘성의 약초꾼들이라면 단 한 번이라도 오르고 싶은 전인미답의 장소가 바로 자양곡 아닌가.

그리고 운예소가 그곳을 정복했다는 말이니.

'어쩐지 특상품이더라니.'

왕칠의 눈이 가늘어졌다. 이를 눈치 챘을까? 부산하게 주절대는 수하들에게서 눈을 돌린 운예소가 왕칠을 똑바로 바라보며 힘주어 한마디씩 내뱉었다.

"그리고 범인이 이곳에 있다는 걸 알게 되었소."

"뭐?"

"어디서 뺨 맞고 화풀이야!"

패거리들이 벌 떼처럼 일어섰다.

"자네… 지금 무슨 말을 하는 게야?"

왕칠도 어처구니없다는 듯 양팔을 벌렸다. 하나 운예소는 눈썹 하나 까딱하지 않고 그를 응시했기에 늙은 구렁이의 의식적인 몸동작은 무위로 그쳤다.

"어디서 약초를 잃어버렸나 본데 얌전히 집으로 돌아가라고!"

"행패를 부릴 곳이 따로 있지!"

한마디씩 쏘아붙이는 패거리들을 무시하던 운예소가 문득 한마디를 던졌다.

"여기 안명호리라고 있소?"

순간적으로 좌중이 서늘해졌고 왕칠의 표정이 변했으나 운예소는 여전한 목소리로 주절거렸다.

"내 물을 것이 있으니 나서보시오, 안명호리."

그러나 패거리들은 여전히 침묵만을 고수했다. 그런 그들을 뜯어보던 운예소의 입꼬리가 실쩍 들려졌지만 나서서 항변하는 이가 없었으니 과연 오합지졸이라 하겠다.

"여우[狐狸]라 해서 그래도 컹 소리는 낼 줄 알았는데 이제 보니 귀신[鬼]이었군? 그 이름도 무서운 단소귀(胆小鬼) 말이야."

단소귀……. 겁쟁이라는 말이다.

이런 모욕에도 좌중에서 변화를 보이지 않자 잠시 생각하던 운예소가 침을 꿀꺽 넘겼다.

뱀이 나서지 않으면 그 숲을 건드릴 수밖에.

"나설 자신이 없으면 일을 벌이지 말든가, 일을 벌였다면 여기저기 자랑이나 하지 말든가. 이렇게 다 까발려지고도 술이 입으로 들어가다니 대단한 강심장이야?"

순간적으로 왕칠이 얼굴을 붉히며 오른편을 쏘아보고, 전전긍긍하던 사내 하나가 입을 떡 벌렸다.

"네놈이었나?!"

와장창!

비호처럼 몸을 날린 운예소가 탁자들을 부수며 사내의 앞을 점하고 주춤 뒤로 물러서려던 그의 목을 움켜쥐었다.

"커컥!"

소매치기로 먹고살려면 어느 정도 주먹도 썼을 텐데 사내는 너무도 맥없이 제압당했다.

"네가 그랬단 말이지? 네가……?"

이유는 간단했다. 기세의 차이였으니까. 운예소가 몰고 온 기운은 마치 폭풍우와도 같아서 서른 명이 넘는 사람들을 무시할 정도였고, 안명호리의 기세는 혼날 것이 두려워 거짓말을 꾸며대는 철부지의 그것이었다.

"네가… 안명호리란 말이지?"

"크, 크큭!"

운예소의 손을 잡고 괴로운 신음성을 지르던 사내가 그의 싸늘한 눈빛에 고개를 돌려 왕칠을 쳐다보았다. 운예소의 눈은 사람의 것이 아니었으니까.

'왕 대야, 이놈은 악마의 눈을 가지고 있다고요! 제발 살려주세요!'

안명호리의 불쌍한 얼굴이 아니더라도 이렇게 있다간 웃음거리가 될 판이었다.

"어허! 이게 지금 무슨 행동인가?! 어서 멈추지 못하겠나?!"

왕칠의 호통에 운예소가 피식 웃었다.

"잠시만 기다려 달라고 했잖습니까. 이 친구에게 몇 가지만 확인할 테니 기다려 주시지요."

차분한 그의 대답에 왕칠이 몸을 파르르 떨었다.

'저, 저 바보 같은 자식! 깨끗하게 처리했다고 방방거리더니 어쩌자고 흔적을 남겨서 이 소란이야!'

안명호리에게 약초를 바꾸라고 사주한 것은 말할 나위도

170 이인체가

없이 왕칠이었다. 운예소를 난처하게 만들 요량이기도 했으나 그보다는 위관호와의 연결고리를 끊어 그를 고립시키려 벌인 일이었다.

대충 잘 처리되었다고 안심했었는데.

그렇다고 수수방관했다간 여태 쌓아 올린 자신의 입지가 송두리째 흔들릴 수도 있는 사건이라 왕칠이 눈알을 굴렸다.

이대로 둘 수는 없다. 입이 헤픈 여우 놈이 어떤 소리를 지껄일지도 모른다. 겁쟁이에다 바보 같기에 무슨 말을 주워섬길지 알 도리가 없는 일.

자상노대는 언제까지나 자상노대로 남아야 한다.

"그리 말해도 듣지 않고 무력을 행사하려 드니 안타깝지만 할 수 없는 일이로군."

안타깝기 그지없다는 표정을 짓고 좌중의 패거리들과 눈을 맞춘 왕칠이 건장한 장정들에게 눈짓을 주었다.

우두둑―

마치 분부만을 기다렸다는 듯 손마디를 꺾으며 나선 떡대 세 명이 운예소를 불렀다.

"이놈아, 어르신이 만류할 때 그만뒀어야지. 네가 무슨 용가리 통뼈쯤이라도 되는 양 설치는 것이냐?"

턱수염이 무성한 장정이 소리치자,

"자비를 베풀 때 적당히 그만둘 것이지, 뼈마디를 분질러야 정신을 차리겠냐?!"

되찾자는 게 아니다. 다만 어긋난 걸 바로잡고 싶을 뿐이다 171

라며 이마에 커다란 혹을 달고 있는 사내가 소리쳤고,

"우리 삼협이 나서면 몇 달은 밥 구경도 하지 못할 것이다. 어서 무릎을 꿇고 왕 대야께 사죄드려라."

라는 말로 양 팔뚝에 칼자국이 나 있는 사내가 헛소리의 대미를 장식했다.

이들은 시전에서 자릿세나 뜯으며 어깨에 힘을 주고 다니던 불량배였는데, 스스로를 안휘삼협(安徽三俠)이라고 부르며 높였으나 사람들은 안휘삼견(安徽三犬)이라며 비웃었다.

제각기 떠들어대는데 내용은 비슷비슷해서 운예소가 실소를 머금었다. 참으로 교육이 잘된 호위들이지만 이런 식의 넋두리는 더 이상 들어주고 싶지 않았다.

"왕 노야께서 수입이 짭짤하시다더니 그 말이 사실인가 보군요. 저런 변설자들에게도 나눠줄 돈이 있으니 말입니다."

운예소의 빈정거림에 왕칠의 표정이 똥색으로 바뀌었고, 장정들은 눈빛을 흉흉하게 빛냈다. 말인즉슨 그만 나불거리고 해볼 테면 해보라는 것 아닌가.

"오냐, 네놈이 죽고 싶어 안달이 났구나."

혹이 난 사내가 나서며 주먹을 크게 휘두르자 바람 가르는 소리가 났다. 이 정도의 위력이라면 스쳐도 멍이 생길 판이지만 동작이 컸기에 운예소는 사내의 가슴팍으로 몸을 집어넣었다.

안명호리를 잡은 손을 풀지도 않고.

이렇게 되자 휘두른 오른손으로 아무것도 할 수 없는지라 급하게 주먹을 회수하며 왼손으로 운예소의 관자놀이를 노렸지만 그대로 무릎을 굽히자 사내의 손은 또다시 허공을 갈라야 했다.

그 상태에서 왼손으로 사내의 오른 발목을 잡은 운예소가 슬쩍 힘을 주자 혹이 난 사내는 커다란 포물선을 그리며 공중으로 날았다.

일반적으로 축이 되는 발은 오른쪽이니까.

"어어어?"

허둥거리며 바닥을 짚으려던 사내의 손을 빠르게 차올린 발로 봉쇄한 운예소가 다시 한 번 발을 놀려 전을 뒤집듯 허공에서 사내의 몸을 빙글 돌려놓는 일방 박살난 탁자를 낙하 지점으로 슬쩍 들이밀었다.

스륵―

앞으로 떨어져 내리는 사내의 명치 부근에 모서리가 비죽이 솟아 있었고, 혹이 난 사내는 어떠한 저항도 하지 못하고 중력에 몸을 맡겨야 했다.

쿵!

"끄윽……!"

잔인하다면 잔인한 수비식. 그러나 오른손을 사용하지 못하는 상태였기에 가장 효과적인 역습이었고, 간단한 동작만으로 장정 하나를 골로 보낸 운예소가 피식 웃었다.

"시시하군. 그냥 둘이서 같이 오지 그래?"

번개 같은 솜씨에 일순 당황했지만 밥값을 해야겠기에 두 사내가 동시에 달려들자 그중 먼저 다가선 턱수염의 하박(下膊) 관절을 움켜잡은 운예소가 그의 이동 방향 그대로 회전하며 마치 춤을 추듯 원을 그리자 턱수염의 등은 마주 오던 칼자국과 대칭이 되었다.

하박의 관절, 즉 팔꿈치를 제압당하면 제아무리 천하장사라도 힘을 쓰지 못한다. 그렇기에 먼저 달려든 턱수염은 운예소의 움직임에 따라 몸을 맡기는 도리밖에 없었다.

동료의 등판을 보고 급급히 사내가 걸음을 멈추자 원을 그리던 운예소 역시 왼발을 강하게 디뎌 움직임을 멈추고 오른손을 힘차게 뿌리치자 인형처럼 대롱거리던 안명호리가 칼자국에게 안겼다.

"어이쿠!"

"뭐, 뭐야!"

안명호리와 사내가 뒤엉켜 아무런 행동도 하지 못할 때 하박을 제압하던 왼손을 힘껏 쳐들며 자유로운 오른손으로 턱수염의 팔목을 강하게 밀었다.

뿌각―

"크아악!"

팔꿈치 관절이 탈골되어 턱수염이 나뒹굴 때 지체없이 허공으로 몸을 띄운 운예소가 양 무릎을 곧추세워 안명호리의 등을—정확하게 말하자면 엉켜 있는 둘 가운데 앞쪽의 등판이겠지만—강하게 찍어눌렀다.

우당탕—

"쿠엑!"

"……"

비명을 지른 안명호리는 차라리 사정이 나은 편이었다. 두 사내의 몸무게와 안명호리의 등판에서 전달된 운예소의 슬각(膝脚)을 고스란히 감내한 칼자국의 사내는 찍소리도 내지 못하고 눈을 까뒤집었으니까.

순식간에 셋을 처리한 운예소가 빌빌거리는 안명호리의 멱살을 움켜쥐고 거칠게 일으켜 세웠다.

"이제 훼방꾼이 정리되었으니 다시 시작해 보자."

'저, 저놈이!'

왕칠이 왕방울만 해진 눈을 굴리며 이를 갈았다.

운예소의 주먹이 세다는 건 익히 들어서 알고 있었다. 오죽하면 안휘의 시전 불량배들도 그를 보고 설설 길까. 하지만 안휘삼견이라면 산전수전 다 겪은 싸움꾼들이라 충분할 거라 생각했거늘.

제대로 된 반격 한번 시도하지 못하고 당해 버렸다.

놀라운 건 운예소였는데, 안휘삼견을 처리하면서 그는 단 한 번의 주먹질도 하지 않았다는 거다.

단순한 임기응변으로 치부할 수 없는 동작. 저런 기술은 뭐라고 불러야 할까.

아무튼 조급해진 왕칠이 주위를 둘러보았으나 패거리들은 운예소의 눈부신 솜씨에 입을 떡 벌리고만 있을 뿐 나서는 놈은 하나도 없었다.

개중엔 슬금슬금 문 쪽으로 게걸음을 치는 자도 있었으니.

'밥버러지 같은 놈들!'

이놈이나 저놈이나.

뿌득뿌득 이를 갈던 왕칠이 곧 득의만만한 미소를 머금었다.

'흐흐흐… 며칠 전이라면 암담했겠지만 이제 다르지. 암, 달라도 아주 달라.'

안명호리에게 으름장을 놓는 운예소를 보다 슬금슬금 뒷걸음질친 왕칠이 상석에 앉아 술잔을 빙글빙글 돌리며 하품을 하는 사내에게 머리를 조아렸다.

"저 친구가 무슨 오해를 했는지 몰라도 엄한 우리 식구들에게 트집을 잡고 있습니다."

"우리?"

"아, 아니요. 제 식구들 말입니다."

이놈도 마음에 들지 않기는 마찬가지다.

그렇지만 시장이 반찬이라고 아쉬운 건 그인지라 더더욱 머리를 숙이며 왕칠이 속삭였다.

"아무튼 저 친구에게 하늘 높음을 보여주십시오. 몇몇이

나선다면야 해결될 것도 같지만 그리되면 모양새가 좋지 않아서……."

"훗!"

사내가 잔을 내려놓으며 피식 웃었다.

"몇몇이 나서면 해결이 돼? 말도 안 되는 소리. 여기 떨거지들이 모조리 달려들어도 저 친구 하나를 어쩌지 못할 거란 걸 당신도 잘 알고 있지 않은가?"

"아, 그, 그게……."

"허세 부리지 마. 저런 병신들의 왕초라고 목에 힘을 주니 세상이 달리 보이던가?"

"……."

얼굴이 달아올랐지만 반박할 말이 없다. 그리고 반박할 엄두도 들지 않았고.

사내는 왕칠 따위가 넘볼 상대가 아니니까.

"뭐… 이런 일 해주자고 맺은 계약이니 별로 할 말은 없지만 당신도 원(怨)을 참 많이 지고 사는가 봐?"

많이도 지고 살아, 하며 왕칠의 어깨를 툭툭 두드린 사내가 의자에서 몸을 일으켰다.

쿠쿠쿠―

그리 크지 않은 체구인데 몸을 일으키는 것만으로 별실 전체를 채울 듯한 분위기를 풍기면서 사내가 나지막이 입을 열었다.

"이봐, 그 머저리는 일단 치우라고."

"음?"

소리난 방향으로 고개를 돌린 운예소가 사내를 보고 흠칫 놀랐다.

'뭐지?'

그것은 본능적인 위기감.

"제법 괜찮은 발차기를 할 줄 아는군. 하지만 이쯤에서 그만둬 줘야겠어. 내가 나서면 여러모로 힘들어질 테니."

"귀하는 누구십니까?"

"나?"

운예소의 질문에 사내가 빙긋 웃었다. 크지도, 그렇다고 작지도 않은 체구의 사내는 모든 것이 평범해서 미간을 관통할 듯한 일자 눈썹이 아니라면 잊혀지기 쉬운 얼굴이었다.

"용군진(龍軍振)이라는 이름을 들어본 적이 있나?"

"……!"

용군진이라니? 이런 인물이 어째서 여기 있다는 건가?

第六章 현실처럼 잔인한 것은 없다

직미대주(直眉大主) 용군진.

무림에 관심이 없는 운예소라도 한번에 알아들을 이름. 귀
신과도 같은 신법과 쾌속한 주먹으로 절강성(浙江省)을 평정
하고 적수를 찾아 강서성(江西省)으로 왔지만 그곳의 고수들
이 모두 비무를 회피해서 장안의 화제가 되었던 무인.

주먹이 허공을 가르면 뇌전이 생기고, 발을 떼면 구름 같은
조화를 불러온다 하여 뇌권운보(雷拳雲步)라는 별칭까지 가지
고 있는 고수 중의 고수.

서열이 멋대로라는 강호에서도 고수를 말할 때는 반드시
거론되는 인물이었기에 강호의 판도를 바꿀 십이대주(十二代

主)의 하나로 꼽히는 사람.

"직미대주… 본인이 맞으시오?"

"남들이 그리 부르더군. 이 눈썹을 밀어버리든지 해야겠
어."

뒷짐을 지고 상석에서 내려선 용군진이 운예소의 앞에 서
서 고개를 저었다.

"어서 가라. 오늘은 어쩐지 손을 쓰고 싶지 않으니까."

용군진이라……. 아무리 봐도 왕칠 같은 인간과 어울리지
않는 사람이다. 그렇다면 얘기가 좀 될지도 모르겠다고 생각
하며 운예소가 포권을 올렸다.

"저는 운예소라는 약초꾼입니다."

이때 왕칠이 용군진의 곁에 쪼르르 다가왔다.

"저, 저기 대인, 이대로 녀석을 보낼 수는 없습니다. 어디
든 두어 군데는 부러뜨려야 제 체면이……."

당한 만큼 갚는다는 생각은 좋다. 그러나 그걸 타인의 힘에
기대는 건 좋지 않은 일. 왕칠의 비굴한 얼굴을 물끄러미 바
라보다 용군진이 키득거렸다.

"그럼 당신이 손을 보든가."

"아니, 그건 약조에……."

순간 용군진의 얼굴에 찬 서리가 한 겹 씌워졌다.

"당신, 지금 내게 강요하는 거야?"

한기를 풀풀 날리는 목소리라 왕칠이 감히 고개도 들지 못하고 버벅거렸다. 속으로야 이 세상의 모든 욕설을 동원했겠지만.

"그, 그럴 리가 있겠습니까! 저는 다만……."

왕칠을 싹 무시한 용군진이 다소 피곤한 표정으로 운예소에게 물러가라는 손짓을 했다. 이리도 표정을 자주 바꾸는 걸로 보아 꽤 신경질적인 성격을 지닌 듯했다.

"운예소라고 했던가? 아무튼 어서 그놈을 봐주고 가라. 귀찮으니까 말이야."

"저 역시 더 이상의 소란은 원하지 않……."

"가라니까. 네 말 따윈 듣고 싶지 않다고."

"알겠소. 가긴 가겠는……."

"죽고 싶나?"

운예소의 말을 싹둑 자르며 용군진이 한 발 나섰다.

"꺼지라고. 넋두리는 집에 가서 늘어놓으란 말이다."

아아!

또다시 기대라는 것을 품었다. 번번이 외면받고 내쳐진다는 걸 알면서 다시 한 번 기대감이라는 신기루에 손을 벌렸다.

절대로 잡을 수 없는 허상에.

"갈 수 없소."

"뭐야?"

배신감이 아니다. 이건 기대라는 이름 아래 멋대로 의지해 버린 방임의 단죄일 터이다.

"내참, 별 웃기지도 않는……."

천천히 뒷짐을 풀며 용군진이 킬킬 웃었다.

"죽고 싶어서 환장을 했구나?"

당신이 얼마나 대단한지 몰라도 나 역시 천하제일가의 무상이란 말이다.

"말을 좀 가려주시죠?"

"뭐, 말을 가리라고? 이제 보니 완전 골 때리는 자식이잖아? 크하하하!"

비록 무공을 사용할 수는 없지만 기본적인 움직임으로 당신을 봉쇄할 수 있을 거야.

비정상적일 정도로 흥분한 용군진이 천장을 올려다보며 앙천광소를 터뜨리다 돌연 고개를 세웠다.

"감히… 내게 명령을 해?"

픽!

뭐가 어찌 됐는지도 몰랐다. 그저 용군진의 어깨가 흔들렸다 싶었고, 운예소는 바닥을 나뒹굴어야 했다.

"으으윽!"

복부에서 전해오는 강렬한 통증. 아마도 배를 맞았나 보다.

운예소가 바닥을 밀며 일어서려는데 유령처럼 다가선 용

군진이 그의 옆구리를 걷어찼다.

퍽―

"……."

숨이 멎어버릴 듯한 타격. 그대로 엎어진 운예소가 아득해지는 정신을 붙잡으며 무릎을 세우려 노력했다.

"후욱― 후욱―"

일어서긴 했으나 앞이 흐려서 머리를 한번 흔들자 온전하게 사물이 들어왔다. 득의만만한 왕칠과 차갑게 가라앉은 용군진의 모습까지도.

방심했다. 상대는 분명 공격 의사를 밝혔고, 그의 능력을 감안했을 때 안명호리를 잡았던 손을 빨리 놓고 공격이든 수비든 치중했어야 했다.

그의 손에서 벗어난 안명호리가 비실거리며 왕칠의 옆으로 몸을 숨기는 걸 멀거니 바라보던 운예소가 혀를 찼다. 한 가지를 포기했더라면 이런 결과는 오지 않았을 터.

'자업자득이다.'

늦은 한탄을 무모한 도전에의 후회쯤으로 받아들인 용군진이 입술을 씰룩거렸다.

"늦었다."

글쎄, 늦었을까?

"난 한번 손을 쓰면 상대를 죽이지는 않지만 죽을 때까지 잊지 못할 기억을 선사해 주지."

죽이지는 않는다……. 기뻐해야 할까?

"하하하!"

돌연 웃음을 터뜨리는 운예소를 보던 용군진이 굵은 눈썹을 꿈틀 움직였다. 가뜩이나 굵은데 움직임까지 더해지자 송충이가 따로 없었다.

'이 자식, 실성한 거 아냐?'

보아하니 어디서 손재간 몇 수를 얻어 배운 듯한데 그래 봐야 일반인이고 다툼의 이유도 지극히 개인적인 사건일 터. 십이대주의 한 사람으로 끼어들 문제가 아니었다.

하지만 건방진 태도만큼은 참을 수 없어서 손을 썼는데 내공력도 사용하지 않은 두 번의 타격에 그만 정신을 놓아버린 건가?

만약 그렇다면 찜찜한 일이 아닐 수 없었다. 남들의 시선이나 소문 따위를 의식하는 편이 아니었지만 일반인을 미치게 만들었다는 말이 돈다면 뒷맛이 좋지 않음은 틀림없으니.

그놈의 나른함이 뭔지.

"하하… 아……!"

발작적인 웃음을 거둔 운예소의 눈에 또렷한 총기가 서린다 싶어 내심 안도하는 용군진이 뒤이어 스멀스멀 맺히는 어떤 기운에 인상을 구겼다.

약초꾼 녀석의 눈은 자신을 똑바로 응시했으니까. 존경이나 두려움 같은 감정이 아닌, 말로 형용할 수 없는 무엇을 담고.

"귀하께서는 무엇 때문에 싸우시는 겁니까?"

"뭐?"

"이곳과 별로 어울리지 않아 보여서 드린 질문입니다. 무엇을 위해 싸우시는 겁니까?"

그리 명예롭지도 않은, 그렇다고 주체도 아닌 싸움인데.

용군진이 쓰게 웃었다. 무슨 말을 하나 들어줬더니 고작 명분 타령이라는 건가.

"심심해서."

요즘은 당최 재미있는 일이 있어야 말이지. 키득거린 사내가 문득 운예소에게 질문을 던졌다.

"호랑이가 왜 무서운 줄 아나?"

"……?"

어리둥절해하는 운예소를 보며 용군진이 스산한 미소를 머금었다. 방금 전의 그 눈빛, 역시 마음에 들지 않았다.

"호랑이는 말이야, 사냥에 나설 때면 언제나 최선을 다하거든. 그것이 토끼라고 해도."

이를테면 전력으로 너를 깨부수겠다는 말일 텐데.

담담히 용군진의 시선을 받아내던 운예소가 고개를 끄덕였다.

"그렇게 들었소. 하나 귀하는 호랑이가 아니고 나 역시 토끼가 아니니 위의 가정은 별 의미가 없어 보입니다만?"

"호랑이가 아니다… 라……."

턱을 살짝 치켜들며 용군진이 입술을 핥았다.

"나름대로 호랑이라 생각했거늘 아니었다면 이제라도 되어야겠지. 뭐, 내공은 쓰지 않으마."

일반인에게 공력은 무슨. 그냥 복날 개 잡듯 패면 하늘 높은 줄 알게 될 터.

스릉―

한 발 나선 용군진이 주먹을 휘두르자 그의 손은 무려 여덟 개로 불어나 운예소를 위협했다.

쿠쿠쿠―

이것은 용군진의 절학인 만류뇌권(卍流雷拳) 가운데 다변으로 유명한 십방뇌류(十方雷流)를 내공력 없이 펼쳐 낸 것이다.

사람이 문어가 될 수는 없을진대 어찌 여덟 개의 팔을 가지게 된 걸까?

'허상이다. 두 개 빼면 모조리 잔상일 거야.'

공력을 싣지 않은 탓에 현란함을 빼면 그리 위협적인 공격은 아니라 생각하고 운예소가 최초의 두 권로를 쫓으며 재빨리 몸을 움직였다.

그러나,

퍼펑!

"커흑!"

가슴을 여섯 번이나 난타당하고 뒤로 죽 밀려난 운예소가 눈을 휘둥그레 떴다. 아픔을 느낄 정신도 없었다. 이건 상식적으로 이해가 가지 않았으니까.

'뭐야? 허상이 아니었단 말이야?'

그렇다. 운예소는 두 개의 권로를 정확히 걸러냈다. 그리고 나머지의 여섯이 그의 몸을 밟고 지나갔다는 거다.

너무 놀라면 통증조차 느끼지 못하는 법이다. 망연히 용군진을 바라보던 운예소가 순간 눈을 깜빡거렸다. 며칠 전의 일이 주마등처럼 그의 머릿속을 스쳐 지나갔기에.

또한 금과옥조와도 같은 한마디 역시.

"무림에서 상식을 찾으시면 어떻게 해요?"

아아, 왜 잊고 있었을까.

상대는 용군진이다. 내공을 사용하지 않아도 그는 무림인이란 말이다. 그가 서 있고 숨 쉬는 이상 주작관의 별실은 어느새 강호였던 거다.

'여긴 무림이었지?'

무림에서 상식은 통용되지 않는다. 사람의 팔이 여덟 개로 불어나든 열여덟 개로 불어나든 하나도 이상할 것이 없다.

그게 무림이다.

그가 머릿속을 정리하려 들 때 용군진의 주먹이 다시 날아

들었다.

이번에는 두 배였다.

'여, 열여섯!'

놀라고 자시고 할 사이도 없다. 열여섯의 권력을 몸으로 고스란히 받았다간 그야말로 약방에 실려 갈 판이니까.

"이익!"

전력으로 몸을 날린 운예소가 권역에서 최대한 멀리 벗어나려 했지만 그보다 빨리 주먹들이 들이닥쳤고, 가까스로 몇 발을 피하던 그가 강력한 일격에 주춤 허리를 숙였다.

"그저 입만 산 놈이었던가, 너도?"

노골적인 힐난에도 허리를 펴지 못하고 숨을 몰아쉬던 운예소가 고개만 들어 용군진을 바라보았다.

"나름대로 입도 산 놈이었다고 생각했는데 아니었다니 이제라도 되어야겠구려. 뭐, 내공은 쓰지 않겠소."

"……."

방금 전 용군진 본인의 말을 살짝 바꾼 것 아닌가.

"내 참……."

이런 경우는 처음이다. 난다 긴다는 무림인들도 이름 석 자로 굴복시켰던 용군진인데 무공도 모르는 일개 약초꾼이―그가 보기에 운예소의 동작은 단순히 싸움이었으니까―고개 쳐들고 바락바락 대들다니.

"이거 장난으로 상대했더니 아주 사람을 가지고 놀려 드는

구나."

헛웃음을 짓던 용군진이 담담하게 입을 열었다.

"내가 지금 뭐 하는 건지……. 그래, 끝내자."

나른함이었다, 이번의 청부를 받아들인 이유도.

권태였다, 이따위 떨거지들과 어울린 이유도.

세상은 흥미로운 일이 없었고, 그는 따로 떨어져 있었다.

차라리 일반 무인들처럼 명예욕이나 승부욕에 사로잡혀 미친 승냥이들마냥 강호라는 숲을 헤매고 다녔더라면 이렇게 시들시들한 인생을 보내지는 않고 있을 터.

어쩌면 그것은 고독이었을지도.

표류하는 배처럼 목표 없는 삶을 살아가는 이들의 동반자처럼 고독은 그렇게 찾아왔는지도.

'고독이든 뭐든…….'

싸움은 끝내야 한다. 시골 약초꾼의 목줄을 딸 정도로 강퍅한 성격은 아니지만 대드는 철부지에게 너그러울 정도로 나약한 성격 또한 아니니.

쿠릉!

다시 몰려오는 주먹. 그러나 이번에는 사정이 달랐다.

'이런 압력이!'

단 네 가닥의 주먹, 개수가 줄었다고 좋아할 수 없는 것이 네 개의 주먹 하나하나마다 확실한 힘을 싣고 있었다.

'이익!'

피한다는 건 무리다. 또한 맞는 것도 무리다. 피할 수는 없고 맞았다간 죽을지도 모른다. 그러나 무공을 쓸 수도 없다. 내공이 문제가 아니다. 가문의 무공은 비밀이어야 한다.

그러나 뭐든 해야 할 상황. 주먹을 말아 쥔 운예소가 무심결에 손을 떨치자 화살 같은 무엇이 느리지만 도도하게 쏘아졌다.

콰직!

뭐, 어쩌고 할 사이도 없이 운예소의 주먹은 용군진이 불러온 한번의 변화를 무참히 꺾으며 직진해 들어왔다.

'이건… 무학이잖아!'

실수다. 일반인이라 생각했거늘.

빠르게 뒤로 물러서며 용군진이 다음의 공세를 준비하려 했는데 여전한 속도로 날아오는 두 주먹에 입을 떡 벌렸다.

마치 적과 조우하지 않으면 절대로 포기를 모르는 마탄(魔彈)과도 같은 주먹.

이 정도의 위력과 세기라면 강호상에서 이름깨나 떨쳤을 것이다. 발을 놀리는 일방 빠르게 머리를 굴린 그가 곧 초식 하나를 떠올릴 수 있었다.

"차아!"

부드럽게 주먹을 뿌려 운예소의 공세를 이화접목으로 흘려낸 용군진이 무겁게 입을 열었다.

"방금 전의 권법, 패마보주의 절학이라는 개붕권시가 이런

형태라 들었다. 무인이었단 말인가?'

"개봉권시?"

엄하게 바닥을 친 팔의 통증에 인상을 쓰던 운예소가 용군진의 질문에 눈을 빛냈다. 반사적으로 어떻게 하긴 했는데 하필 개봉권시를 펼치다니…….

"으음… 개봉권시라니……. 음…….."

턱을 쓰다듬으며 생각에 잠겼던 운예소가 고개를 갸웃거리며 대답했다.

"귀하의 말씀대로 개봉권시를 펼쳤는지는 몰라도 아무튼 전 무인이 아닙니다."

"무학을 사용하면서 무인이 아니라?"

비웃던 용군진이 운예소의 다음 말에 얼굴을 굳혔다.

"무학을 안다고 전부 무림인은 아닙니다."

띵—

일리가 있다. 아니, 정확하다. 무학을 익힌 이는 모두 무림인이라는 가정 자체가 잘못된 것이다.

강호, 강호 말들은 많지만 딱 집어서 '강호'라는 특정 공간이 존재하는 것도 아니요, 무림인이라 해서 모두 무학을 익힌 것도 아니니까.

무림이란 특수 상황과 공간에서 자신의 목표와 이익을 추구하는 사람들이야말로 무림인인 것이다. 무학의 유무는 강호란 대지에서 자신의 입지를 세울 필요 조건은 될지언정 절대 강호인이기 위한 충분 조건이 아니다.

새삼 운예소를 바라보던 용군진이 다시 물었다. 강호인의 정의가 잘못되었다 쳐도 개봉권시만큼은 이해하기 어려웠다.

"그럼 패마보와 아무런 연관이 없다?"

"패마보주와 그 수하들을 한 번 만난 정도가 다를까요?"

"흐음……."

알 수가 없다. 분명 패마보주 본인의 독문절학임에 틀림없는데.

"좋다, 다시 해보자. 네가 얼마나 대단한 재주를 숨긴 일반인인지 알고 싶군."

"재주?!"

뭐라고 운예소가 입을 열려는데 용군진의 무자비한 공세가 시작되었다. 상대가 어느 정도의 무학을 익혔다고 생각해서인지 지금까지와 판이한 위력의 주먹들이었다.

'이건 고의가 아니라니까!'

허겁지겁 피하는 운예소의 표정이 처참하게 일그러졌다. 엉겁결에, 시전자의 의지와는 전혀 상관없이 한번 따라 한 걸 가지고 재주 운운하는 건 뭐냔 말이다.

그러나 무심한 공격은 무심하지 않은 형태로 퍼부어졌고, 급한 대로 나려타곤이라는 최악의 신법―이라기보다는 거의 구르기―까지 사용하며 피하던 운예소가 곧 이를 악물었다.

이렇게 굴러다니다간 언젠가 정통으로 한 방 맞을 테니까.

"타앗!"

바닥을 손으로 치며 일어선 그가 용군진의 주먹을 똑바로 쏘아보다 힘차게 주먹을 치켜 올렸다.

쿵!

"헛!"

뻗던 힘이었기에 처음의 위력은 어느 정도 감소된 상태. 그리고 운예소의 올려치기는 한순간에 집중시킨 힘이라 손실이 거의 없는 상태였다.

의식하지 못하고 또다시 펼친 봉문객의 사침침월. 비록 완전한 형태까지는 아니었지만 장점은 충분히 살렸기에 내공력이 뒷받침되지 않았으나 그런대로 위력적이었다.

'이것 봐라?'

약간의 흥과 약간의 호기심, 그리고 은은한 분노를 주먹에 담아 용군진이 빠르게 쳐냈다.

'이것까지 받아낸다면……'

지금의 그가 펼친 권법은 용군진의 독문절기인 만류뇌권 가운데 최고로 무겁다는 광폭뇌류(狂瀑雷流)였다.

쿠르르―

공력을 담지도 않았으나 바람을 찢는 소리까지 수반할 빠르기에 천지를 압도할 만한 무게까지. 과연 광폭뇌류는 이름에 걸맞는 위력을 담고 있었다.

"으음!"

일반적인 주먹질로는 어림도 없다. 그렇다고 가문의 비전인 황하육권을 쓸 수도 없다.

그렇다고 얌전히 맞아주는 것도 무리 아닌가!

'에라!!'

이를 악문 운예소가 두 주먹을 말아 쥐고 허공에 마구 내지르기 시작했다.

일견 될 대로 되라 같은 움직임이었으나 용군진은 점차 가중되는 압력에 눈을 가늘게 떴다.

'멸붕파랑? 뭐야, 대체?'

그런 생각을 채 끝내기도 전에 광폭뇌류의 기운을 파고든 주먹이 용군진의 앞에 도달했다.

미친 폭포를 다스리는 미친 망아지의 투레질처럼.

"타아앗!"

장소성과 함께 몸을 뽑은 용군진이 대상을 놓치고 허둥거리는 운예소에게 일직선으로 다가서서 손을 쭉 뻗었다.

무림인이고 아니고를 떠나서 아무리 공력을 담지 않은 수나눔이라고 해도 이건 말이 안 된다. 패마보주의 무학을 사용하는 건 나중 일이다.

시의 적절한 대응, 그리고 응용까지. 정체를 확인해야 했다.

"대체 네놈은 누구냐?!"

순간 몸을 낮춘 운예소가 용군진의 정면에서 약간 비켜섰
다.

'어!'

사라졌다.

분명 눈앞에 있던 사람이 감쪽같이 사라져 버렸다. 사라졌
다기보다 꺼져 버렸다고 표현하는 것이 맞을지도.

'뭐야, 대체?'

급하게 몸을 돌리는 용군진의 면전에 흔적도 없이 모습을
감추었던 운예소가 불쑥 나타났다. 아니, 솟아올랐다고 해야
할까?

"이놈이!"

펑!

"쿠엑!"

그야말로 반사적인 일장을 내지르자 정통으로 가슴을 가
격당한 운예소가 일 장가량 구르며 바닥에 내팽개쳐졌다.

"헉, 헉……!"

형태로 보아 분명 패배자는 운예소이거늘 어째서 용군진
이 더 분해하는 걸까? 분을 이기지 못하고 숨을 몰아쉬던 용
군진이 꿈틀거리는 운예소를 죽일 듯 노려보았다.

'사라졌었어. 분명 사라졌었다고!'

인간이 품는 가장 큰 공포는 바로 미지에의 공포라고 했다.
미지, 즉 알지 못하는 것에의 공포야말로 사람에게 가장 치명

적인 두려움을 안겨준다는 말이다.

강호를 떠돈 지 어언 십여 년. 크고 작은 싸움과 무학을 견식했지만 절대 이런 보법이나 신법을 본 적이 없었다.

"일어서라."

으르렁거리는 용군진의 눈에 핏발이 서 있었다.

무림인도 아닌 일개 약초꾼에게 공포를 느끼다니. 이건 있을 수 없는 일이다. 용군진으로서는 받아들일 수도 없고 받아들여서도 안 되는 일이다.

"절대, 절대로 용서할 수 없어."

자비라 함은 어디까지나 자신이 우월하다는 가정하에서 존재하는 법. 이놈은……

추측불가다. 마치 미지의 공포와도 같단 말이다.

'주, 죽여 버리겠다.'

쿠쿠쿠—

공력을 불러모으며 용군진이 살소를 머금었다.

용군진. 무학을 모르는 일반인들에겐 무한한 자비를 베푼다고 알려져 있는 인물. 바꿔 말해, 그가 인정한 이라면 살수도 서슴지 않는다는 것이니.

내공력을 쓰지 않겠다는 약조 따위는 저 멀리 던졌다. 어차피 죽여 버리면 그만이니까. 죽은 자는 말이 없으니까.

"쿨럭쿨럭!"

피를 토하며 일어서던 운예소가 용군진의 광기를 느끼고

본능이 시키는 대로 급하게 주먹을 쥐었다.

맞서 응전해!

얼굴 가득 죽음을 떠올린 용군진이 세차게 주먹을 뻗었다. 형식도 격식도 없이.

'어, 어쩌지?'

일반적인 주먹으로는 턱도 없다. 어깨너머로 한두 번 본 것으로 맞서다간 뼈도 추리지 못할 판이다.

"이야야야!"

이대로 있다간 죽는다.

정체를 숨기는 것도 좋지만 죽으면 말짱 꽝이다.

살아 있어야 황금 연인지 뭔지도 볼 수 있을 것 아닌가!

숨이 붙어 있어야 천하제일가의 영광스러운 무상 노릇도 할 것 아닌가!

'할아버지, 죄송합니다!'

안호심법을 떠올리며 공력을 운기한 운예소가 용군진의 주먹에 맞서 가문의 비기 황하육권 가운데 절초라는 삼초 황하본색(黃河本色)을 내질렀다.

첫 초식이 삼초라니……. 일견 미안한 감도 있지만 승부에 나설 때는 인정을 둬서는 안 된다.

남들이 들으면 배꼽을 잡을 초식명이지만 나름대로 최선을 다해 펼치는 운예소의 얼굴엔 망설임이나 웃음기 따위는 찾아볼 수 없었다.

그리고,

쾅!

"쿠엑!"

우당탕!

기세는 좋았으나 결과는 참담. 아까보다 더 크게 날아 바닥에 나뒹굴며 운예소가 피를 토했다. 그러나 핏자국이 선홍색인 것으로 보아 내상을 입진 않은 듯했다.

그런 그를 내려다보던 용군진이 대노하여 버럭 소리를 질렀다.

"지금 장난하자는 거야, 뭐야?!"

희롱하는 사람이 바닥에 처박힐 리는 없다. 그러나 그는 뭐가 그리 분한지 방방 뛰었고, 운예소는 가슴을 부여잡으며 겨우겨우 몸을 세웠다.

'이, 이런. 역시 처음이라 적응도가 낮은가 보구나. 제대로만 되었더라면 한 방에 보냈을 텐데.'

황하본색이 깨졌을 리는 없다. 그건 말도 안 된다.

'다, 다시…….'

"으야야야!!"

소리를 지르며 앞으로 나선 운예소가 다시 주먹을 내질렀다.

이번에는 절초 가운데에서도 절초인 제오초 황하만수(黃河滿水)를 펼친 것인데, 황하의 물이 범람 전의 그것처럼 가득 차오르듯 여섯 방위를 동시에 차단하며 천하를 위진시킨다는 무서운 권법이라고 황화육권보에 쓰여 있었다.

여전히 초식명은 오묘(?)했지만.

"잉?"

운예소의 저돌적인 공격을 멍하게 바라보던 용군진이 입을 떡 벌렸다.

'이놈, 지금 뭐 하는 거지?

방금 전까지의 고급 무학은 어디로 다 팽개치고 시전의 육합권 비스름한 걸로 이러는 걸까? 딴에는 용을 쓰면서 팔을 뻗는데 이건 완전히 허우적이다.

팡!

"꾸엑!"

다시 나뒹구는 운예소의 앞에 다가선 용군진이 차가운 목소리로 입을 열었다. 너무 화가 나니까 오히려 마음이 차분해진다.

"대체 뭐 하자는 수작이지? 내가 그렇게 우스워 보이나? 춤이라도 추고 싶어? 앙?"

'익, 이익……!'

이게 무슨 귀신 씨나락 까먹는 소리란 말인가. 전력을 다해 싸우고 있거늘 춤이라니!

버둥거리며 다시 일어선 운예소가 용군진을 똑바로 쏘아보았다.

"역시 십이대주 가운데 한자리를 차지하는 사람답구려! 가문의 비기인 황하육권을 무려 두 번이나 받아내다니!"

뭐, 가문의 비기가 어째? 두 번이나 '받아' 냈다고?

"으아~ 답답해!!"

제 가슴을 마구 두드리던 용군진이 화를 이기지 못하고 탁자 하나를 발로 깨버렸다.

경극 배우들의 화권수퇴는 그나마 아름답기라도 하다. 위력 면에서는 기대할 것이 전혀 없지만. 이건 어디서 어정쩡한 체조도 아닌 주먹질을 해대면서 뭐? 받아내?

"야!!"

운예소를 똑바로 가리키고 뭐라 입을 열려던 용군진이 그만 한숨을 토했다.

'그렇게 진지한 눈빛을 하면 나더러 어쩌라는 거냐!'

차라리 방금 전의 초식들이 더 훌륭했다. 아니, 시쳇말로 쩹도 안 되게 고급 무학이란 말이다. 가문이 어떤 가문인지 몰라도 저건 무학도 아닌 그저 쓰레기라는 거다.

그런데 이놈은 정말로 그 거지 같은 걸 천고의 절학쯤으로 여기는 얼굴이니.

"이봐."

털썩 주저앉은 용군진이 누그러진 음성으로 운예소를 손짓으로 불러 앉혔다. 영문을 모르겠으나 일단 빼 든 칼, 적이 시키는 대로 하기도 뭐해서 어정쩡한 자세를 유지하던 운예소가 용군진의 처연한―이유는 모르겠지만―표정에 이끌려 따라 앉아야 했다.

"너 지금 뭔가 대단히 착각을 하고 있는데, 뭐라고 했더라… 황하 머시기……."

"황하육권!"

"아아, 그래. 황하육권."

운예소가 바로 수정해 주자 맥 빠진 음성으로 말을 받은 용군진이 이어서 얘기했다.

"그 황하육권 말이야. 정말로 가문의 비기란 말이냐?"

"황하육권을 모독하지 마시오! 정히 그럴 거면 다시 일어나란 말이오!"

"됐다, 됐어."

일어나기 싫다. 싸우기도 싫다. 아니, 뭐, 아무것도 하기 싫다. 한순간에 깨져 버린 긴장감은 허탈감을 수반한 짜증성 동정을 불러왔고, 용군진은 허탈한 얼굴로 운예소를 물끄러미 쳐다보았다.

"뭐요? 왜 그런 표정인 거요? 역시 다시 일어서야……."

"싫다니까!"

끈질기기가 쇠 심줄보다 질긴 놈이다. 하긴, 그러니 삼십 대 일의 싸움을 각오하고 이곳에 왔겠지.

"운예소라고 했나?"

"그렇소!"

기세 하나는 천하제일고수다. 그런데 실력은, 아, 아까의 순간적인 소멸은 넘어가도록 하자.

"오늘은 그냥 가라. 그리고 가문의 비기라는 거, 당장 버려."

"가문의 비기를 버리라니, 그게 무슨 말이오?!"

"하아……!"

어떻게 설명해야 할까. 저런 얼굴을 하고 있는데.

잠시 생각하던 용군진이 곧 해답을 찾았다. 이런 유형의 사람들에겐 직접 보여주는 것이 최선이니까.

"그럼 자네의 그 황하……."

"황하육권!"

"아, 그래, 황하육권! 아무튼 그 황하육권 가운데 가장 자신 있는 초식을 한번 그려내 봐."

"음?"

이른바 논검 비슷한 제의인데 차이라면 손으로 초식을 구현한다는 정도였다.

"좋소!"

익숙하지 않아서 물을 먹었던 황하육권이다. 이런 논검에서라면 충분히 제 위력을 발할 수 있을 터. 눈을 빛낸 그가 손을 들어 허공에 권로를 피워냈다. 초식은 당연히 황하육권 가운데 마지막인 제육초였다.

운예소의 손을 따르던 용군진이 눈을 끔뻑였다.

"그게… 단가?"

"그렇소!"

뭘 믿고 이리 당당한 건지.

'하화, 하아~ 단 세 번의 변화에 허초와 실초가 저리 뚜렷하게 드러나는 초식이 가문의 마지막 비기라……'

"그래, 그 초식 이름이 뭔데?"

"황하범람(黃河氾濫)이오!"

"화, 황하범람? 푸하하하하하!!"

"우, 웃지 마시오!!"

황하범람? 이렇게 촌스러운 초식명이 다 있다니!

배를 잡고 구르던 용군진이 숨을 헐떡이다 눈물을 닦으며 가까스로 신형을 안정시켰다. 그래도 자꾸 피식피식 웃음이 나왔지만 운예소의 단아하면서도 분한 얼굴 때문에 차마 마지막 질문은 던지지 못했다.

솔직히 자네도 웃겼지?

그러나 용군진도 미처 모르는 부분이 있었으니, 앞서 두 초식이 황하본색, 그리고 황하만수라는 걸 알았다면 그는 아마 웃다가 호흡 곤란으로 유명을 달리했을지도 모를 일이었다.

"자, 봐라!"

이번에는 용군진이 손을 들어 허공에 권로를 그려냈다. 그의 손끝을 진지하게 쫓던 운예소의 얼굴이 점차 굳어졌지만 용군진은 아랑곳없이 변화를 마쳤다.

"어떠냐?"

"으음……."

심각한 표정이 되어 장고(長考)에 장고를 거듭하던 운예소가 무겁게 탄식했다.

"과연 천하십이대주의 일인으로 손색이 없는 무학이오!"

십이대주 타령 좀 그만 하라니까.

"분하지만 귀하께서 전개하신 초식이 불러온 세 번의 변화로 황하범람……."

"푸후후……."

찌릿!

뚝—

또 일어서자고 하면 피곤하다. 아주 피곤한 일이다.

"아, 아무튼 황하범람은 제 위력을 다하지 못하고 변화를 마쳐야 할 것이오. 아무래도 귀하께 내려진 평가는 잘못된 듯 하오이다. 십이대주 가운데 중간이라는 사중이 아니라 이강에도 당당히 어깨를 겨룰 수 있는……."

이때 용군진이 차갑게 말을 잘랐다.

"방금 전의 초식이 내 것이라고 생각했나?"

"예? 그, 그럼?"

용군진이 천천히 일어섰다. 오늘 참으로 많은 말을 했고,

많은 일이 있었다. 그래도 보람이 있었기에 피곤하지는 않았다. 아니, 솔직히 재미있는 하루였다.

이런 날은 흔치 않으리라. 절대로 말이다.

"그건 시전에서 싸구려 약을 파는 장돌뱅이들이 간혹 보여주는 육합권법 가운데 삼환투월(三環套月)을 조금도 손보지 않은 상태에서 펼친 것이다. 삼환투월, 단 세 번의 변화를 전부로 하는 보잘것없는 쓰레기지."

"그, 그럴 리가!"

"그거야 시전에 당장 나가서 확인해 보면 알 것이고… 아까부터 가문, 가문 하는데 대체 뭐 하는 가문이야?"

움찔.

몸을 굳히는 운예소를 보며 용군진이 머리를 벅벅 긁었다.

"대답하기 싫어? 그럼 말고."

이때 운예소가 버럭 소리를 질렀다.

"난!!"

"음?"

"난!!"

두 주먹을 쥐고 부르르 떨던 운예소가 격하게 흔들리는 어깨를 부여잡으며 고개를 숙였다.

난 천하제일가의 무상이란 말이오!

뭐로 입증을 할까? 고작 영패 하나로? 아니면 삼환투월로
도 깨져 버리는 황하육권으로?

"난… 난……."

중얼거리던 운예소가 힘없이 마침표를 찍었다.

"난 대체 누구지……."

이 모습을 가만히 지켜보던 용군진의 직미가 역팔자를 그
렸다.

'뭐야, 이 녀석?'

사연이 있다는 정도는 알겠다. 솔직히 사연 없이 사는 이가
어디 있을까만 눈앞의 청년은 대단한 무엇을 담고 살아가고
있음을 알 수 있다.

그리고 한번 본 무학을 정성껏 사사받은 사람처럼 펼쳐 내
는 눈썰미, 황당한 무학.

마지막으로,

'재미있는 녀석이야.'

저간 사정은 모른다. 그저 청년 하나가 억울한 일을 당했
고, 그것을 바로잡으려 왔다는 정도? 그리고 그 청년의 눈은
동지의 서늘함과 오뉴월의 열정을 동시에 품고 있다는 거다.

이런 이가 스스로에 대한 회의(懷疑)를 끝낸다면…….

고개를 떨군 운예소를 가만히 지켜보던 용군진이 그의 어
깨에 손을 얹었다.

"자네가 누구인지는 자네가 찾아야지. 다만 한 가지……."

천천히 고개를 드는 운예소를 바라보며 용군진이 담담하게 입을 열었다.

"재미있어?"

"예?"

"사는 게 재미있냐고 묻잖아. 됐다, 됐어. 생각도 안 해본 모양이로군."

무슨 말인지 몰라 눈을 멀뚱거리는 운예소에게서 눈을 떼고 빙글 몸을 돌린 용군진이 뭔가 묘한 표정이 되어 있는 왕칠에게 물었다.

"이봐, 영감. 정말로 이 청년에게서 물건을 훔친 거야?"

'으으……'

"대답이 없는 것 보니 맞구먼. 그래, 물건은 어디 있는 건데?"

'으으……'

역시 물건의 위치를 댔다간 모든 것이 끝난다. 그의 위상, 그의 상권, 그리고 모든 것이.

산전수전 다 겪은 용군진이 이를 모를 리 없는 노릇. 궁지에 몰린 쥐는 쫓지 않는 편이 좋다. 마냥 구석으로 밀어붙이면 탈이 나는 법이고, 기본적으로 자신은 피고용인이었으니까.

"이건 뭐, 영 형편없는 작자였구먼. 오늘부로 일 그만두겠어. 그리고……"

찍소리도 못하는 왕칠을 노려보던 용군진이 허리춤에서 전낭을 꺼내 은자 네 개를 추렸다.

"선수금 조로 준 서른 냥 가운데 넉 냥은 삼 일간 일한 대가로 받겠다. 아울러 오늘 일의 마무리에 대한 보상도 되겠지."

은연중의 압력. 입 잘못 놀리면 아예 생매장시키겠다는 말이니.

피식 웃으며 전낭을 왕칠에게 집어 던진 용군진이 운예소에게 불쑥 손을 내밀었다.

"받아."

"뭐요, 이게?"

"약초 값, 아니, 할아버지의 고희연 상이라고 봐도 옳겠군."

"뭐요? 돈 같은 건 필요없소! 물건으로 달란 말이오! 설마 벌써 팔아먹은 것은 아니겠지?!"

성을 내는 운예소의 어깨를 툭툭 치며 용군진이 느물거렸다.

"어이, 어이, 내 체면도 좀 봐줘야 할 것 아닌가. 비록 거지 같은 인간과 거지 같은 계약을 맺었다고는 하나 무인으로 일을 맡은 이상 벌어진 사건은 처리를 해야 한다고. 그러나 돌아가는 걸 보니 거지 같은 작자가 거지 같은 짓을 거지같이 벌인 듯하니 피해자에게 의당 보상을 해야겠는데 물건을 내놓을 형편은 아닌 듯하니 돈으로 환산할 수밖에."

억울한 심정은 알겠지만 이쯤에서 그만두는 게 좋아, 하며 웃는 용군진을 멍청하게 바라보던 운예소가 발을 구르며 크게 소리를 질렀다.

"으아아아아!!"

억울하다. 그러나 이것이 가장 탈없는 해결이라는 것도 알겠다. 이 이상 나가면 누군가 하나는 일어서지 못할 정도로 타격을 입을 터였고, 그런 쪽이 가만있을 리도 만무한 노릇.

한 서린 절규로 울분을 대신한 그가 눈을 감고 마음을 진정시키려 노력했다.

여기까지다.

더는 무리다.

"팔 떨어지겠다."

용군진의 무심한 재촉에 그제야 정신을 수습한 운예소가 그의 손에서 은자 두 개만 집어 들었다.

"제 것은 두 냥 정도의 값어치였다고 보입니다. 그 이상은 필요없어요."

"이런 경우라면 정신적 위자료를 덤으로 얹는 것이 상례야. 그냥 넣어둬."

운예소가 다시 내민 용군진의 팔을 살짝 밀며 담담히 중얼거렸다.

"이런 경우라면 교섭자에게 일정 부분의 수수료를 지급하는 것이 상례지요. 그냥 받으세요."

"수수료?"

손바닥에 올려져 있는 은자 두 냥을 물끄러미 내려보던 용군진이 고개를 끄덕였다.

"수수료라……."

품에 은자를 넣으며 입을 비죽 내민 용군진이 몸을 돌리려다 아, 하며 손을 들었다.

"은자 두 냥이라면 수수료로는 좀 남는 액수니까 약간의 조언을 해주도록 하지."

"조언?"

동그랗게 눈을 뜨고 운예소가 한 발 나서자 위아래로 손을 저으며 용군진이 툴툴 웃었다.

"그렇게 기대감 어린 얼굴을 하면 난처해. 이건 그저 일반적이면서 보편적인 얘기니까."

그렇게 기대하지는 않았는데.

"별건 아니고… 넓은 세상을 좀 보라고."

"넓은 세상?"

"자네, 그 나이 될 동안 안휘성에서 벗어나 본 적 없지?"

안휘성은 무슨, 동네가 전부인 삶이었거늘.

"이렇게 한심할 데가. 정저지와(井底之蛙)라는 성어 정도는 알고 있겠지? 자네가 딱 그 짝이야. 세상은 안휘성만으로 이루어져 있지 않을뿐더러 황하… 아무튼 그런 것과는 차원이 다른 것들로 가득 채워져 있단 말일세."

그러니 그런 걸 가문의 비기라면서 떠받들고 살았지, 하던 용군진이 붉으락푸르락해지는 운예소의 얼굴 변화에 재빨리 화제를 돌렸다.

"아, 그래! 이런 말 아나?"

말을 해야 알 것 아닌가.

"눈에 의지를 담은 자는 일을 헤치고 나감에 주저함이 없다. 마치 자네처럼."

칭찬인가 보다. 그런데 용군진의 화법으로 보아 여기서 끝은 아닐 터였고, 그는 과연 짐작을 배신하지 않았다.

"그러나 얼굴에 혼을 담은 사람을 결코 넘을 수는 없지. 뭐, 나도 아직 그런 인물은 되지 못했지만."

"얼굴에 혼을 담은 자……."

어쩐지 와 닿으면서도 너무나 멀게 느껴지는 말이다.

얼굴에 혼을 담은 사람. 과연 중원 천지에 이런 이가 몇이나 있을까.

"얼굴에 혼을 담기란 말처럼 쉽지 않을 거야. 하지만 자네가 스스로를 가두고 있는 관념의 찌꺼기를 던져 버리고 자신 있게 세상을 마주하는 어느 날이라면 가능할지도 모르지."

'스스로를 가두고 있는 관념의 찌꺼기?'

용군진이 운예소를 바라보며 씨익 웃었다. 그저 한번 손을 섞었을 뿐인데 그는 운예소의 이면에 서린 어떤 집착을 들여다보았던 것이다.

단지 강호에서 산전수전을 겪어서 얻어질 안목은 아닐 터. 용군진이란 인물, 대체 어떤 일을 겪었던 걸까.

"자, 나의 잡설은 여기까지다. 나머지는 자네가 해결하고 풀어가야 할 것이야."

빙글 몸을 돌린 용군진이 나도 슬슬 움직여 볼까 하며 성큼성큼 걸음을 옮겼다. 지금까지의 신경질적이면서 무기력한 얼굴은 싹 거둔 발걸음이라 흥겨움이 실려 있는 보보(步步).

"그럼 귀하는 어떤 사람입니까?"

"나?"

문득 걸음을 멈춘 용군진이 고개를 돌려 이빨이 드러나도록 웃었다. 워낙 짓궂은 미소라 방금 전까지 광기에 사로잡혀 소리를 지르던 사람이 맞을까 싶었다.

"나는 시대를 앞서 가는 사람이야."

"에……?"

무슨 뚱딴지 같은 말일까.

"아니, 좀 알아듣게 설명을……."

그러나 용군진은 그렇게 웃음 하나를 덜렁 남겨놓고 놀라 달려온 인파 속으로 모습을 감추었다.

나는 조금 멀리 내다보는 정도지만 언젠가 얼굴에 혼을 담는다면 너는 시대를 이끄는 남자가 될 것이다, 운예소.

第七章 기연이라고 했다

　용군진의 말은 과연 사실이었다. 단 한 점의 가감이 없는.

　시전에서 어느 장돌뱅이 패거리들의 신명나는 육합권법 시범을 눈여겨보던 운예소가 곧 낯익은 투로 하나를 발견하고 고개를 떨궈야 했다.

　가문의 비기 황하육권은 약을 팔 때나 쓰는 편이 나을 듯하다.

*　　　*　　　*

"할아버지."

"음?"

"우리 가문이 천하제일가의 무상이라고 하셨잖아요."

"그렇지."

"그 말씀, 어떤 분께 들은 건데요?"

"어떤 분이긴, 당연히 네 증조부님이시지!"

"음… 그 말씀은 어떠한 근거나 뭐 그런 것도 없었다는 거네요?"

"근거가 없다니? 너는 천하제일가의 초대 가주께서 직접 내리신 목걸이를 받고도 그런 소리를 입에 담는 것이냐?!"

"좋아요. 그건 넘어가고요, 이건 만약인데요, 만약 변고가 일어났을 때 우리 가문이 천하제일가에 전혀 도움을 주지 못할 형편이라면… 아, 그런 얼굴 하실 것 없어요. 그냥 가정이에요, 가정!"

"그런 일은 결단코 있을 수 없다!"

"아니, 그러니까 가정으로라도……."

"그딴 가정을 할 시간에 황하육권을 한 번 더 수련하겠다! 가정은 무슨!"

"예……."

할아버지는 외골수였다.

어떠한 가정이나 의심도 없었고, 확신을 넘어선 신념의 울

타리는 견고하다 못해 처절하기까지 했으니까.

칠십 평생을 그렇게 믿으면시 사신 분이다. 이제 와서 부정하시는 것도 무리였고, 부정시킬 수도 없는 일. 때론 모르는 것이 약인 경우가 있고, 지금이 그런 상황일 터.

그날 밤 뜬눈으로 밤을 지새우며 한숨을 토하던 운예소가 모종의 결심을 했지만, 운규화 역시 그처럼 하얗게 밤을 지새웠다는 사실은 미처 몰랐을 것이다.

할아버지의 고희연 당일, 두 조손은 누구보다 많이 웃었고, 너스레를 떨었으며, 과장된 몸동작으로 초대된 많은 이들에게 즐거움을 선사하였다.

그렇기에 위소정은 더욱 불안했고, 어쩐지 슬퍼졌다.

여자의 직감은 예리하니까.

그녀의 정인에게 무언가 변화가 있었다. 하나 실체를 알 수가 없었다.

또한 관여할 수도 없음에.

"소정."

"응?"

위소정을 바래다 주며 하늘가에 핀 별님들을 응시하던 운예소가 지나가듯 입을 열었다.

"오늘 밤, 나는 멀리 떠날 거야."

"……."

이것이었다. 불안감의 실체가. 가까이 있으면서 늘 알 수 없는 먼 곳만을 응시했던 그녀의 마음속 정인은 결국 날개를 펴고 떠나가려 한다.

"그동안 정말로 고마웠어."

"……."

"언제가 될지 몰라. 그렇지만 반드시 돌아와야겠지."

그때쯤이면 너는 결혼을 했겠구나, 하며 운예소가 빙그레 미소 짓자 입가를 타고 흐르는 곡선이 묘한 파문을 그리며 얼굴을 뒤덮었지만 늘 그랬던 것처럼 아름다운 형태를 그려내지는 못했다.

"친구로서 부탁 하나 해도 되겠어?"

꼭 친구라는 이름이어야 하는 거니?

"가끔, 아주 가끔씩이라도 좋으니 우리 집을 들여다봐 줘. 강한 척하시지만 이제 할아버지도 연로하시니까."

"…그래."

"고맙다."

그 얘기를 끝으로 둘은 꿀 먹은 벙어리라도 된 양 말없이 걸음을 옮겼다. 그리 끈적거리거나 지나칠 정도로 무거운 형태의 침묵은 아니었지만 그렇다고 쉽게 벗어나기도 어려운 침전.

먼발치에서 호롱불이 하나둘 보이는 동네 어귀로 들어설

때 문득 걸음을 멈춘 위소정이 운예소를 마주했다.

"아소."

"음?"

"그러니까……."

뭔가 말을 꺼낼 듯 꺼낼 듯 망설이는 위소정을 가만히 바라보던 운예소가 먼저 말을 꺼냈다.

"혹시 위 대야 때문에 그러는 거라면 잊어도 좋아. 누구라도 그런 순간이면 의심할 테니."

지금 그런 건 중요하지 않아!

"아울러 변변한 작별 인사 한번 드리지 못해서 죄송하다고 대신 전해줘."

바보! 고작 이런 말밖에는 할 수 없는 거야!

고개를 숙이고 몸을 떨던 위소정이 입술을 꾹 깨물었다.

기어이 가야 한다면…….

"그러니까……."

기어이 떠나야만 한다면…….

"그러니까……."

잡고 싶다. 최소한 언약이라도 받고 싶다. 그러나 마음속의 정인은 너무도 투명한 눈으로 그녀를 바라보고 있었다. 부담스러울 정도의 깨끗함.

이 눈이 조금이라도 탁했더라면 좋을 텐데.

이 눈에 조금이라도 감정이 실려 있었더라면 좋을 텐데, 그것이 비록 육욕(肉慾)이라도.

그래, 잡지 않겠어. 언젠가 떠날 님이니까.

누구도 알아차리지 못하게 숨을 몰아쉰 위소정이 쾌활하게 웃으며 운예소의 등을 구 년 전의 어느 날처럼 소리나게 쳤다.

짜악~

"그러니까 씩씩해져서 돌아와! 괜히 빌빌대는 모습으로 동네를 기웃거리면 가만 안 둘 거야!"

"아야! 말로 해라, 말로! 이건 선머슴이 따로 없다니까!"

툴툴거리는 운예소를 지그시 응시하던 위소정이 홱 몸을 돌렸다. 그렇기에 볼을 타고 점점이 떨어지는 그녀의 루주(淚珠)는 아무도 볼 수 없었다.

"나, 이만 간다. 그럼 잘 다녀와!"

"어, 어? 그래, 잘 가라!"

쏜살같이 달려가는 그녀의 등을 멍하니 응시하던 운예소가 위소정이 점이 되어 사라지자 곧 몸을 돌렸다.

얼마나 달렸을까. 숨이 턱에 차고 발걸음마저 후들후들 떨리자 골목으로 몸을 숨긴 위소정이 담벼락에 등을 기대고 하현(下弦)의 달을 바라보다 얼굴을 감싸 쥐며 무너져 내렸다.

기어이 가야 한다면 어떠한 미련이나 구속도 지우지 않을래. 못난 내가 해줄 수 있는 거라곤 그것뿐인걸.

"뭐, 이건 아무리 좋게 봐줘야 건강 도인술, 그 이상도 이하
도 아니로구먼. 특이점이라면 거창한 이름 정도랄까?"

"그럴 줄 알았습니다."

담담했다. 정말로 그럴 줄 알았으니까.

약초 몇 뿌리를 쥔 무사가 고개를 갸우뚱거리며 사라지자
운예소가 나무 그루터기에 앉아 안호심법을 한 장 한 장 찢으
며 콧노래를 불렀다.

이해하기 어려운 일이지만 무상의 가문이라는 운씨세가는
뭐가 잘못되어도 크게 틀어진 상태일 터이다.

"어디서부터일까?"

가문의 영광이자 천하제일가의 무상임을 증명하는 단 하
나의 신물을 손으로 만지작거리면서 운예소가 중얼거렸다.

신물로 받은 목걸이를 보면 분명 천하제일가의 무상 가문
은 맞을 터. 초대 가주 정철군이 아무에게나 '무상에게 내
리노라' 어쩌고 하는 문구를 새긴 목걸이를 줬을 리 없잖은
가.

또한 사백 년의 기다림을 감안해 보면 무상 가문은 틀림없
다.

하면 그 형편없는 무학은 어떻게 설명해야 할까. 무학? 말

이 좋아 무학이지 이건 육합권법에도 가로막히는 수준이니 어찌 무학이라 부를까.

거기다 건강 도인술이라.

"하아……!"

연? 날지 않았기에 망정이지 만약 모습을 드러냈다면 그야말로 개망신을 당할 뻔했다.

"건강 도인술로 내공을 돌리고 육합권법보다 못한 주먹질로 강호의 안녕을 지키려 나서는 천하제일가의 무상이라?"

우스개라 부를 수도 없다. 생각만 해도 끔찍한 광경이고 상상만 해도 부끄러운 순간이니까.

"이제 뭘 어떻게 해야 하나."

용군진은 넓은 세상을 보라고 했다. 마음 같아서야 팔자 좋게 산수 유람이나 다니고 싶지만 그럴 수는 없지 않은가.

내일 당장 연이라도 난다면?

건강 도인술로 내공을 돌리고 육합권보다 못한 권법으로 용감하게 적과 맞서 장렬히―아니, 꼴사납게―산화(散花)…….

"안 돼!"

버럭 소리를 지른 운예소가 머리를 양손으로 벅벅 긁었다.

"어떻게 한다지? 뭘 어떻게 해야 하냐고?!"

사백 년간 평화로웠다 함은 그 기간만큼이나 위험을 넘겼다는 말이니 언제라도 일이 터질 여지가 있다는 뜻이다.

이럴 시간이 없다.

그렇다. 시간이 없다. 거대 문파에 찾아가 운 좋게 입문 허락을 받는다고 해도 기초부터 익혀서 어느 세월에 천하제일가의 무상에 걸맞는 무학을 정립시킨단 말인가.

아니, 알려진 거대 문파에서 던져 주는 무학으로 어찌 강호의 겁난을 상대할 수 있을까. 천하제일가가 위난에 처할 정도라면 거대 문파들은 그냥 꼬리를 말 상황일 텐데.

이런 게 아니라 뭐든 극강하면서도 단시간에 가능한 무언가가 필요하다.

"무언가가……."

극강하면서도 획기적이며 단시간에 가능한 무엇!

말은 쉬운데 이런 조건을 두루 갖춘 무학이 어디 있을까?

"자고로 사내는 스스로가 강해야만 한다. 저따위 요행수에 기대어 살다간 집안 들어먹기 십상이지. 뭐, 절벽에서 떨어져? 기연에도 요령이 있다고? 한심해서, 원."

순간 떠오른 할아버지의 한탄. 너무도 창피해서 고개를 숙이려던 운예소가 번뜩 눈을 빛냈다.

"기연?"

"기연에 주인이 어디 있어? 먼저 가서 얻으면 그만이잖아? 약간의 요령만 있으면 우리에게도 꿈만은 아닐 거라고!"

　멍청한 사내들의 멍청한 주절거림. 그런데 지금 생각해 보니 큰 거부감이 없다. 늘 그렇지만 정론보다 궤변 쪽이 귀에 잘 박히고 눈에 잘 띄는 법이다.
　"그래! 기연이야!"
　단시간에 가능하면서도 획기적이고 무엇보다 극강한 무엇이 주어지는 것. 이 세 가지를 모조리 부합시키는 방법은 오로지 하나, 기연밖에 없다.
　"맞아! 기연이었어!"
　생각을 굳힌 그가 주먹을 꾹 쥐고 벌떡 일어섰다.
　"기연에 임자가 어디 있어? 먼저 가서 얻으면 땡이지!"
　머저리들의 말을 그대로 읊으며 기세 좋게 걸음을 옮기는 운예소의 등은 어쩐지 위태로웠다. 대놓고 기연을 바라는 강호 초출의 청년은 뭐 그리 자신이 있는지 발길에 거침이 없었다.
　하지만 그의 마음을 어지럽히는 한마디가 있었으니…….

　"그런 우연이 마음먹는다고 착착 온다면 천하에 고수 아닌 자가 어디 있을꼬?"

＊　　　＊　　　＊

모든 일에는 사전 준비가 중요하다.

하물며 기연임에야!

천하 각지에서 도는 기연의 소문들을 하나하나 취합하며 운예소는 생각보다 기연이 매우 적음에 적이 염려되었다. 항간의 소문들은 대개 부풀림이 많았으니까.

'이거 만만치 않겠는걸.'

당연한 생각인데도 당연하기 싫어서 그가 한숨을 늘어놓다 약해지는 마음을 다잡기 위해 숨을 크게 내쉬었다. 고작한 달 만에 꼬리를 말 수는 없고, 아직 시간은 많다.

언제 연이 날아오를지는 모를 일이지만.

"조금 더 실체적인 접근이 필요해."

지금까지 얻은 정보 가운데 신빙성있는 자료는 단 셋.

"첫 번째, 세간에서 인정받는 명산."

안휘성에도 명산은 널리고 널렸지만 역시 세간에서 높게 칠 만한 것은 없다.

"두 번째, 주변에 뭔가 거파, 또는 그 흔적이 있어야 한다. 신비롭게 사라진 비밀 문파 같은 거라면 금상첨화?"

역시 안휘성은 무리.

사실 안휘성의 모든 산에 불가 판정을 내린다는 건 그야말로 억지다. 어찌 여기라고 세간에 인정받는 명산이 없겠으며, 그 가운데 사연 없는 곳이 또 없겠는가.

하나 조금이라도 조건, 즉 기연 발생 확률이 높다면 어떤 고생을 하더라도 찾아갈 용의가 있다. 덤으로 세상 구경까지 할 수 있으니 일석이조 아닌가.

세상 밖으로 나가보는 거야!

그렇게 생각을 정리한 그가 지도를 펴고 이곳저곳을 살펴보다 범인을 지목하는 판관과도 같은 얼굴이 되어 어느 한곳을 딱 짚었다.

"바로 여기!"

그곳은 형산이었다.

호남성은 안휘성에서 멀다면 멀었지만 다른 여타의 명산들보다 가까웠고, 호남까지 이르는 시간 동안만큼은 산수 유람을 나온 한량 같은 기분이 되었기에 운예소의 표정도 꽤 밝은 편이었다.

역시 중원은 넓었다.

안휘 성문을 벗어나면서—솔직히 동네를 벗어나면서—시작된 감탄은 광활한 대지와 끝을 모르는 산림들이 모조리 집어삼켰고, 끊임없이 이어지는 사람들의 행렬에 고개라도 돌릴라 치면 어느새 날이 저물곤 했다.

무한(無限)이라는 수식어처럼 샘솟는 열정을 때로는 가문이라는 이름으로, 때론 책임이라는 이름으로 꽁꽁 봉해두었던 그였기에 뭔가 기형적인 성격 역시 차츰 동화된다고 할까.

깍듯한 예의와 친절한 미소 속에 침식시켜 놓았던 마음의 허물들. 그것은 한해 한해 퇴적되어 어느 순간 벗겨지지 않는 각질처럼 운예소의 내피를 잠식했던 것이다.

하지만 넓디넓은 강산과 끝 간 데 없이 펼쳐진 하늘은 그런 그의 각소(角素)들을 차근차근 부식시켰고, 어느 결에 운예소는 이십대의 정열을 만끽했다.

그렇게 개구리는 우물을 깨고 있었다.

하지만 아직도 덜 깼을까. 형산을 바라보며 운예소는 그가 지를 수 있는 최대의 탄성을 터뜨렸다.

"이야! 정말이지, 멋이 있구나!"

최고의 산은 뒷산, 최고의 절벽은 자양곡의 협곡이었던 그에게 형산은 그야말로 거대한 모습이었다. 호남까지 이르면서 한두 개의 산을 대했을까만은 주마간산 격으로 스친 그곳들과 차원이 다른 무엇으로 형산은 다가왔다.

물론 다르다. 이곳은 그에게 신세계를 선사할 테니까.

"자자, 힘을 내보자!"

산 정상에 올라보니 이건 더더욱 높고 위대했다. 그러나 운예소의 발길을 막을 수는 없었다.

"그럼 어디……."

형산의 장관에 넋을 놓고 두리번거리던 그가 본래의 목적을 상기하며 품에서 종이 한 장을 꺼내 들었다.

"자, 첫 번째 조건. 세간에서도 인정받는 명산(名山)이어야한다. 특히 설화나 전설이 많이 깃들어 있으면 금상첨화. 일단 이 조건은 두말할 필요도 없고."

형산이 어디인가. 중원오악 가운데 남악(南嶽)이 바로 형산이다. 소림의 승려들이 들으면 펄펄 뛸 일이지만 오악 가운데에서도 동악인 태산, 서악인 화산, 북악인 항산과 더불어 남악인 이곳 형산을 통틀어 사악(四嶽)이라 부르지 않겠는가.

탁월한 선택이야, 하면서 자찬하던 운예소가 맑은 공기에 콧구멍을 벌름거렸다. 기분이 좋으니까 불어오는 바람까지 당과(糖菓)처럼 감칠맛이 난다.

"넘어가서… 두 번째 조건. 주위에 뭔가 거대 문파, 또는 거대 문파가 자리했던 흔적이라도 있어야만 한다. 태양이라도 삼켜 버릴 듯 급작스럽게 기세를 확장시키다 어느 순간 신비롭게 사라져 버린 문파라면 대환영? 이거도 뭐, 입 아픈 얘기지. 형산파를 모를 사람이 어디 있겠어?"

그렇다. 형산 하면 형산파다.

형산파는 무려 구백여 년의 유구한 역사를 뒤로하고 얼마 전부터—사백 년 전을 얼마 전이라 하는 건 다소 무리가 따르지만—힘을 잃고 거의 봉문 상태였다.

말할 것도 없이 사백 년 전이라면 전륜성과 천하제일가의 대회전이 있었던 때이고, 그 당시 이유 모를 봉문으로 세간의 따가운 눈총을 받았던 거파들은 중원이 안정을 되찾고 얼마 후에 하나둘 기지개를 켰다.

그러나 몇몇 문파는 어쩐 일인지 지리멸렬, 제 역량을 발휘하지 못하고 차츰 쇠락의 길로 접어들었으니 그 가운데 하나가 바로 형산파였다.

"조건은 더할 나위 없다. 문제는 결행이지."

여기까지는 일사천리였는데 결행의 순간이 오자 침을 꿀꺽 삼킨 운예소가 절벽 아래를 슬쩍 내려다보고 그만 고개를 도리도리 저었다.

발밑은 까마~득했으니까.

'이게… 사람이 할 짓인가!'

물론 아니다. 몇백 년 만에 한번 있을 기연을 바라며 몇십 장, 어쩌면 몇백 장에 이를 낭떠러지에서 자유 낙하를 감행한다는 게 어찌 사람이 할 짓일까.

그러나 선택의 여지가 없다.

'좋아, 한 번 죽지 두 번 죽겠냐!'

"간다!"

갑자기 내달리기 시작한 운예소가 절벽 앞에서 급하게 신형을 멈췄다.

"자, 잠깐!"

슬그머니 두어 걸음 뒤로 물러선 그가 털썩 주저앉았다.

'역시 다른 방법을……'

그런 게 있을 리 없다.

'사나이가 쩨쩨하게 왜 이러는 거냐, 운예소.'

쩨쩨하다고 욕해도 할 수 없다. 이건 어디까지나 삶을 갈구하는 본능이니까.

"한번의 고통이 평생의 행복!"

불끈 주먹을 쥐고 일어선 그가 크게 숨을 몰아쉬고 천천히 뒤로 물러섰다 벼락같이 뛰었다.

"간다!"

그러나,

"자, 잠깐!"

막바지에서 또 걸음을 멈추고 생각하고, 또 달리기를 수차례.

이제 진이 다 빠진다.

"좋아!"

생각이 많으니까 겁이 많은 것이고, 보이는 게 많으니까 미련 또한 많은 것이다.

최초 출발 지점과 도약 지점 간의 거리를 보폭으로 대충 파악하고 약초 가방에서 천 쪼가리를 꺼낸 그가 눈을 질끈 가리면서 이를 악물었다.

"죽자! 죽으면 살길이 열리는 거야!"

과연 눈에 뵈는 게 없으니 겁도 나지 않았다.

"간다!"

아홉 번째의 외침, 그리고 마음속으로 숫자를 세며 운예소가 급히 내달았다.

'하나, 둘, 셋, 넷, 다섯……'

도약점은 이십 보째!

'열다섯, 열여섯, 열일곱, 열여덟… 어?'

순간 발끝이 허전했다.

허우적—

이십 보란 말이다! 아직 마음의 준비가 되지 않았거늘!

"어? 어? 으아아악!"

*   *   *

이 년 후, 절강성의 보타산도(普陀山島)로 들어서는 운예소의 표정은 예사롭지 않았다. 뭐랄까. 달관의 경지? 아니면 자신을 죽여본 자만이 가지는 눈빛 같은 무엇?

고대하던 대로 그는 기연을 얻은 것일까?

아무튼 범상치 않은 분위기를 물씬 풍기며 배에서 내린 운예소가 섬의 시전에 들어섰다.

어느 거대 도시의 그곳과 같이 생을 위해 물건과 더불어 혼까지 빼줄 것만 같은 장사치들과 단 한 푼이라도 깎으려 형형한 눈을 빛내는 구매자들 간의 첨예한 대립을 보던 그가 슬그머니 조소를 머금었다.

'훗, 돌아보면 피안(彼岸)인 것을.'

오오, 이거 웬만한 경지에 도달하지 않고서는 절대 입에 담기 어려운 말이다. 불가에서도 고승급의 반열에 오른 분들이나 자연스레 올릴 문구란 거다.

그렇게 한동안을 서 있던 그가 곧 걸음을 옮겨 다소 시끌벅적한 객잔에 들어섰다.

"간단한 식사와 죽엽청 한 병 주시오."

간단하게 주문을 마친 운예소가 약초 가방을 열어 이것저것을 정리하기 시작했다.

자잘한 약초들과 여러 가지 생필품들, 그리고 건량을 따로 분류하는 일방 주위를 천천히 둘러보던 그가 손님들의 대화에 귀를 쫑긋 세웠다.

세상사 모든 일에 달관적인 눈을 던지는 운예소에게 어떤 일이 신경 쓰일까마는 단 하나의 이름은 예외다.

"그러니까 천하제일가를 넘어섰을지도 모른다니까?"

"에이, 말이 되는 소리를 좀 하라고. 아무리 그들이라도 낙양 정씨세가에 비할 수야 있겠나."

"그렇게만 볼 것도 없어! 자네가 강조무벽(罡條武壁)에 대해 잘 몰라서 하는 소리인데……."

보타산도는 절강성의 주산군도에 위치한 크고 작은 섬 가운데 하나였다. 군도 북단의 화조산(花鳥山)과 남단의 육횡도(六橫島), 그리고 대산도(岱山島)와 더불어 가장 큰 섬이라지만 아무래도 중원의 변방임에는 틀림없다.

그런 이곳에서까지 도는 소문이라면 중원 천지에 쫙 깔렸다고 봐도 옳을 터.

'강조무벽……. 대단한 위세로군.'

주문한 음식이 나오자 느긋하게 수저를 들려던 운예소가 곧 인상을 찌푸려야 했다. 거검을 두르고 객잔에 들어선 무인 대여섯 때문이었다.

"자자, 주인장! 술 좀 내와봐!"

"오리도 한 열 마리 튀겨라! 이 어르신들이 오늘 무척 배가 고프거든!"

"야야, 오리로 되겠냐? 그냥 돼지 한 마리 통째로 내오라해. 아, 오리도 그냥 가져오고."

'뭐 하는 작자들이야?'

안하무인도 이런 안하무인들이 따로 없었다. 그런데 객잔의 사람들은 이런 일에 무척이나 익숙한지 그저 하던 말을 멈추고 음식을 탐닉하기에 여념이 없었다.

'이런 건 익숙함과 거리가 멀지.'

아니, 익숙함일지도 모른다. 자포자기에도 익숙함이 있다면.

점소이들과 주인이 부산하게 주방으로 향하자 좌중을 둘러보던 무인들 가운데 덩치가 가장 커다란, 거의 곰이라고 불러도 무방할 사내가 한구석에서 조용히 식사를 하는 소녀에게 다가섰다.

그는 특이하게도 곰 같은 덩치와 달리 뽀얀 피부라 어디서도 눈에 확 띄는 인물이었다. 뭐, 집채만 한 몸집으로도 반은 먹고 들어가겠지만.

"이게 누구신가? 지체 높으신 보타도주의 여식께서 어인 일로 누추한 곳에 거하셨나?"

"당신이 상관할 바가 아닐 텐데?"

야무진 소녀의 대답에 무인들이 폭소를 터뜨리자 그녀는 입술을 잘근 깨물었다.

'뭐가 어떻게 돌아가는 거지?'

운예소가 어리둥절할 만도 한 것이, 어떤 섬이든 도주라 한다면 적어도 그 섬에서는 무소불위의 권력자라는 얘기다. 당연히 그의 자식들도 같은 대접을 받는 건 불문지사.

그런데 이들은 분명 보타도주의 영애를 옆집 강아지처럼 대하고 있지 않은가.

'관속(官屬)도 아닌 듯하고… 알 수가 없군.'

소녀를 눈여겨보던 운예소가 곧 고개를 끄덕였다.

'저 정도라면 사내들이 수작을 거는 것도 이해할 만한 일이로군. 이삼 년만 지나면 섬의 남자들 애간장 꽤나 태우겠는걸?'

소녀는 이제 열일곱 정도로 보였으나 이목구비가 뚜렷했고 눈가가 살짝 찢어졌기에 은은한 염기(艶氣)마저 뿜고 있었다. 앙증맞은 얼굴과 어울리지 않는 분위기.

입가에 맺힌 쌀알 크기의 점은 화룡정점일까.

"이 소저, 그러지 말고 우리와 합석함이 어떻소? 이런 너절한 음식 따윈 소저에게 어울리지 않다오."

"맞소, 맞아! 그 고사리 같은 손으로 술 한잔만 따라준다면 우리의 음식을 모두 주겠소!"

나머지들이 왁자지껄 점입가경으로 치닫자 소녀는 너무도 분한지 젓가락을 꽉 움켜쥐었다.

'흐음… 역시 사람은 얼굴로 판단해서는 안 될 일이라는 건가?'

보타도주의 영애가 먹던 음식은 만두 한 판과 소채가 전부였으니까. 이로 미루어 그녀의 검박한 성품을 짐작할 수 있었기에 운예소는 의외로운 얼굴로 그들이 하는 양을 지켜보았다.

"됐어요. 내겐 이런 식사도 분에 넘치니 당신들은 이만 신경 꺼주세요."

"그럴 수야 있나! 보타도의 최고 미인이라는 이청청(李淸淸) 소저께서 이런 음식을 드시는 걸 사내대장부의 도리로 어찌 넘길까! 안 그렇소?"

거한이 소리를 지르며 손님들을 둘러보자 고개를 숙이고 전전긍긍하던 사람들이 앓는 소리를 냈다.

"뭐야? 이 백선풍(白旋風) 곽규(郭奎)의 말이 들리지 않는

거야?'

'백선풍?'

이 부분에서 운예소는 터져 나오는 웃음을 눌러 참아야 했다.

보아하니 곽규라는 작자는 수호전에 나오는 전설의 도끼 달인 흑선풍(黑旋風) 이규를 흠모하는 모양인데―이름도 왠지 바꾼 느낌이다―얼굴색이 다른지라 어쩔 도리 없이 바꾼 말머리임을 짐작하니 가소로울 수밖에.

곽규가 도끼를 들어 탁자를 꽝 내려치자 빌빌거리던 손님들이 너도나도 그렇다고 화답을 하고 이청청의 표정에 참담함을 넘어선 무엇이 맺혔다.

"자, 보시오! 우리의 합석은 너무나 당연하다고 하지 않소? 어서 이리로……!"

곽규가 손을 뻗자 세차게 뿌리치며 이청청이 벌떡 일어섰다.

"놔라! 이 건방진 놈아!"

과연 도주의 영애다운 교갈. 하나 날카로운 호통은 어쩐지 공허한 메아리로 들렸다.

"오, 예쁜 얼굴에 독기까지 어리니 더없이 교태롭지 않은가!"

"아아! 녹겠다, 녹아!"

"푸헤헤헤헤헤!"

이청청의 단호함은 아랑곳없이 그들의 흉물스러운 반응은 계속되있다. 곽규란 자가 다시 손을 뻗자 이청청의 얼굴은 곤혹스러움과 분노로 일그러져 갔는데, 순간 객잔의 주렴이 왈칵 젖혀졌다.

"네 이놈들, 백주에 이 무슨 추태란 말이냐!"

벽력처럼 들어선 사내… 라고 보기엔 조금 앳된 소년이 이청청의 앞을 막아서며 눈을 빛냈다. 그의 나이는 고작 열다섯 정도였으나 분위기로는 일파의 종사감이라 부를 만했다.

"음?"

소년의 서슬에 인상을 구긴 곽규가 혀를 내밀어 입술을 축였다. 기본적으로 역겨운 형태의 사내인데 이런 몸짓까지 곁들이자 그 효과는 대단했다.

"어이구, 이게 누구신가~? 보타도주의 외동 아드님이신 이성룡(李聖龍) 공자 아니신가?"

"알면 되었다. 누님께 행한 결례를 백배사죄하고 썩 물럿거라!"

이때 사람들이 술렁이기 시작했다.

"어이쿠, 성룡 공자님께서 저놈들을 무슨 수로 당하시려고 저러시나."

"도주님만 멀쩡하셨더라면 이런 수모는 없으련만."

무슨 말인지는 몰라도 꼬마 공자가 현임 보타도주의 영식임에는 틀림없었다. 또한 보타암의 지도자에게 무슨 변고가 있음도 알 수 있었고.

'다 피안이야……'

또다시 부처님 가운데 토막 같은 말을 새기며 운예소가 자리에서 일어섰다. 편안하게 식사를 즐길 여건이 아닌 이상 더 있을 이유가 없었으니까.

그가 막 계산을 치르고 나가려는 순간이었다.

쨍그랑—

접시 깨지는 소리가 요란하다 싶은 순간 파편이 허공으로 비산했고, 계산대의 운예소에게까지 미쳤다.

"소, 손님, 어서 가시지요. 이곳 분이 아니신 듯한데 험한 꼴 피하시려면 빨리 피하세요."

객잔의 주인이 부산하게 말을 이었지만 이미 운예소는 접시를 집어 던진 사내들에게 몸을 틀고 있었다.

"어리다고 봐줄 줄 알아? 저리 꺼지란 말이다!"

"도주의 자식이면 다야? 골골거리는 아비한테 가서 응석이나 부리라고!"

이들은 자신들의 행위에 대해 책임감 같은 건 생각지도 않는 눈치였다.

"네 누이는 우리가 잘 보살펴 줄 것이다."

곽규가 음충맞게 괴소를 터뜨리자 주춤했던 이성룡이 주먹을 쥐며 탁자를 내려쳤다.

"누이에게 손 하나 까딱하는 날이면 그 자리에서 죽을 것이다!"

기개는 가상했으나 거기까지였다.

"이런 천둥벌거숭이를 보았나!"

곽규가 도끼를 들어 바닥을 내려치자 바람 가르는 소리도 무섭게 탁자와 의자가 반으로 동강났다.

아무리 담대해도 천상이 아이인지라 이성룡의 얼굴이 핼쑥해졌고, 동생의 수모를 보다 못한 이청청이 눈물을 흘리며 소리를 질렀다.

"너희들은 법도 정의도 없느냐! 어찌 사람을 이리도 핍박할 수 있단 말이냐!"

눈물을 머금은 그녀가 좌중을 둘러보았으나 손님들은 저마다 고개를 숙이기에 바빴다. 인지상정이 이런 것일까?

'이들이 날뛰기 전엔 그리 살갑던 사람들이었는데…….'

그녀가 입술을 부르르 떨다가 곧 어금니를 물고 품에서 소도(小刀)를 꺼내 들었다.

"좋다! 내 비록 미천한 무공이나 네놈들에게 이런 치욕을 당하느니……!"

"푸하하하!"

"우겔겔겔!"

그녀의 앙증맞은 소도를 보며 곽규의 패거리들이 박장대소를 터뜨렸다.

"아아, 웃기는군. 그런 칼은 과일이나 깎을 때 사용하는 것이라오, 이 소저!"

"마침 여기 과일들이 많으니 어서 앉으라고!"

패거리들의 장단에 흥이 난 곽규가 손을 놀려 이청청의 소도를 낚아채는 일방 그녀의 팔목을 잡았다.

"다소곳이 앉아 과일이나 깎으라니까!"

거칠게 이청청을 잡은 곽규가 발로 의자들을 힘차게 밀며 통로를 열었다. 음소를 입 안 가득 머금고.

그런데,

"어?"

그의 앞을 딱 막아선 인영이 하나 있었으니.

"뭐냐, 너는?"

곽규를 막아서서 물끄러미 그를 올려다보던 운예소가 부드럽게 입을 열었다.

"방금 전에 접시를 던진 이가 귀하였소?"

"뭐?"

거의 얼굴 하나는 차이가 나는지라 운예소를 굽어보던 곽규가 별 시답지 않다는 표정으로 퉁명스럽게 말을 받았다.

"이건 또 어디서 굴러먹다 온 개뼈다귀야?"

"음, 그럼 귀하가 아닌가 보구려?"

"내 참……."

같잖다는 듯 운예소의 위아래를 쓸어보던 곽규가 버럭 호통을 쳤다.

"꺼져!"

"귀하가 아니라면 누굴까?"

이 정도의 호통이면 힘 좀 쓴다는 장정들이라도 바삐 줄행랑을 놓으련만.

"허허……."

곽규가 돌연한 사태에 헛웃음을 터뜨리는데 팔짱을 끼고 생각에 잠겨 있던 운예소가 계산대와 그들의 위치를 눈대중으로 살펴보고는 어깨를 슬쩍 들었다.

"아무리 봐도 귀하가 맞는 듯한데?"

같은 말을 반복적으로 들으면 누구나 짜증이 치미는 법이다. 하물며 안하무인, 천하에 두려울 것 없다고 날뛰는 무뢰배들임에야.

"오냐, 그래. 내가 그랬다! 어쩔 건데?!"

곽규가 이청청을 홱 뿌리치고 양 허리에 손을 얹었다.

"이제야 실토하는구려?"

"죽어랏!"

운예소의 입에서 미소가 맺히는 순간 곽규의 주먹이 번개처럼 날아 그의 가슴을 강타했다.

픽—

"어머!"

이청청이 얼굴을 감싸 쥐고 이성룡도 고개를 돌렸다. 누군지 몰라도 나서준 것까진 고마웠는데 이리도 허무하게 당하니 볼 면목이 없었다.

그렇게 잠시.

"뭐 하자는 거요? 요즘은 수인사를 이렇게 나누는 것이오?"

느긋한 목소리의 주인은 곽규가 아니었다.

"이, 이놈!"

"설령 아니라고 해도 이걸 가지고 설마 공격이라든가, 뭐, 그런 것이었다고 하지는 않겠지?"

가슴을 주먹에 내맡긴 채 단 한 발자국도 물러서지 않고 태연히 서 있던 운예소가 곽규의 손을 슬쩍 치웠다.

"저, 저럴 수가!"

백선풍의 무위가 비록 강호의 정상급은 아니라지만 맨주먹으로 황소를 때려잡을 위력은 담고 있다는 걸 잘 알고 있었기에 이성룡의 눈이 휘둥그레졌다.

역시 운예소는 기연을 얻은 것인가?

"좀 더 제대로 된 도발을 해보시오. 그래야 나도 귀하를 벌할 기분이 생길 테니."

차분하게 말을 하던 운예소의 눈이 순간 섬뜩하게 빛났다.

번뜩!

"최소한 상대방을 죽일 기세는 되어야지."

뚜벅.

그가 한 걸음 다가서자 곽규가 주춤 한 걸음 물러섰다.

"이렇게 말이야."

부릅!

운예소가 두 눈에 힘을 주며 나지막이 속삭이자 쿵 하고 엉덩방아를 찧은 곽규가 무릎으로 기어 패거리들에게 도망쳤다. 얼마나 무서웠으면 애병(愛兵)인 도끼까지 놔뒀을까.

"가, 가자!"

겨우 패거리들 앞에서 일어선 그가 바삐 재촉하자 다른 무사들이 입을 쭉 내밀었다.

"뭐예요, 대장?"

"저런 놈은 그냥……."

패거리들이 슬슬 일어서 운예소에게 다가서는데 곽규가 뒤에서 다급하게 불렀다.

"어서 가자니까! 사람 말이 말 같지 않냐!"

이해하기 어려웠지만 대장의 엄명인지라 머리를 긁으며 주름을 걷고 객잔을 나서며 패거리들이 볼멘소리를 늘어놓았다.

"저런 약골을 왜 봐주고 그래요?"

"아는 사람입니까?"

"내가 저런 놈을 어떻게 알아!"

객잔을 벗어난 곽규가 가슴을 쓸어내리며 괜한 신경질을 토했다.

"그냥… 저놈은 무서운 자라는 거다. 최소한 자기 자신을
사지로 몰아넣어 본 적이 있는 작자란 말이야."

정답이다.

第八章 그래도 떨어진다

"이 은혜를······."

"감사합니다, 대협."

객잔에서는 한바탕 신파극의 회오리가 몰아치고 있었다. 이맘때쯤이면 등장하는 악한과 소녀, 그리고 그럴싸하게 모습을 드러내는 의인까지.

조건은 완벽했는데 문제는 의인 쪽이었다.

"그런 인사 받자고 한 일이 아니오."

여기까지는 그야말로 정통 천편일률을 답습하는 화답이다.

그렇기에 두 남매도 천편일률의 대미를 장식하기 위해 열심히 입을 놀렸다.

"아버님께서 이 일을 아신다면 무척 감사해하실 것입니다."

"대협, 저희 집에서 식사나……."

이때 의인의 한마디가 모든 것을 틀어놓았다.

아, 귀찮아.

"예?"

"그게 무슨?"

잘못 들은 것이리라. 잘못 들은 것이어야 했다. 하나 남매의 바람은 운예소의 다음 말에 무참히 꺾였다.

"그냥 갔어야 했어. 바보 같은 놈들, 그렇게 접시는 왜 던져서 사람 건드리는 거야?"

우르르!

의인의 위상이 무너지고 있었다. 남매의 앞에 서 있는 사람은 그저 권태와 알 수 없는 염세에 찌든 청년일 뿐.

"가야지. 또 가야지~"

묘한 음조의 노래를 흥얼거리며 운예소가 사라지자 이성룡과 이청청은 망연히 그의 뒷모습을 좇다 멍청하게 중얼거렸다.

"…뭐지?"

"몰라……."

아무튼 희한한 사람임에는 틀림없다.

그렇다. 세상에는 희한한 사람이 많다.

그리고 열심히 산에 오르는 운예소야말로 그 희한한 사람들 가운데 으뜸일 거다.

"으흠흠~"

이 콧노래, 객잔에서 여태 이어온 걸지도. 보통 사람이 보면 비 오는 날 머리에 꽃을 꽂고 동네 배회를 선호하는 인간의 군상으로 보일 법한 행동 아닌가.

"떨어지러 가세에~"

안휘성의 화전민촌 사람들이나 시전의 약초상들이 이 모습을 본다면 아마도 제 눈을 의심할 것이다. 의심하는 정도가 아니라 아마도 거부할 것이다.

저 청년이 운예소라는 사실을.

"죽으러 가세에~"

비록 맺힌 것은 많으나 근사하게 웃을 줄 알고, 사리 분별 확실하며 나보다 남을 챙기던 그다. 이런 염세주의에 뭔가 자포자기를 친친 두른, 그런 넋 나간 사내가 아니었단 말이다.

대체 이 년 동안 그의 신상에 어떤 변화가 있었던 걸까?

보타산 정상에 선 운예소가 무감동한 얼굴로 중얼거리기 시작했다. 이건 뭐, 기계적이라고도 할 수 없을 만큼 형식적이라 사람의 입을 빌어 토해지는 말이라고 생각하긴 어려웠다.

"첫 번째 조건. 세간에서도 인정받는 명산이어야 한다. 특히 설화나 전설이 많이 깃들어 있으면 금상첨화. 일단 이 조건은 두말할 필요도 없고."

보타산이라면 오대산(五臺山)과 아미산(峨嵋山), 그리고 구화산(九華山)과 더불어 중원사대도량이 아니던가.

일설에 의하면 당나라 때 어떤 승려가 오대산에서 관음상을 가져오는데 배가 이곳에 이르자 저절로 멎은 채로 움직이지 않아 보타사(寶陀寺)를 세우고 불상을 모신 것이 성지의 시초가 되었다고 했다.

라싸와 더불어 관음시현(觀音示顯)의 땅이라 신앙의 대상이 되었고, 그와 함께 예로부터 항해의 안전을 비는 의식까지도 널리 행해지는 성산(聖山).

명산 중의 명산임에 틀림없다.

잠시 뜸을 들인 그가 다시 입을 열었다. 물론 기계적으로.

"두 번째 조건. 주위에 뭔가 거대 문파, 또는 거대 문파가 자리했던 흔적이라도 있어야만 한다. 태양이라도 삼켜 버릴 듯 급작스럽게 기세를 확장시키다 어느 순간 신비롭게 사라져 버린 문파라면 대환영? 음… 딱히 이 조건을 만족시킨다고 할 수는 없지만 뭐, 이것도 어느 정도 부합된다고 볼 수 있지. 누가 뭐라고 해도 보타산은 전설상의 검제라는 보타검후(普

陀劍后)가 출현할 것이라는 소문이 내려오는 곳이니까."

보타검후의 진설은 지금으로부터 팔백 년 전으로 거슬러 올라간다.

당시 천하에서 가장 고강한 무학을 지녔다던 무광 선사(武廣禪師)가 천하를 주유하고 소림에 돌아와 제자들에게 중원 기행에 관한 얘기를 하던 중 이런 말을 남겼다.

보타산에서 신비로운 고수를 만났다. 그는 복면으로 얼굴을 가리고 풍성한 옷으로 몸을 감쌌기에 성별은 알 수 없었으나 다짜고짜 비무를 청했고, 빈승은 점잖게 거절했으나 그의 굴강한 의지에 할 수 없이 수를 나누게 되었다.

부담없는 비무라 여겼던 빈승의 오만은 사경루(沙鏡淚)라 이름을 밝힌 검수의 삼 초가 펼쳐지기도 전에 깨졌다. 상대는 추측 불가의 신법과 기오막측한 검식으로 이 늙은 중을 압박해 들어왔으니까.

결국 반나절 만에 빈승의 반 초 차 우세로 비무는 종식되었으나 그건 어디까지나 소림의 대능력(大能力)이라는 반야신공(般若神功)의 덕이었음을 부인하기 어려웠다.

그렇다. 빈승은 내공의 우월함으로 승리를 거머쥐었던 것이다.

이에 손을 뻗으려는데 그가 하늘을 우러러 한 서린 한마디를 던졌다.

아직 군도의 무학이 중원에 미치지 못함을 통탄하노라! 그렇지만 자만하지 말거라, 중원인들이여! 언젠가 검으로 하늘을 가릴 사람이 보타산을 나설지니 그때야말로 군도의 무학이 만개하리라!

그렇게 무감정한 얼굴로 종이를 읽던 운예소가 잘 접어 집어넣고 절벽에서 몇 발자국 뒤로 물러섰다.

"이번이 열두 번째던가⋯⋯."

열두 번째라니? 그렇다면 그는 지난 이 년간 열한 번이나 절벽에 몸을 던졌단 말인가?

"익숙해질 때도 됐는데 아직도 겁이 나는 건 왜일까?"

겁난다는 말을 하는 사람의 표정이 아니다. 운예소의 얼굴은 마치 가면을 뒤집어쓴 사람처럼 어떠한 안면 근육의 변화도 없었으니까.

"애초에 이런 미친 짓을 생각하는 것이 아니었어. 기연은 무슨."

형산에서 자유 낙하를 하면서의 부푼 기대는 여덟 달 동안의 자리보전으로 귀결되었다. 당연한 것이 아무런 준비물도 없이 무작정 뛰어내렸으니 죽지 않은 게 이상할 정도였다.

기연? 그런 거 없었다. 그냥 절벽 끝의 협곡과 뱀 따위의 독충은 좀 있었지만.

처음에는 그러려니 했다. 단 한 번 만에 의도적인 낙하로 기연을 거머쥔다면 다른 이들에게 불공평하고 미안한 일이었으니까.

그리고 그 마음은 일곱 번째의 낙하부터 차차 퇴색되었다.

도둑질도 하다 보면 는다고, 낙하를 거듭할수록 자리보전의 기간은 짧아졌고 나름대로 떨어지는 요령도 생겼다.

또한 떨어질 때마다 몸으로 때우고, 그 근처의 기초(奇草)들을 쳐 바르다 보니 웬만한 충격은 파리가 잠시 머무는 정도가 되었다. 거기다 낙하 시에 몸을 비틀어 급소를 피하는 요령까지 체득했으니 이른바 낙하의 노재행(老在行)ㅡ전문가ㅡ이 따로 없었다.

문제는 빌어먹을 기연이 오지 않는다는 거였다.

낙하의 노재행? 그딴 건 개한테나 줬으면 좋겠다. 그는 어디까지나 기연의 노재행을 바랐던 거다. 아니, 노재행도 필요 없었다.

단 한 번만!

그러나 기연은 야속했고, 무려 이 년여에 걸쳐 열한 번의 낙하는 운예소에게 쓸데없는 것들만 안겨주었다.

그렇게 떨어지는 것이 습관처럼 되어버리고 명산과 조건을 따지는 것이 기계적인 일과로 자리하면서 그의 마음은 말라 버렸고, 파릇파릇하던 개성은 죽어갔다.

이제는 왜 떨어지는지, 무엇을 위해 떨어지는지도 모르는,

그저 낙하 중독자가 되어버린 상태였다. 좋은 절벽이 있다고 하면 이끌리듯 가서 별 기대 없이 발을 구른다.

그리고 같은 일의 반복.

최소한의 희망마저 잊은 사람은 절망도 잊어버린다. 그는 더 이상 감정이라는 것을 가진 이가 아니기에.

이런 생활의 연속으로 얻은 것이라면 생존의 방식 정도랄까? 한곳에 정착하지 못하고 옮겨 다니는 처지다 보니 원하든 원하지 않든 간에 동네의 토박이들과의 마찰은 필연적이었고, 매양 양보만 하던 운예소는 곧 터득하게 되었다.

밟지 않으면 밟힌다는 사실을. 그리고 기왕 밟을 거라면 다시는 엉겨 붙지 않을 정도로 짓밟아야 한다는 것을. 희망도 절망도 잃어버린 이에게 이것은 쉬운 일이었다.

생을 포기한 이의 눈길과 기세를 받아낼 사람은 많지 않았으니까.

그렇게 그는 스스로를 박제하고 있었던 것이다.

한 번의 도약마다 하나씩 떨어져 나가는 생의 집착.

"간다……."

뒤로 물러나 있던 그가 달리기 시작했다. 형산에서의 생동감 어린 달음박질이 아닌, 내키지 않음을 역력히 보이는 걸음이라 답답하기만 한 움직임.

그렇게 달리던 그가 절벽 앞에서 우뚝 걸음을 멈췄다.

"어?"

뭔가 있었는데?

그게 뭔지를 모르겠다.

"훗, 열한 번이잖아. 아직도 겁이 나는 거냐, 운예소?"

자괴감 어린 독백을 흘리며 다시 출발점으로 돌아간 그가 눈을 반쯤 내리감고 발을 떼었다.

"간다……."

두두두―

흠칫!

"어?!"

가슴을 스치는 묘한 느낌. 분명 뭔가 있다.

'이런 걸 뭐라고 설명해야 하지?'

잠시 머뭇거리던 그가 곧 기이한 감정의 의미를 몸으로 확인하며 하나의 단어로 실체화했다.

어쩌면…….

잊혀질 대로 잊혀져 이제는 기억의 편린에서조차 떨어져 나간 줄 알았던 감정의 한 토막.

그건 바로 기대.

'아냐. 또 쓸데없이 기대감만 잔뜩 부풀렸다가 아니면 사람 꼴만 우습게 된다고!'

유난히 기대감에 많이 배신당했던 그였기에 의도적으로

지웠던 걸까.

"됐어! 기대는 무슨!"

괜한 생각이 거추장스러워 뒤로 몇 발 물러선 운예소가 머릿속에서 어떤 영상도 떠올리기 전에 달렸다.

"으아아악!"

하지만 낙하의 와중에 그의 머릿속에서는 여전히 버려졌던 감정의 복귀를 환영하고 있었다.

*　　　*　　　*

"으으윽!"

늘 그러하듯 낙하 후 처음 눈을 뜰 때면 극심한 통증과 허기, 그리고 한기가 온몸을 들쑤셔 운예소는 외마디 비명도 지르지 못하고 벌레처럼 꿈틀거려야 했다.

그러나 같은 일도 반복하면 이골이 나는 법이고, 매도 맞다 보면 면역력이 생긴다.

'으으……'

벅벅 바닥을 기던 그가 대 자로 뻗어 숨을 헐떡이다 몸을 뒤집으며 어깨에 대롱거리는 약초 가방에 손을 넣어 고약과 환약을 몇 개 꺼내 입에 털어 넣는 일방 주요 부위에 붙였다.

처음 낙하 때는 감히 생각지도 못했던 움직임. 그땐 너무 아파서 입만 떡 벌리고 빌빌거렸는데.

불로 지지는 듯한 통증이 몸 구석구석에서 피어올랐지만 이를 악물고 참던 운예소가 주위를 둘러보며 허탈하게 웃었다.

"으윽, 기대는 무슨……. 후후, 으윽… 아무것도 없잖아. 다를 게 없다고……."

아무튼 중얼거리던 그가 몇 시진을 그렇게 보내더니 곧 비실거리며 몸을 세우기 시작했다. 바닷바람이 거세게 밀어쳤지만 협곡의 가운데에서 몸을 뺀다면 그리 큰 타격을 받지 않아도 되었기에 힘겨운 걸음으로 중심부에서 비켜섰다.

이번의 낙하.

"아직도 멀었군."

건들건들.

아무래도 어깨가 탈골되었나 보다.

"부러지지 않은 게 어디야?"

일상 다반사. 하도 이런 일을 겪다 보니 탈골 정도는 그에게 일도 아니었나 보다. 잠시 주위를 살피던 운예소가 불쑥 솟아난 바위에 어깨를 부딪쳤다.

"큭!"

텅―

뿌각!

과격한 방법으로 어깨뼈를 집어넣은 그가 주저앉아 숨을 몰아쉬다 억지로 상체를 세웠다. 후들거리는 다리를 어쩌지는 못했으나 그래도 용케 중심은 잡았다.

옆구리도 결린다. 역시 아직도 멀었다.

그래도 이게 어디인가? 첫 낙하 때는 무려 팔 개월이나 후유증으로 골골거렸는데.

스스로를 달래며 완전히 몸을 편 운예소가 주춤주춤 발을 뗐다. 걷는다기보다 뭔가 질질 끌리는 느낌이었지만 굼벵이와도 같은 발길에는 피곤함만이 가득했다.

"아아, 나가는 길이 어디냐?"

헤엄쳐서 나가지만 않으면 어디로든 좋다, 라는 뜬금없는 소리를 늘어놓으며 걸음을 옮기던 그가 갑자기 발걸음을 멈추고 이를 부드득 갈았다.

전신에 휘몰아치는 짜증의 도가니.

'에효~ 또 동굴이냐?'

과연 운예소가 바라보는 곳엔 동굴이 있었다. 심산(深山)이라면 으레 존재하는 동굴. 그런데 그는 왜 동굴을 보며 적의를 드러내는 걸까.

'내가 여섯 번은 속지, 이제 또 속을까 봐!'

앞선 열한 번의 낙하에서 동굴을 발견했던 경우가 무려 여섯 번. 그리고 그 다음은……

'늘 악취나 퍽퍽 풍기는 박쥐 똥과의 조우, 아니면 듣도 보도 못한 벌레들과의 사투였지.'

그냥 가자, 하던 그가 뜻 모를 이끌림에 우뚝 걸음을 멈쳤다.

'아아, 왜 이러는 거냐고!'

뻔하다. 박쥐 똥이거나 벌레다. 그걸 잘 알면서 자꾸만 끌리는 감정의 손짓은 뭐란 말인가.

"진짜 뭐냐고?!"

벽을 짚고 머리를 굴리던 운예소가 곧 이를 악물었다. 하늘 따위를 믿는 것은 아니지만 가슴 한구석의 찜찜함만큼은 무시하기 어려운 것이었으니까.

'좋아, 확인이나 하자. 확인하는 데 돈 드는 것도 아니고 몇 개월을 허비하는 것도 아니니.'

아직까지 기대라는 마물에 자유롭지 못하구나, 하며 숨을 크게 내쉬어 마음을 진정시킨 그가 잔잔해진 호흡을 확인하고 굳은 얼굴로 동굴을 향해 걸음을 옮겼다. 생각 같아서는 그냥 나가고 싶었지만 부름의 소리는 집요하고도 끈질겼다.

일단 그렇게 마음을 먹으니 단 사 장의 거리가 왜 이리도 멀게 느껴지는 걸까.

'아냐. 이건 기대감 같은 것이 아니라고. 나약해진 내 자신을 또 한 번 채찍질하기 위한 준비일 뿐이야.'

무려 일각의 시간을 들여 사 장을 전진한 사내가 동굴의 아가리에 털썩 제 몸을 밀어 넣었다.

"자, 봐봐. 뭐가 있다는 거야!"

혹시가 삼 할이라면 설마가 칠 할이다.

거야, 거야, 거야……

메아리로 돌아오는 말처럼 운예소의 얼굴에도 이 년간 이어온 체념의 표정이 되돌아오고 있었다. 늘 그렇듯 그러면 그렇지 하는 생각을 빨리 이끌어내면 낼수록 마음이 덜 다치는 것을 잘 알기에.

"그것 봐! 우하하하!"

광소를 터뜨리며 뒤로 자빠지려던 그가 마음속에서 울려 퍼지는 한마디에 와락 인상을 구겼다.

어이, 규칙 위반이잖아? 제대로 확인은 해봐야지?

"확인은 무슨, 뻔할 뻔 자인데."

툴툴 웃으며 엉덩이를 붙인 그가 천천히 동굴을 감상했다. 늘 그러하듯 칠흑 같은 어둠, 퀴퀴한 냄새, 눅눅하다 못해 쥐어짜면 물 한 동이는 족히 나올 공기.

"봐, 똑같잖아!"

그리고 등장해야 할 박쥐 똥… 은 없었다.

"더 들어가야겠지."

슬슬 엉덩이를 움직이며 박쥐 똥을 찾았으나 좀처럼 보이지 않았기에 운예소의 고개가 기우뚱했으나 곧 조소를 흘렸다.

"그럼 뭐, 전갈이나 애벌레들이……."

그런 것도 없었다. 여느 동굴과 다르게 이곳은 너무 깨끗했다.

"뭐야? 그럼 정말로 기연이라도 있다는 거야?"

버럭 소리를 지르며 신형을 일으킨 운예소가 눈을 형형하게 빛내며 동굴 안을 두리번거리기 시작했다.

"더는 속지 않아! 더는 기대감의 노예로 살기 싫다고!"

그의 기세는 마치 폭풍과도 같아서 허름한 동굴이 당장이라도 무너질 판이었다.

그렇게 헤매던 운예소의 발에 무언가가 걸렸다.

툭―

우당탕!

"어이쿠!"

기세는 놀라웠지만 그렇다고 체력까지 회복된 것은 아니라 힘없이 걸려 넘어진 그가 혀를 빼물고 숨을 몰아쉬었다.

'이왕 이렇게 된 마당에 좀 쉬어야겠어.'

차라리 잘됐다, 쾌재를 부르며 눈을 감던 운예소의 어깨가 꿈틀 움직였다.

방금 전의 감촉. 그건 돌이나 자갈 따위가 아니었다. 더 정확하게 말해 분명 인위적인 무엇으로 만들어진 것이었다. 그렇다면 이 동굴 안에 자신 말고도 사람이 출입했다는 건데.

"짜증나네!"

황(簧)―용수철―처럼 상체를 들어올린 그가 더듬더듬 손을 놀리다 발끝에서 나뒹구는 '그것'을 잡아 들 수 있었다.

"대체 뭐냔 말이야?!"

그것은 작은 궤짝이었다.

물끄러미 궤짝을 내려다보던 운예소가 알 수 없는 표정이 되어 주위를 다시 두리번거리다 서서히 떨려오는 어깨를 주체하기 위해 이를 악물어야 했다.

덜덜덜…….

뼈마디가 쑤시고 힘이 없고, 뭐, 그런 거? 지금 그게 중요한가! 이건 어쩌면…….

"설마, 설마, 설마……."

궤짝을 꼬옥 끌어안고 감동을 만끽하던 그가 곧 숨을 크게 쉬며 뚜껑을 열었다.

'설마 책이 들어 있지는 않겠지?

끼익—

책이 들어 있었다.

'겉 표지에 무슨 무슨 비급이나 검급이라 쓰여 있는 건 아니겠지?

이름하여 보타검급(普陀劍笈).

첫 장을 펼치며 운예소가 낮게 뇌까렸다.

"에이~ 아니야. 설마 '연자여, 보거라' 같은 말로 시작될 리는 없잖아?"

연자(緣者)여, 보거라······.

가 첫 구절이었다.

"마, 말도 안 돼!"

부들부들 떨던 그가 눈을 꼭 감고 떨리는 가슴을 어떻게든 진정시키려 노력했지만 곧 포기하고 진동을 받아들이며 아랫부분을 읽어 내려갔다.

나는 보타검가(普陀劍家)의 제십이대 계승자인 사경루라고 하느니라······.

"하늘은 있었어!"

이 벅찬 감동을 어떻게 표출해야 할까?

"하늘은 있었던 거야!"

주지하다시피 사경루라면 팔백 년 전 적수를 찾아보기 힘든 절세의 고수 무광 선사와 반나절을 겨루었던 신비의 검사다. 그런 그가 보타검가라는 신비문의 계승자였다니.

"예, 예, 사경루 노대협! 어서 하교하소서!"

일순간의 해빙일까? 무려 이 년 동안의 메아리 없는 외침에 목이 찢어지고 가슴이 메말랐던 운예소이다. 기뻐 날뛰며 고래고래 소리치는 건 인지상정이 아니겠는가.

그 뒤는 운예소도 익히 알고 있는 무광 선사와의 일전으로 가득 채워져 있었다. 아울러 패배의 아픔까지도, 그리고 으레 나오는 자질 문제까지.

…미천한 자질 때문인지 사조님이 남기신 보타검급을 채 반도 익히지 못했기에 무광 선사를 당하지 못했던 것이다. 그렇게 불면의 밤을 보내던 어느 날 깨달은 바가 있어서…….

뻔하다.

방황하던 그가 기막힌 검초 하나를 떠올린 모양인데 그것을 실용화시키고 보니 이미 늙었더라, 그 세월 동안 제자 하나 키우지 못했다, 뭐, 이런 얘기니까.

좀 안되기는 했지만 감동이라든가 그런 건 없었다. 조금 더 솔직히 말해 사경루가 잘 풀렸다면 그에게 이런 기회가 주어졌을 리 만무했으니까.

하지만 참을성있게 읽어 내려가던 운예소가 마지막의 구절에서 눈을 떼고 비급을 바닥에 내려놓았다.

내용이야 어쨌든 간에 사부님이 아닌가. 그렇다면 마땅히 구배지례를 올려야 한다… 고 사람들이 말을 했다.

"비록 자질이 미천하나 성심성의로 비급을 익혀 보타검가의 이름을 중원에 떨칠 것을 약속드리겠습니다. 그럼 제자의 절을 받으시고 편히 눈감으소서."

나름대로 엄숙함을 물씬 풍기는 구배를 끝내고 몸 여기저기서 질러대는 비명을 무시한 채로 운예소가 보타검급을 펼쳐 들었다.

"허허, 내가 검수의 길을 걷게 될 줄이야!"

미소 지으면서.

보타검급을 대충 둘러보며 운예소의 입이 찢어졌다.

검급이라 쓰여 있었지만 이 책은 그야말로 무학의 모든 것이 수록되어 있다고 해도 과언이 아닌 게, 모든 무학의 기본이라는 심법과 보법이 각기 하나씩 수록되어 있었기 때문이다.

기본에 취약한 운예소로는 정말로 감사할 따름.

그리고 삼 초의 검법이 길게 설명되어 있었는데, 보법과 신법에 일단 정신이 팔린 터라 그는 뒤를 넘겨보지 않았다

"과연 보타산은 관음의 성지로구나!"

보법의 이름이 관음중보(觀音重步)인 것도, 심법의 이름이 보살도하기(菩薩渡河氣)인 것은 보타산의 설화와 무관하지 않을 성싶었다.

그리고 삼 초로 이루어진 검법.

연화삼검이라 명명되어진 검법은 불가의 냄새가 듬뿍 배어 있었기에 운예소는 절로 옷깃을 여미었다. 팔자에도 없는 불가와의 교류를 생각하니 '나무관세음' 마저 절로 나온다.

"자자, 불가와 인연을 맺은 이상 몸도 마음도 정갈하게 해야지."

그렇게 일각 후…….

보타검급이라 명명된 절세의 무서는 아무렇게나 나뒹굴고
있었고, 운예소는 입에서 침을 흘리면서 앉아 있었다.

하늘?

그런 게 어디 있는가! 애초부터 없었던 거다! 정말로 신이
있다면 이리도 가혹한 시련을 안겨줄 리가 없을 테니!

한순간이나마 믿은 자신이 바보지.

"웃기지 마……."

작게 중얼거리던 그가 볼품없이 펼쳐진 보타검급을 바라
보며 버럭 소리를 질렀다

"웃기지 말란 말이야!!"

운예소의 충혈된 눈이 쫓고 있는 부분은 보타검급의 맨 마
지막 장이었다.

그곳엔…….

…하여 우리 보타검가는 불문과 밀접한 연관이 있다. 이에 본
검가의 무학에 한 가지의 금제를 걸지니 보타검급을 익히려는
자는 남녀를 불문하고 동정지신이어야 할 것이다. 만약 남녀의
정을 아는 자가 무리하게 수련을 하려고 들면 온몸이 오그라드
는 고통을 느끼며 죽어도 죽지 못하는 신세가 됨을 명심하여라!

라고 쓰여 있었다.

그게 무슨 문제가 되냐고?

된다. 슬프지만 된다. 법적으로 총각이지만 운예소는 신체적인 총각이 아니었다.

'성년식, 아아, 별 의미도 없었던 성년식……'

이 년 전, 그러니까 운예소가 강호행을 결심한 해의 춘절(春節)이 문제였다.

말할 것도 없이 춘절은 중양절과 더불어 최고의 명절이기에 화전민 부락의 약초꾼이 모두 모여 축하를 하던 와중 스무살이 된 운예소가 겸연쩍게 인사를 하자 장내는 환호의 도가니로 돌변했다.

뭐, 특별한 환영이 아니었을지도 모른다. 변변한 희망 하나 없는 그들이었기에 아는 청년이 성년이 되었다는 것만으로도 축제의 기쁨은 배가되었던 것이다.

필연적으로 술자리는 길어졌고, 과도한 축하와 술잔에 그만 정신을 놓아버린 운예소가 깨어난 곳은 이름 모를 홍루의 주인 모를 침상이었다.

그리고 그의 옆엔 전라의 기녀 하나가 코를 골고 있었다. 물론 그 역시도 태초의 몸이었고.

"아하하하!"

다 됐는데, 손만 뻗으면 움켜쥘 수 있었는데.

"아하하하하하!!"

광소를 터뜨리던 운예소가 그대로 기절했다. 전혀 낮지 않은 내상을 억지로 참아냈던 터였는데, 흥분과 설렘, 그리고 좌절로 치달은 감정의 기복을 버티지 못했던 것이다.

동굴 안은 처절함이 가득 담긴 웃음소리가 메아리에서 메아리로 서로가 서로를 부르며 바삐 뛰어다녔고, 빛바랜 궤짝과 은자 한 푼에 가랑이를 벌린 창기의 그것처럼 펼쳐진 책자만이 쓸쓸하게 나부끼고 있었다.

*   *   *

상처는 생각보다 깊지도, 그렇다고 얕지도 않았기에 운예소는 두 달간을 동굴에서 생활해야 했다. 양식이야 근처의 버섯과 풀 따위로 대충 때웠고, 식수는 작은 개울물로 대신할 수 있었다.

심심할 때면 보타검급을 펼쳤지만 이내 집어 던지고 다시 펼치고를 반복하다 보니 의도적으로 피한 구결은 몰라도 신법이며 검법 등의 동작이 머릿속에서 빙빙 맴돌았기에 그는 애써 지워야만 했다.

아직은 생에의 집착이 남았음인가?

대충 상세가 안정되었다고 판단하여 간만에 정갈한 세수를 마친 그가 짐을 꾸리며 입을 열었다.

　"이제 시작이야!"

　시작이라? 이거 간만에 희망 섞인 구절이 아닌가?

　"고기도 먹어본 놈이 먹는다고 했잖아? 기연도 얻어본 놈이 얻는 법이지. 암, 그렇고말고!"

　희망을 찾았다. 이 년간을 어둠의 수로에서 헤매던 운예소는 이제 안녕이다. 하지만 밝은 전망의 실체는 여전히 위험성을 내포하고 있긴 했다.

　뭐, 어떤가? 박제보다는 낫다.

　"비록 이번은 운이 오다가 중간에 말았지만 이런 경우는 드물다고. 거기다 망외의 소득도 얻었으니 이제부터는 실수 없어!"

　망외의 소득. 이번 낙하 전에 받았던 까닭 모를 느낌을 말하나 보다.

　"자, 가자!"

　힘차게 발을 떼던 그가 여전히 뒹굴고 있는 보타검급을 슥 내려보다 발로 쭉 쳤다.

　"넌 필요없어."

　뚜벅뚜벅─

　그렇게 동굴 앞까지 갔던 운예소가 다시 돌아왔다.

"음, 그래도 아깝긴 하다."

얘기대로라면 그는 연자가 아니니 비급과 궤짝을 그 자리에 두고 나와야만 했다. 하나 운예소의 생각은 달랐으니.

"일단 아까우니 가져가자. 이대로 둬봐야 풍화될 거야."

진짜 아까웠던 것은 허송세월로 보낸 두 달과 약초 값이 아니었을까?

협곡을 지나면서 운예소가 추락한 지점을 올려다보았다.

'높다…….'

어쩌자고 저런 곳에서 떨어질 생각을 했을까. 스스로 생각해도 등골 시린 일이다.

"조사가 불충분했어. 대책없는 도약은 이제 사절이야."

단 한 번의 기연… 은 아니고, 그 비슷한 조우는 그의 모든 것을 바꾸었고, 희망과 더불어 삶의 집착까지 되돌려주었다. 아울러 공포까지도.

"이제부터 시작이라네에~"

등산 때와 노래가 달라졌다. 여전히 이상한 가락이었지만 내용은 천지 차이였다. 밝음과 미래의 기대로 충만한, 그런 근사한 의미를 내포하고 있었다.

"삶은 노력하는 자의 것이고, 기연은 떨어지는 자의 것이니이~ 음?"

"이야앗!"

신나게 불러 젖히던 그가 알 수 없는 기합성에 흠칫 발걸음을 멈추었다.

"하앗! 얏! 이얍!"

앙칼진 교성이었는데, 제법 힘이 실린 터라 뭔가 뭉클하게 하는 힘이 있었다.

'뭐지?'

슬그머니 기합성이 울려 퍼지는 곳으로 걸음을 옮긴 그가 곧 소리의 주인을 찾았다.

'저 꼬마 소저는?'

보타산도에서 운예소가 알아볼 사람은 많지 않았다. 꺼벙한 무사들 몇몇과 꼬마 공자, 그리고 이곳 보타산도주의 영애라는 이청청.

그녀는 목검을 쥐고 수련에 매진하고 있었는데 송알송알 맺힌 땀방울과 가쁜 숨소리로 미루어 꽤 오랜 시간 열중했음이다.

"타아앗!"

가뿐하게 몸을 띄워 좌우로 검을 찌르고, 베고……

'아주 춤을 추는군.'

당구풍월(堂狗風月)이라 했다. 이리저리 떠돌며 크고 작은 비무를 구경하고 직접 싸워보기도 하면서 운예소는 이 년 전과 비교도 할 수 없는 안목을 가지게 되었다.

그런 관점에서 소녀가 어떤 걸 수련하는지 모르겠지만 한심하다는 말 이외엔 표현할 길이 없었다.

'에라, 내가 알게 뭐냐. 갈 길이나 가자~'

녹았다고 하나 아직은 심층부의 깊은 곳까지 이른 것은 아니다. 아니, 처음부터 다소 냉정한 그의 성격이었는데 희생이라는 덕목으로 가려졌었던 걸지도 모른다.

아무튼 그가 걸음을 막 옮기는데 예의 그 기합성이 발목을 잡았다.

"이야야얏!"

'백날을 해봐라, 답이 나오나.'

"차아앗!"

'그 시간에 차라리 밥을 배불리 먹고 건강 체조를 하겠다.'

"얍! 얍! 얍! 얍!"

'아, 진짜!'

도저히 참지 못하고 운예소가 이청청 쪽으로 걸음을 옮겼다.

"수련 중에 실례하오만……."

"어머!"

팔방을 쓸던 그녀가 화들짝 놀라 검을 운예소 쪽으로 쭉 들이밀며 날카롭게 외치려 했다.

"누, 누구… 아, 은인!"

은인 아니라니까. 엉기기에 응징한 것뿐이지.

"은인이 여긴 어인 일이세요?"

잘만 하면 안기겠다.

반색을 하며 검을 내려놓은 이청청이 포권을 올렸다.

"소녀 이청청이 은인께 다시 인사 올리옵니다. 그때 경황중에 떠나신지라 제대로 된 감사도 표하지 못했음을 용서하소서."

"됐고……."

손을 휘휘 저어 그녀의 예를 막은 운예소가 소녀와 목검을 번갈아 보다 슬쩍 물었다.

"실례지만 수련하던 검식을 물어봐도 되겠소? 꽤 '장황' 하던데."

진심은 '난잡' 이었다.

"아, 그런데 언제부터 보셨나요?"

보통 이런 질문을 받으면 미안해서 몸 둘 바를 몰라야 한다. 무인에게 독문무학의 중요성은 형용할 필요도 없는 일이니 그것을 몰래 본다는 건 강호인의 도리가 아니기 때문이다.

그리고 운예소는 스스로 아직 강호인이 아니었다.

"조금 전부터."

이 당당함을 보라. 처음부터 힐난할 생각은 없었지만 그의 뻔뻔함에 조금은 얄미워져서 이청청의 아미가 살풋 찌그러졌다.

'확실히 미색이로고. 인상을 써도 어찌 저리 곱단 말인…….'

띠잉—

이청청의 아름다움에 고개를 끄덕이던 운예소의 얼굴이 처절하게 일그러졌다. 여인과 미색이 떠오르자 저주받을 단어 하나가 불쑥 생각났기에.

"동~저엉!"

"예?"

그가 이를 부득부득 갈며 짐작키 어려운 단어를 씹어대자 이청청이 고개를 갸웃 움직였다.

"아, 아니오. 아무것도 아니라오."

손을 휘휘 저으며 겸연쩍은 미소로 사태를 수습한 그가 방금 전의 질문을 채근했다. 여인네의 앞에서 올려서는 안 될 단어였는데 무의식중에 튀어나온 걸 보니 어지간히 분했나 보다.

이럴 땐 화제 전환이 급선무.

"검식 이름 묻지 않았소? 대답하기 싫다면야 굳이 들을 생각은 없지만서도."

역시 괜히 나섰다. 쓸데없는 말이나 뱉고.

"얘기하기 뭐할 것도 없는 그저 그런 검법이에요."

고개를 떨군 이청청이 바위에 걸터앉아 하늘을 바라보았다.

상큼한 가을바람에 나부끼는 머리를 한 가닥 잡아 동글게 마는 가인과 뭉게구름이 조화를 이루어 꽤 멋들어진 광경을 연출했으나 그녀의 눈망울에 맺힌 우수(憂愁)가 옥에 티를 남겼다.

　"섬의 사람들은 작금의 어수선한 분위기를 아버님의 병환 탓으로 돌리지만 실제로는 그것이 아니랍니다."

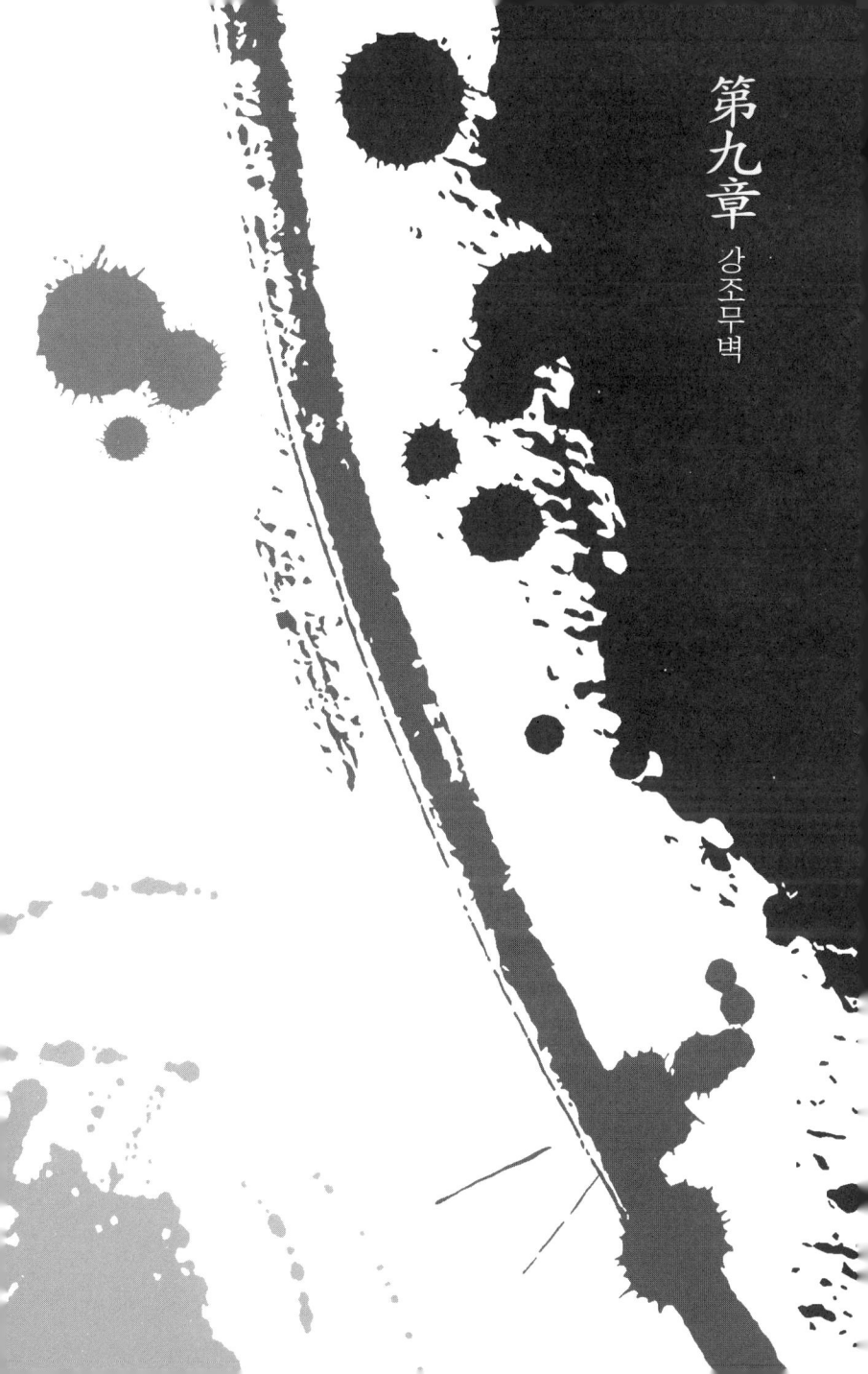

第九章 상조무벽

　아버님이라면 보타산도주를 말함일 터. 그가 아픈 것도 몰
랐었지만 아픈 것이 문제가 아니다? 뭔가 속사정이 있는 듯한
데.

　"지난 삼백 년간 저희 이씨세가가 보타도주 직을 내려받아
섬의 일을 관장했지요. 관장이랄 것도 없는 것이, 섬 내의 소
소한 문제 외에는 해결할 것이 없는 그런 평화로운 곳이었으
니까요. 최대 무벌이라는 사해용방(四海龍幇)과의 일은 주산
군도의 연합체인 주산무련(舟山武聯)에서 맡아서 처리해 주었
고요."

　"사해용방? 주산무련?"

변방의 일이라 알 도리가 없어서 운예소가 되묻자 이청청이 나지막한 목소리로 설명해 주었다.

사해용방은 절강성 연안의 수로를 담당하는 문파로 교역의 안전을 도우며 일정의 세금을 받는, 이른바 수로표국(水路鏢局)의 성격이 강한 세력이었다.

그리고 주산무련은 주산군도의 여러 섬을 대표하는 독자 무벌로서 대륙에서의 지원을 기대하기 어려운 섬사람들이 자위적인 목적으로 창설한 연합체였다.

겉으로는 으르렁거리는 일이 잦았으나 암묵적으로 서로의 위치와 권위를 인정했기에 두 세력은 커다란 마찰 없이 주산군도를 다스려 왔었다.

"문제는 얼마 전 사해용방이 강조무벽과 연합을 하면서부터 불거졌지요."

"강조무벽?"

강조무벽의 위세는 운예소도 익히 들어온 터이다.

"그렇습니다. 강조무벽의 힘을 등에 업은 사해용방이 점차 주산무련을 무시하기 시작하더니 결국 그들 간에 묵시적으로 채결했던 최소한의 규칙조차 헌신짝처럼 던져 버렸습니다. 바로 그것이 섬의 일에는 간섭하지 않는다는 불문율이었지요."

원래 무리가 모이면 세를 만드는 공식을 싫어하는 운예소인지라 무슨 용방이니 무슨 무련이라는 말에 왈칵 반감부터 들었으나 그것이 자위적 연합이라면 이해할 만도 하다.

또한 수로표국적인 성격이라면 또 넘어가 줄 만한 모임이다. 어디든 그런 조직은 존재하기 마련이고, 또 존재할 수밖에 없는 법이니까.

이른바 필요악이라고 할까?

"그렇게 월권을 거듭하던 그들이 끝내 주산무련에 최후 통첩을 보냈습니다. 앞으로 자신들의 일에 간섭하지 말라는. 속내용이야 뻔하지요. 다 해먹겠다는 뜻이니."

하나 주산무련으로는 감히 대항할 수 없어 분루를 삼켜야 했다. 강조무벽은 변방의 연합체로는 어찌해 볼 대상이 아니었기에.

"그리고 첫 제물을 우리 보타산도로 잡은 게지요. 자신들이 이제 보타산도를 관할하겠다고 선언한 겁니다. 이에 분기탱천한 아버님께서 놈들과 맞서셨으나 조롱거리밖에 안 되었지요. 인품과 학식이 통하지 않는 자들이었으니까요."

보타산도의 초대 도주는 무공이 고강하여 바다의 용과 뛰놀았다고 했다. 하나 그건 먼 옛날의 추억일 뿐, 평화와 안식에 젖은 후대들에게 예전의 영화는 남아 있지 않았으니.

"은인께서 보셨던 검법은 파랑검법이라 부른답니다. 저희 이씨세가의 독문검법이지요. 저도 안답니다. 이런 검법으로는 그들이 옷자락도 벨 수 없다는 것을. 하지만 이대로 당하기만 하는 섬사람들과 동생들, 그리고 몸져누워 계신 아버님의 한숨이 너무도 애달파서 이렇게라도 강해지려 노력한답니다."

"흐음……."

나쁜 놈들이다. 설명을 듣고 보니 더욱 나쁜 놈들이다.

해서,

"참으로 나쁜 놈들이구려!"

라고 말한 운예소가 빙글 몸을 돌렸다.

"으, 은인, 어디 가시옵니까? 그들은 혼자서 감당하실 세력이 아니랍니다. 그들의 뒤엔……."

"그게 무슨 말이오?"

급히 운예소의 옷자락을 부여잡던 이청청이 그의 등에 얼굴을 묻었다.

"그 마음은 감사하나 사해용방을 혼자 대적하시는 것은 무리입니다. 제발……."

"아니, 글쎄, 누가 누굴 대적하냐니까?"

띠잉―

급히 운예소에게서 떨어진 이청청이 어쩔 줄 몰라 횡설수설 부산을 떨었다.

"아니, 그러니까… 은인께서… 사해용방과 싸우고… 이런 경우라면 늠름한 무사가… 늘 그러하듯 정의의 칼을 비껴 들고……."

가인의 눈물 전송을 잊었군 그래.

멀거니 이청청을 바라보던 운예소가 어깨를 으쓱 올렸다.

"경극을 너무 많이 보았구려. 중원으로 돌아가려는데 무슨 말을 하는지 모르겠소이다."

사해용방과 대적은 무슨, 하며 휘적휘적 걸음을 옮기던 운예소가 뒤에서 잡아당기는 시선을 버티지 못하고 한숨을 쉬며 뒤를 돌아보았다.

"내 한마디만 하지. 스스로 강해질 생각을 하시오. 기대하는 건 좋은데 그것이 밟히면 돌이킬 수 없을 만큼 아프다는 걸 알란 말이오. 아시겠소, 꼬마 소저?"

"꼬마 아니에요!"

"꼬마가 꼬마지."

홍, 하니 고개를 틀어버린 운예소가 속으로 한숨을 쉬었다.

'그러니까 아까 그냥 갔으면 이런 일도 없잖아. 제발 끼지 좀 마라, 운예소.'

"아, 아무튼 난 이만……."

울먹울먹해지는 그녀의 기세가 심상치 않아 슬금슬금 물러서는데 이청청이 와락 울음을 터뜨렸다.

"강해지고 싶었다고요! 누구보다 강해져서 저런 모리배들이 앗아간 섬사람들의 웃음을 되찾아주고 싶었다고요! 하지만 아무것도 없는데 어떻게 하나요? 아무것도 없는데……."

그럼 절벽에서 뛰어.

물론 이 말은 못했다.

억눌렸던 한이 제대로 터졌음인가? 그녀의 울음보는 거의 폭우 수준이라 이대로 놔뒀다간 울다 지쳐 죽을 판이었다. 쓸데없는 말을 왜 던져서는.

"으앙앙앙~"

아예 넋을 놓고 우는데 이건 어린애가 따로 없었다. 말리기도 뭐하고 말리지 않기도 뭐해서 어쩔 줄 몰라 허둥거리던 그가 문득 이청청의 눈물에서 자신을 찾은 건 동병상련인가?

'그래, 강해져야 했지. 하지만 방법이 없을 때는 미치도록 서럽지.'

문득 이청청의 앞에 쪼그려 앉은 그가 무심하게 한마디 던졌다.

"이보시오, 꼬마 소저."

"꼬마… 아니라니까요. 으아앙!"

자고로 여자들은 울면서 대답할 건 다 한다.

"꼬마든 아니든 하나 묻겠소. 정말로 강해지고 싶은 건가?"

"물론이에요!"

울먹이며 대답하던 이청청이 눈물을 소매로 찍으며 뭐라고 하려다 운예소의 얼굴을 바라보게 되었다.

"강해지면 어떤 사람이 되고 싶소?"

"예?"

"강해져서, 정말로 강해져서 사해용방과 맞설 힘이 생기면 어떤 사람이 되고프냐 말이지."

"음… 그냥 섬사람의 안녕을……."

이런 결심으로는 무리다.

운예소가 막 무릎을 펴려고 할 때 가만히 생각하던 이청청이 야무진 목소리도 덧붙였다.

"섬사람들의 안녕을 빼앗은 사해용방을 혼내줌은 물론 중원으로 가서 강조무벽에게도 책임을 물어야겠지요!"

"좋군."

그리고 파생되는 미소. 눈가에서 시작된 잔주름은 얼굴을 돌고 돌아 아름다운 무엇을 그려내었고, 마침내 입가에 머물러 날갯짓을 곱게 접었다.

"아……!"

그녀는 모를 것이다 이 미소가 무려 이 년이라는 시간 동안 박제되어 있었다는 사실을. 이 미소를 다시 피우기 위해 그가 얼만큼의 가슴앓이를 했는지.

"그럼 내 한 가지만 더 물을 테니 정직하게 답해야 하오."

"뭐, 뭔데요……?"

'이 사람은 은인이 아니라 선계의 사람일 거야' 하고 생각하며 이청청이 다소곳이 물었다.

"음, 그러니까……."

뜸을 들이던 운예소가 이청청과 눈이 마주치자 진지한 표정으로 그녀의 코앞에 집게손가락을 불쑥 내밀었다.

"남자랑 자본 적 있소?"

순간의 정적.

두 사람의 눈이 허공에서 격하게 얽혔다.

그리고,

짜악~!

"이, 이 미친놈!!"

몸을 부르르 떨던 그녀가 원독 어린 시선을 보내더니 부리나케 산을 내려가기 시작했다. 은인? 선계의 사람? 턱도 없는 소리다.

졸지에 은인에서 미친놈으로 위상 격하된 운예소가 뺨을 어루만지며 투덜거렸으나 들어줄 이는 아무도 없었다.

"잤다는 거야, 뭐야?"

그날 밤, 보타산도주의 집 근처에서 어정거리던 운예소가 작은 인영을 발견하고 슬쩍 나섰다.

"간만이구려, 꼬마 공자."

"꼬마 아니… 아, 은인이십니까?"

이 집의 아이들은 꼬마라는 말에 과민 반응을 보이는 경향이 있다.

정갈한 인사로 예를 대신한 이성룡이 주위를 살피다 운예소에게 슬쩍 귓속말로 물었다.

"저, 근데… 점심나절에 무슨 일이라도 있었습니까? 알고 보니 은인의 정체가 색마라면서 누이가 방방 뛰던데요."

'새, 색마라고?'

이 정도까진 몰랐다.

"어허험! 그래, 공자께선 내가 색마로 보이……."

"천만에요."

질문보다 빠르게 답한 이성룡이 손을 휘휘 저으며 눈살을 찌푸렸다.

"아니 할 말이지만 우리 누이가 얼마나 웃기는 줄 아십니까? 조금 예쁘다고 안하무인, 콧대만 높아서 남자들을 무슨 벌레쯤으로 여긴다니까요? 거기다 몸 조금 스치기만 해도 오두방정에… 에휴, 내 진짜 말을 안 해서 그렇지, 사실……."

"뭐라고?"

문이 벌컥 열리며 이청청이 뛰어나왔다.

"너 지금 뭐라고 했어? 안하무인에 콧대가 뭐 어째? 그리고 이 사람, 누구야? 어라? 색마잖아?"

"아하하하!"

'색마 아냐'라고 하고는 싶은데 왠지 '꼬마 아니에요'가 연상되어 관둔 운예소가 입맛을 다시고는 눈에 힘을 실어 무게를 잡았다.

이렇게 말장난할 시간이 없단 말이다.

"자자, 두 분은 잘 들으시게. 먼저, 이 소저. 정말로 강해지고 싶나?"

"색마가 상관할 일이 아닐 텐데?"

"다음, 이 공자. 강해져서 섬을 지키고 싶나?"

"물론입니다!"

이성룡의 듬직한 대답에 만족한 그가 약초 가방에서 책을 한 권 꺼내 둘에게 내밀었다.

"받게, 도움이 될 것이니."

이때 이청청이 얄밉게 종알거렸다.

"보나마다 방중 비법일 거야."

"뭡니까?"

이 대조적 반응에 적응하기 어려워 얼른 이성룡의 손에 책을 쥐어준 운예소가 무겁게 한마디를 남겼다.

"스스로 강해지게나. 절대 누구에게도 기대를 품지 말고. 기대란 때로 소중한 것이나 그것에 마음을 내준다면 아무것도 얻지 못한 자신을 발견하게 될 것이야."

정통 은인다운 말. 이성룡이 이청청이 어깨를 툭툭 치며 '것 봐' 란 표정을 지을 때 돌아서려던 운예소가 '아!' 하며 꼬마 공자의 앞에 쪼그려 앉았다.

"참, 이 공자!"

"하명하십시오!"

이성룡의 야무진 눈을 바라보던 그가 집게손가락을 쑥 내밀었다.

"여자랑 자본 적 있나?"

"……."

*   *   *

그 다음이 이 빌어먹을 태산이고 빌어먹을 천향비급이다. 빌어먹을 고자란 말이다.

태산을 내려오며 옛 추억을 떠올리던 운예소가 문득 약초 가방에서 천향무급을 꺼내 슬슬 넘기다 한숨을 토했다.

열세 번의 추락으로 얻은 건 끈질긴 생명력과 단단해진 신체, 그리고 두 권의 비급이 전부. 그나마 하나는 남 줘버렸고 또 하나도 무용지물의 애물단지다.

'아, 뭘 어쩌라는 거냐……..'

한숨지으며 털레털레 하산한 그가 근처의 약방에서 쓸 만한 약초들을—쓸 만한 정도가 넘었다. 동굴의 주변은 천애의 험지라 이초들이 천지로 널려 있었으니까—넘기고 은자를 마련했다.

"일단 좀 먹고, 마시고, 자자."

허탈한 마음을 달래는데 먹고 마시는 것만큼 좋은 것도 없다. 이건 일반론이 아니라 수많은 경험으로 알게 된 사실이다.

그리고 오늘은 허탈함과 피곤함이 여느 때보다 심하다고 판단했기에 돈을 좀 쓰기로 마음먹은 그가 태안(泰安)에서 최고로 좋은 객잔을 수소문한 끝에 봉문객잔(鳳門客棧)이라는, 이름까지 휘황찬란한 곳에 짐을 풀었다.

'이거 너무 비싼 거 아냐?'

음식의 가격을 묻는 건 사내대장부의 도리로서 아니 될 말이지만 장식이 장식인지라 점소이를 조용히 불러 음식 값을 듣고 뜨악해진 운예소가 애써 침착하게 요리와 술을 주문했다.

평소라면 엄두도 내지 못할 액수의 음식들. 과연 산동 최고의 명품점이라 자부할 만한 맛이요 가액이었기에 인정하기로 했다. 인정하지 않을 도리도 없었지만.

'그래, 먹자. 먹는 게 남는 거다.'

희망? 버릴 리가 있나!

연속 두 번의 성공이었다. 비록 결과는 좋지 않았으나 어쨌든 기연을 만났다는 데에 의의를 두기로 했다.

'이렇게만 가는 거야!'

그렇다. 이렇게만 가다 보면 곧 운예소의, 운예소에 의한, 운예소를 위한 무학을 반드시 만나게 될 것이다.

고자를 위한 무학에다, 어린아이들을 위한 무학도 존재하는 판에 건장하면서 밝고 씩씩한 청년을 위한 무학이 없다는 건 말도 안 된다!

"암!"

힘차게 고개를 끄덕이고 접시에 얼굴을 파묻은 운예소가 정신없이 음식을 탐닉했다. 뒤따라 나온 술도 돈 값을 톡톡히 하려는 듯 녹아들어 왔고, 이내 그는 노곤해졌다.

"여기 최고로 좋은 객방을 안내해 주게."

오늘은 최고로 가는 거다.

최고로 좋은 객방이라 해서 최고의 잠자리를 보장하는 것이 아니다. 그 실례가 여기 있었으니.

'아놔! 잠 좀 자자고!'

이상한 비명을 지르며 베개로 얼굴을 가린 운예소가 침상을 데굴데굴 굴러다니고 있었다. 그의 얼굴은 누렇게 떠 있었고, 피부도 까칠했기에 보는 이로 하여금 측은함을 줄 소지가 충분했지만 늘 그러하듯 아무도 없었다.

과연 그를 이런 지경까지 몰아넣은 건 무엇일까?

'제발 좀!!'

"흑, 흑, 흑, 흑……."

지금 시각은 인시(寅時)를 막 넘긴 시점. 그야말로 새벽 가운데 새벽인데 옆방에서 들려오는 울음소리는 뭐란 말인가.

처음에는 귀신인 줄 알았다. 이런 시각에 저음의 울음소리는 분명 원귀들이 자주 차용해서 쓰는 방식이었으니까.

순간 당황했지만 마음을 굳게 먹고 소리의 진원지를 찾아

보니 옆방이었고, 귀신 소리 말고도 사람의 목소리가 들렸기에 그제야 진짜 사람의 흐느낌이란 안도에 가슴을 쓸어내렸는데, 당최 끝날 생각을 하지 않는다는 거다.

뭐라고 하는지 알 도리는 없지만 아무튼 남자가 뭐라 뭐라 웅얼거리고 여자는 그저 울기만 하는데 이런 식으로 벌써 한 시진째다.

'미치겠네, 진짜!'

아니, 남녀가 객잔에 왔으면 잘 자든가, 아니면 좋은 밤을 보내든가 할 일이지, 이렇게 비싼 객방을 잡고 지금 뭐 하는 짓이냔 말이다.

뭘 해도 상관은 없는데 저런 울음소리라면 견디기 어렵다. 아니, 인간으로 버틸 수가 없다.

참다 참다못한 운예소가 신호 줄을 잡아당겨 점소이를 불렀다.

"어인 일이신지? 시장하시면 요깃거리라도 가져다 드릴깝쇼?"

"이 밤에 요기는 무슨. 그보다 이 소리 좀 들어보게."

"예?"

어리둥절한 점소이의 귀를 잡아 벽에 가져다 대자 뭐 하는 건가 하던 녀석도 곧 이상한 음향을 감지하고는 벌떡 몸을 세웠다.

"귀, 귀신인 겁니까? 이럴 수가? 우리 봉문객잔에 귀신이라니!"

딱 한 시진 전의 반응을 답습하는 점소이의 모습에 고개를 젓고 운예소가 퉁박을 주었다.

"귀신은 무슨! 옆에서 뭐라고 하는 남자의 말소리가 들리지 않나? 그리고 만약 귀신이라도 그렇지, 손님의 안전을 생각해서 의연하게 대처해도 모자랄 판에 이 무슨 경거망동이란 말인가!"

"아, 예, 예."

부끄러운 것은 알았는지 고개를 숙이는 점소이에게 운예소가 몇 푼 찔러주며 은근히 부탁했다.

"저간 사정이야 어떤지 몰라도 잠은 좀 자야 하지 않겠나. 제발 조용히 좀 시켜주게."

옮기면 그만이라고? 객실은 만원이란다.

"암요! 이런 시간에 저러는 건 어디까지나 공공도덕에 위배되는 일입죠!"

은자를 보고 눈이 돌아간 점소이가 기세 좋게 객방을 나섰다.

잠시 후,

객방 문을 다시 열고 들어서는 점소이의 손엔 모락모락 김이 피어나는 탕이 한 그릇 들려 있었다. 그리고 흐느낌은 여전~했다.

"아니, 그게 뭔가?"

"한번 드셔보고 말씀하십시오! 이것으로 말씀드리자면 봉황극락진수미기탕(鳳凰極樂珍羞味奇湯)이라는 음식으로서 몸에 좋다는 곰 발바닥에 새우며 해삼, 그리고 제비집에다가 여덟 가지 버섯에……."

봉황극락… 뭐?

"아아, 됐네. 그거 거기 내려놓고, 어떻게 된 건가? 아직도 울음소리가 들리는데."

음식이나 대접받자고 부른 것이 아니라 하지만 점소이는 계속해서 봉황극락진수미기탕이라는 희대의 이름을 가진 음식을 홍보하기에 여념이 없었다.

"하여… 이것은 우리 봉문객잔의 수석 숙수 황 노야께서만 만드실 수 있으며, 황 노야로 말씀드리자면 중원 천하의 최고 요리대회라는……."

"이것 봐!"

탕을 빼앗아 다탁에 내려놓으며 운예소가 호통을 쳤다.

"내가 언제 음식 먹자고 했나? 옆방의 사람들 좀 조용히 시키라는 말을 그새 까먹은 거야?"

"까먹을 리가요! 아, 그게… 참……."

"……."

뭘까, 이 친구의 망설임은?

"사실 옆방에 계신 분들이 누구냐 하면요, 대죽유림(大竹儒林)의 장자이신 송각(宋覺) 공자님과 철혈창가(鐵血槍家)의 차녀가 되시는 장취련(張翠蓮) 소저십니다요."

"음?"

이거 놀라운 사실이다. 대죽유림이라 하면 유림계에서도 거목 중의 거목으로 손꼽히는 송광지의 학당(學堂)이다. 말이 학당이지 대죽유림 하나만으로도 일국의 치세가 가능하다는 말이 돌 정도다.

거기다 철혈창가는 또 어떤가. 이곳 산동에서 창 한 자루로 이백 년간 불패의 신화를 만들어낸 산동 장씨세가(張氏世家)를 높여 부르는 말이니, 한마디로 산동의 제왕 가문이라는 뜻이다.

'유림과 무림을 대표하는 양 세가의 자식들이 만났다…….'

뭐, 그럴 수도 있다. 문인 집안이라 하여 반드시 문인 집안과 성혼하란 법 없듯, 무인 집안이라고 꼭 무인 집안과 맺어진다는 건 어불성설이니까.

하지만 이런 야심한 시각에? 뭐, 또 그럴 수도 있다. 남녀가 만나는데 시간을 가릴까. 솔직히 호젓하고 분위기 내는 데 야심한 밤만큼 좋은 때가 어디 있을까.

다 좋다. 하지만 잠은?

"그래, 그렇다 치세. 그거랑 조용히 해달라는 거와 무슨 상관이라는 거야?"

"그게 말입죠, 송각 공자께서 무슨 일이 있더라도 상관하지 말라고 주인 어르신께 부탁을 드린 모양입니다요. 객방비의 다섯 배가 넘는 웃돈까지 주시면서 말입죠. 해서 대협의 불만을 들으시고는 부랴부랴 봉황극락진수미기탕까지 만들 라고 하신 겁니다. 그러니 넓은 마음으로 이해를 좀 해주십시 오."

봐달라니? 그럼 이대로 곡소리나 들으면서 하얗게 밤을 지 새우라는 건가?

그런데 꼴을 보니 웃돈도 웃돈이려니와 두 가문의 위세에 눌려서 점소이는 물론 주인장까지 전전긍긍인 모양이었다. 하기사, 산동에서 먹고살려면 두 가문에 밉보여 좋을 것 없을 테니.

"그래, 내 이해하네. 암, 충분히 이해하고말고."

"어이쿠, 감사합니다! 감사합니다!"

몇 번의 포권을 올리고 점소이가 발걸음도 가볍게 사라지 자 탕을 들고 운예소가 일어섰다.

분명 이해는 한다고 했다, 이해는.

第十章 법칙은 깨지라고 존재한다?

"흑, 흑, 흑, 흑……."

"소저……."

옆방 문 앞에 이르니 소리가 아주 기괴했다. 을씨년스럽게 곡을 하는 처녀와 달래는 총각.

호흡 한 번으로 마음을 다잡은 운예소가 큰 기침으로 자신을 알렸다.

"커허험~"

"누구냐?! 아무도 들지 말라 일렀거늘!"

"실례 좀 합시다."

저런 분위기에서 낯뜨거운 광경이 연출되었을 리 없을 터.

상대방의 동의도 없이 문을 열고 들어선 운예소가 놀라 눈이 휘둥그레진 청년과 고개를 박고 흐느끼는 처자를 둘러보고는 다탁에 탕을 내려놓았다.

"야심한 시간에 실례 좀 해야겠습니다."

"귀공은 뉘신가?"

당황한 가운데서도 침착함을 잃지 않으니 역시 군자다. 스물 댓 살 정도의 청년은 운예소의 돌연한 침입에 노기를 띠며 여인의 앞을 막아섰으나 예의는 지켰다.

"아, 저는 옆방에서 하룻밤을 묵고 있는 떠돌이 약초꾼입니다."

"떠돌이 약초꾼?"

그제야 울던 처자도 고개를 들어 운예소를 살펴보았는데, 담백한 얼굴에 시원시원한 눈매가 인상적이라 전형적인 여장부의 기상을 가진 여인이었다.

"그래, 떠돌이 약초꾼이 이런 시간에 어쩐 일로 우리 방을 찾았소?"

몰라서 묻는 거냐?

"잠을 잘 수가 없어서 왔습니다."

"아……!"

여장부—장취련일 것이다—가 부끄러워 고개를 숙였다. 이럴 때는 천상 여인이다.

"그, 그렇구려. 우리 때문에 잠을 이루지 못했다니 어떤 말로 사죄를 드려야 할지 모르겠소이다."

황망히 일어서서 포권을 올리는 송각을 보며 운예소가 내심 감탄했다. 상대가 비천한 약초꾼이라도 자신의 실수는 깨끗하게 인정하는 성품을 높이 산 것이다.

원래 짜증 좀 내려고 했는데 이렇게 되고 보니 그런 마음은 싹 가신다. 그리고 스멀스멀 다른 것이 피어오르니 그것은 바로 호기심이라는 마물이었다.

"사과까지야……. 그런데 어떤 연유로 그리 슬프게 우신 건지요?"

"하아……!"

"후우……!"

약속이나 한 것처럼 한숨을 토하던 두 사람이 서로를 바라보다 누가 먼저랄 것도 없이 와락 껴안고 흐느끼기 시작했다.

"소저!"

"송 가가!"

그 뒤로 이어진 눈물의 행진에 귀를 막고 인상을 구기던 운예소가 둘 사이를 파고들어 떼어놓고 싶은 충동을 간신히 눌러 참았다.

"아… 저기요… 말 좀 하자니까요……."

"이, 이런 추태를… 훌쩍!"

"죄송해요. 훌쩍!"

급히 눈물을 훔친 두 사람이 침상에서 일어나 운예소가 서 있는 다탁으로 향했다.

'흐음~ 정말로 잘 어울리는 한 쌍이로구나.'

문약해 보이나 혜지가 충만한 눈, 그리고 장부의 기개를 여실히 보여주는 몸가짐의 송각과 시원시원한 얼굴에 어울리는 턱 선으로 그윽하게 자리하는 장취련.

이 원앙 같은 사람들에게 무슨 일이 있는 것일까?

'보나마나 혼사 문제겠지 뭐.'

"혼사 문제를 다른 분께 말하기 뭐하지만 실례를 했으니 의당 말씀드리리다."

앉기를 권하고 따라 앉은 두 사람이 고즈넉한 한숨만으로 시간을 보내자 참다못한 운예소가 탕을 권했다. 자고로 분위기 띄우는 데 음식만 한 것은 없으니까.

"자자, 이것이라도 들면서 말씀하시지요. 뭐라더라……. 이게 봉문객잔에서만 맛볼 수 있는 극락미기봉황……."

"봉황극락진수미기탕?"

장취련이 되묻자 손바닥을 딱 마주치며 운예소가 고개를 끄덕였다. 역시 여인네들은 옷 이름하고 음식 이름을 외우는 데 남다른 소질을 보이나 보다 생각하면서.

"맞습니다! 이게 그것이라고 합니다!"

"이 귀한 걸……. 가가도 어서 드세요."

"봉황극락진수미기탕이라?"

송각 역시 호기심을 보이며 한 수저 떠먹고는 감탄성을 터뜨렸다.

"과연 일미로구나! 여기 술 한잔을 빼놓을 수 없지."

솔직히 별 맛을 모르겠기에 건성으로 두어 번 뜨고 만 운예소가 송각이 부어주는 대로 술을 받았다.

그렇게 몇 순배가 돌자 노곤하게 풀어진 송각이 풀린 얼굴로 말을 하기 시작했다.

"처음부터 우리는 만나선 안 되는 사람들이었소."

산동을 대표하는 문무의 두 가문이 송씨세가와 장씨세가라는 데 이의를 제기할 사람은 아무도 없었다. 그러나 두 가문이 철천지원수처럼 사이가 나쁘다는 건 아는 사람만 안다.

물론 처음부터 그랬던 것은 아니었다. 아니, 오래전만 해도 두 가문은 너무나 사이가 좋아 거의 한 달에 한 번은 만나 음식을 들면서 즐겼다고까지 했다.

"사이가 틀어진 건 이백 년 전 두 가문의 가주님들께서 바둑을 두시다 사소한 말다툼을 벌이신 데서 비롯되었다 하오."

당시의 가주인 송광민은 대쪽 같은 성품과 어울리지 않게 호승심이 남달라 시를 짓는 일이나 바둑, 심지어 술을 마시는 것에까지 다른 이에게 뒤처지는 것을 싫어했었다.

그러던 어느 날 송광민과 당시 장씨세가주였던 장화평이 바둑을 두었는데, 속기를 즐기던 송광민이 꼭 필요한 요처를 받지 않고 덜컥 손을 빼버리는 우를 범했다.

이게 웬 떡이냐 가일수를 하면서 장화평이 박장대소를 터뜨렸고, 그제야 수를 본 송광민이 물러달라고 사정사정을 했으나 일수불퇴(一手不退)를 외치며 고개를 돌린 장화평이 껄껄 웃으며 시원하게 부채질을 하다 얼굴이 뻘게진 송광민에게도 몇 번 부쳐 주었다 한다.

많이 더운 것 같다고 하면서.

이에 분기탱천한 송광민이 바둑판을 뒤엎어 버렸고, 그대로 헤어진 두 사람은 다시 만나지 말자는 편지를 교환하고 의를 끊어버리기에 이르렀다.

"한심한 일이지. 그래, 수 한번 물러주는 것으로 평생의 지기와 연을 끊는다는 것이 말이나 된다고 생각하시오!"

그렇게 두 사람은 인연을 끊었고, 상대방의 사과를 기다리던 둘의 마음엔 점차 노기가 자리하게 되어 가문 대 가문끼리 상종을 말라는 엄명을 내리기까지 했다.

몸이 멀어지면 마음까지 멀어진다고 했던가.

교류 없이 한해 두 해를 보내면서 이제는 가주들뿐 아니라 두 가문의 가솔들도 서로를 보면 경원지간처럼 으르렁거리게 되었고, 시간이 흐를수록 골은 깊어져만 갔다.

"그렇게 이백 년이 흘렀던 것이라오. 단순한 골은 이제 증오의 냇물만이 자리하기에 어느 누구라도 메울 수 없다오."

"딱한 일이로군요."

"하나 우리 둘은 달랐지. 안 그렇소, 취련?"

"송 가가~"

"어험험!"

닭살이 좌악 돋아 툭툭 털던 운예소가 헛기침으로 분위기를 바꾸고 재차 물었다.

"그러다 두 분이 만나게 된 것이었군요?"

"맞소. 그건 운명이었지. 안 그렇소, 취련?"

"송가가~"

'아, 놔!'

심심하면 부둥켜안는 통에 머리털 한 올 한 올이 쭈뼛쭈뼛 섰으나 침착하게 술잔을 비운 운예소가 송각의 다음 말을 기다렸다.

"때는 작년 봄이었소. 들판엔 아지랑이가 피어오르고 새들은 봄이 오는 소리에 서로를 바삐 희롱하며 즐겁게 날아오르던 어느 날이었지."

중언부언 수사는 긴데, 요약하자면 봄날 산보 나온 두 사람이 서로를 보고 팍 꽂혔다 이거다.

"그때 취련이 얼마나 아름다웠는지! 당신은 아시오, 취련?"

"아잉~ 몰라요, 몰라!"

포기다. 이 연인은 여태까지 그가 본 적 없는 최강의 닭살이었으니까.

아무튼 둘은 서로를 탐색하다 마침내 자리를 마련하고 즐겁게 담소를 나누며 서로에 대한 정을 깊이 했는데 문제는 헤어지면서 시작되었다.

점잖게 자신의 신분을 밝힌 송각이─이 정도의 세가라면 무조건 좋아할 거라 자신했을 거다─칠흑처럼 어두워지는 장취련의 얼굴을 보고 의아해했다.

뒤이은 장취련의 고백에 둘은 그 자리에 서서 아무 말도 못하고 서로를 바라보기만 했다.

절대로 맺어질 수 없는 사이, 둘은 모질게 마음을 먹고…….

뻔하다. 그렇게 끊으려 했으나 더욱 깊어지는 연모의 정이 어쩌고 해서 끝내 다시 만나 그들이 절대 변치 말자고 손가락을 거는데 누군가 밀고자가 있었을 거다.

"밀고자는 우리 집의 매파를 자임했던 옷감 집의 여인네였소."

매파 한번 제대로 서면 쌀 몇 가마니는 기본이다. 거기다 유림의 거목인 대죽유림의 장자라면 또 몇 가마니 추가고.

호시탐탐 기회만 엿보던 옷감 집 여인에게 둘의 만남은 수입과 직결되는 사건이었고, 두 남녀의 정체를 알게 된 그녀가 쾌재를 부르며 송씨세가로 한달음에 달려가 낱낱이 고해바쳤다.

두 가문이 발칵 뒤집힌 건 필연적인 수순. 조신한 여인을 남자가 꼬드겼네에서부터 점잖은 공자에게 여우 같은 누가 꼬리를 쳐서 혼을 빼앗았네로 귀결됨은 불을 보듯 뻔한 일.

더더욱 사이가 나빠진 두 가문이 '내 눈에 흙이 들어가지 않는 한'이나, '죽었다 깨어나도' 따위의 수식어로 자식들을 압박해 들어갔으나 두 사람의 의지는 너무나 확고했다.

"당연한 말이오. 가문을 버렸으면 버렸지 어찌 당신을 버릴까. 안 그렇소, 취련~?"

"송 가가~"

인간의 적응력이란 놀라울 정도였다. 이제 두 사람의 애정 행각은 운예소에게 어떠한 타격을 주지 못했으니까. 다만 수시로 닭살은 털어줘야 했지만.

딸 가진 부모는 죄인이라 했던가. 두 가문의 싸움은 알려질 대로 알려졌고, 사태는 일파만파로 번졌기에 장취련의 혼삿길은 거의 막혀 버린 형국이 되었고, 끝내 장씨세가주인 장고홍(長高弘)이 송씨세가를 직접 방문했으니 실로 이백 년 만에 이루어진 두 가문의 조우였다.

"그러나 아버님께선 단호했다오. 아직까지 한을 풀지 못하신 게지. 아무래도 피해 의식이 남아 있었던 우리 송씨세가였으니까."

송광지는 장고홍과 만나 자리에서 둘의 혼사는 있을 수 없는 일이라 못 박았다. 장취련의 피눈물도 송각의 읍소도 그에겐 무용지물이었다.

그러나 이백 년 만에 원수(?)의 집을 찾은 장고홍의 결심은 대단한 것이었으니, 그는 둘의 혼사를 받아들이지 않는다면 단 한 발자국도 물러설 수 없다며 송씨세가의 집 앞에 가부좌를 틀었다.

처음에는 며칠이나 버틸까 비아냥거리던 송광지도 일 주야가 지나면서 생각을 달리해야 했다. 장고홍은 정말로 송씨세가의 문 앞에서 뼈를 묻을 기세였으니까.

설상가상으로 여론까지도 송씨세가를 압박해서, 유림의 거목이 속은 밴댕이라는 말까지 공공연하게 나도는 판이라 송광지는 마침내 한 가지 제의를 했다.

"그런데 그 제의라는 게 사실 말도 안 되는 것이었다오."
"뭐기에 말도 안 된다는 것입니까?"
운예소의 질문에 다시 서로를 바라보던 둘이 와락 끌어안았다.

"취련!"

"송 가가!"

'……'

둘이 진정되기를 기다리며 한잔 한잔 따라 마시던 운예소가 술병이 비었음을 확인하고는 단정하게 앉았다. 이제 얘기도 막바지에 이르고 있었으니까.

"그건 바로… 천하여걸전(天下女傑戰)에 나가 우승을 해오라는 것이었소. 창을 잘 쓰니 문제없을 거라고 하시면서 말이오."

"천하여걸전?"

"그렇소, 천하여걸전."

천하여걸전이란 현 무림에서 최고의 성세를 누리는 강조무벽이 신설한 대회로 사 년에 한 번씩 개최한다고 했다. 참가의 자격은 여성 무인. 대회를 우승하면 강조무벽에서 하사하는 금과 천하여걸이라는 명예로운 직위가 부여된다고 했다.

"음… 그럼 나가서 우승하면 되지 않습니까? 철혈세가라면 천하에 두려울 것 없는 가문인데."

"속사정을 알고 보면 그리 쉽게 말할 수 없을 것이오."

"……?"

운예소가 고개를 갸우뚱거리는데 여태 '송 가가~'만 찾던 장취련이 불쑥 끼어들었다. 아무래도 자기의 일이고, 무림쪽의 사정은 그녀가 더 밝을 테니.

"현재 두 번 개최된 천하여걸전의 우승자가 누구누군지 모르실 겁니다."

"무술 대회명도 처음 듣습니다만."

"그렇군요."

고개를 끄덕이던 그녀가 낯선 두 이름을 댔다.

"그게 누굽니까?"

"모두 강조무벽의 사람들이지요. 한마디로 천하여걸전은 강조무벽의 돌려먹기이자 힘을 과시하기 위한 수단일 뿐입니다."

"강조무벽……."

또 한 번 엮인다. 보타산도에서처럼.

가만히 한숨을 쉰 장취련이 흐느끼기 시작했다.

"왜 이기고 싶지 않겠습니까? 왜 보란 듯 승리를 거머쥐어 가가의 아버님께 바치고 싶지 않겠습니까? 하지만 상대는 강조무벽입니다. 산동에서 행세깨나 했던 우리 장씨세가의 창법으로는 감히 넘을 수 없는 벽이랍니다."

딱하다.

그런데 그냥 딱하다고만 할까.

"장 소저."

"예?"

"내 한 가지만 물을 테니 답해주시겠소?"

"그래요."

장취련의 슬픈 얼굴을 가만히 응시하던 운예소가 무거운 목소리로 질문을 던졌다.

"만약, 만약에 힘이 강해져 천하여걸전에서 우승을 하게 된다면 어쩌시겠소?"

"예?"

"천하여걸전에서 우승을 하고 나서 무엇을 하겠냔 말이오."

"그야 당연히 우리 가가께 돌아……"

이런 결심으로는 아무것도 안 된다.

운예소가 슬슬 엉덩이를 의자에서 떼려는데 장취련이 상큼 눈을 빛냈다.

"아니, 가가께 돌아오기 전에 천하여걸로서 선언하겠어요. 앞으로 천하여걸전은 없을 거라고."

"호오? 그럼 강조무벽이 가만있지 않을 텐데?"

운예소의 비아냥에도 그녀의 눈은 굴함이 없었다. 오히려 도전 의지로 활활 타오를 뿐이었다.

"그렇다면 싸워야겠지요. 강조무벽이든 뭐든. 불합리한 대결로 가슴앓이를 하는 것은 이번까지로 족할 테니."

"좋구려."

부드러운 표정에서 파생되는 미소. 눈가에서 시작된 잔주름은 얼굴을 돌고 돌아 아름다운 무엇을 그려내었고, 마침내 입가에 머물러 날갯짓을 곱게 접었다.

"아⋯⋯!"

장취련이 난생처음 본 예소(藝笑)에 넋을 놓는데 운예소가 재차 입을 열었다.

"그럼 내 마지막으로 하나 더 묻겠는데⋯ 이건 정말로 솔직하게 답하셔야 합니다."

"예, 예!"

다소 몽롱한 장취련의 눈앞에 집게손가락을 불쑥 내민 운예소가 진지하게 물었다.

"혹시 소저, 여장을 즐기는 남자 아니오? 이번 혼사는 그 때문에 반대를⋯⋯."

순간적으로 장취련의 손이 날았다.

짜악~

"이, 이 미친놈!"

        *   *   *

몇 달 후, 아미산의 어느 이름 모를 협곡에서 울려 퍼지는 비명 소리가 하나 있었다.

"이번이 세 번째라고! 해도 해도 너무하잖아아아~!!"

그러나 이 처절한 절규는 천애의 험지였던 관계로 들어줄 이가 아무도 없었다.

뭐, 누구 들으라고 지른 비명도 아니었지만.

*　　　*　　　*

사필귀정(事必歸正)이라는 말이 있다.

모든 일은 반드시 옳은 길로 돌아간다는 뜻이니 이 어찌 훌륭한 문구라 아니 할 수 있을까. 그리고 운예소 역시 금과옥조와도 같이 가슴에 새긴 격언이었다.

그러나 세상사 모든 일이 옳은 길로 돌아갈까?

"사필귀정은 무슨……."

털레털레 하산하던 운예소가 문득 발걸음을 멈추고 자갈하나를 툭 걷어찼다.

"그래, 몇 달씩이나 앓아누울 만큼 높은 곳에서 떨어져서얻은 비급이 거지 같은 이유로 익힐 수도 없고, 지나가다 불쌍하고 딱한 처지의 사람들 만나면 피 같은 무공서를 아낌없이 두 차례나 나눠준 결과가 고작 이거라고?"

투덜거리던 그가 약초 가방에서 책 한 권을 꺼내 들었다.

"사필귀정? 개풀 뜯어 먹는 소리지. 만약 사필귀정이라는말이 현재 진행형이라면 내 손에 이따위 물건이 들려 있을 리없잖아?"

여기저기 덕지덕지 붙어 있는 고약들과 말라비틀어진 입술, 그리고 책자. 동굴이라는 배경만 없을 뿐이지 딱 봐도 여태까지의 일이 반복되었음을 한눈에 알 수 있는 분위기가 아니닌가.

어찌 보면 지겨울 정도로 반복되어지는 상황. 이제 질릴 법도 한데 하늘은 무심하게도 똑같은 연출에 똑같은 배우만을 고집하고 있다.

"이제는 한숨도 안 나온다."

면역인가? 운예소의 목소리는 놀라우리만치 침착했고 담담했으며 냉정하기까지 했다. 물론 그 속내가 어떨지는 누구도 모를 일이지만.

태연한 눈빛으로 비급을 내려다보던 그가 문득 쪼그려 앉아 고개를 갸웃거리면서 책장을 넘기기 시작했다.

"이건 누가 짜려고 해도 나올 수 없는 연출이야. 그게 하늘이라 해도 대단하다고밖에 할 말이 없어."

책장을 넘기던 운예소가 마지막 장에 이르러 손을 멈췄다.

"문구도 그 나물이요, 이유도 그 밥이니 뭐라 할 말이 없구나."

모든 것이 지겨웠다. 이젠 뭐, 싱싱할 것도 없는 비스름한 일의 반복적인 전개에 심신의 피로도는 극한에 이르렀으니까.

"만약 이렇게 내려가다 또 불쌍하고 선량한 처지의 왼손잡이를 만난다면 내 이 책을 갈가리 찢어버린다."

고개를 끄덕이며 책을 갈무리한 그가 성큼성큼 걸음을 옮겼다. 그나마 다행이라면 무거운 마음만큼이나 약초 가방의 무게도 남달랐다는 정도일까?

사천성은 한족 이외에도 이족(彝族), 묘족(苗族), 회족(回族) 등 여러 종족이 살고 있는 다변의 지역이다. 그래서 시전에 나서보면 각양각색의 옷차림을 볼 수 있고, 또한 여러 음식들과 다양한 물건들을 접하게 된다.

"머리 아프군."

알록달록한 옷을 입고 바삐 걸음을 옮기는 묘족의 소녀들을 바라보며 운예소가 고개를 도리도리 저었다. 저렇게 현란한(?) 색상은 좀처럼 보기 어려운 일이었으니까.

아무튼 볼거리는 많았고 시간도 많았기에 슬슬 걸어다니며 이곳저곳을 기웃거리던 운예소가 약초를 넘기기 위해 쓸 만한 약방을 수소문하기 시작했다.

아무래도 매입하려는 이는 가격을 덜 내기 위해 물건을 폄하하기 마련이고, 팔려는 이는 조금이라도 물건값을 더 받기 위해 가치를 높여 부르기 마련이지만 그의 약초는 흥정을 할 차원의 것이 아니었고, 말씨름할 힘도 없었다.

그저 제 가격 비슷한 정도만 쳐줄 양심있는 약방이면 환영이었다.

"그렇다면 보천약방(保泉藥房)이로군요."

"당연히 보천약방이지!"

"보천약방에 가시면 되겠구려?"

"보천약방도 몰라요? 약초꾼 맞아?"

한결같다.

이런 걸 두고 이구동성이라 부른다던가.

마지막 행인의 미심쩍은—이건 좀 억울하다. 약초 캔다고 다 보천약방을 알아야 한다는 건 어불성설 아닌가—반응을 웃음으로 때운 운예소가 이번엔 보천약방이 어디 있는지 묻기 위해 지나가는 사람을 붙잡았다.

"저기, 말 좀 물읍시다."

"음?"

행인이 주위를 둘러보다 자신을 가리키며 되물었다.

"나 말이오?"

"그렇습니다."

고개를 갸웃거리던 행인이 '허!' 하며 대답했다.

"희한한 경우도 다 있군. 물어보시구려."

"보천약방이 어디 있소? 사천은 초행이라……."

겸연쩍게 미소 짓는 운예소를 뻔히 쳐다보던 행인이 커다란 손을 들어 어딘가를 가리켰다. 그는 커다란 덩치에 어울리게 구레나룻이 무성한 인물이었는데, 목소리까지 우렁우렁하여 설명을 듣던 운예소가 귀를 막고플 지경이었다.

그런데 그 설명이라는 것이…….

"이~쪽으로 가시면 네 갈래의 길이 나오는데, 거기서 동쪽으로 쭉~ 내려가다 보면 완완포목점이 나오는데, 거기서 왼편으로 가다 보면 커다란 무도장이 나오는데, 에… 이름이 뭐였더라? 아무튼 거기서 다시 오른편으로 가다 보면 두 갈래의 길이 나오고, 거기서 그대로 우회전을 하면 세 갈래의 길이 나오는데……."

"……."

침을 튀어가며 설명하던 행인이 운예소의 황당함을 넘어선 표정을 보고는 머리를 벅벅 긁었다.

"어허험, 그게 말로는 어렵지만 알고 보면 쉬운 길이라니까?"

누가 뭐라나.

알고 보면 쉬운 건 잘 알겠는데 그 처음 아는 과정이 고역이라서 그렇지.

"약도라도 그려 드리리까?"

처참한 운예소의 얼굴이 마음에 걸렸는지 구레나룻의 사내가 지필묵을 꺼내 들었다. 이러 와중에도 필기구를 가지고 다니는 것을 보면 필경 유생일 텐데 차림새로 봐서는 영 아니올시다였다.

"아니, 됐습니다. 어떻게든 찾아보도록 하지요."

포권으로 후의에 대한 감사를 치른 운예소가 몸을 돌리는데 구레나룻이 그의 팔을 잡았다.

"아니, 아니오. 그게 알고 보면 쉬운 길인데 막상 들이대면 또 어려울 수가 있거든."

그래서 어쩌라고.

"그냥 같이 갑시다. 별로 바쁜 일도 없고 하니."

"그럴 것까지는 없습니다. 찾다 보면 대충⋯⋯."

"됐소이다."

운예소의 말을 딱 자른 그가 앞장서서 걷기 시작했다.

"허어⋯⋯."

남에게, 그것도 초면의 사람에게 신세 지기는 싫었지만 환상적인 위치 묘사에 질린 상태라 내심 운예소가 기꺼이 행인의 뒤를 따랐다.

바빠서 한 가지를 놓치고 있다는 것을 모르는 채로.

"약초꾼이시오?"

부지런히 걸음을 옮기던 구레나룻이 곁눈으로 운예소를 힐끗거리며 물었다.

"그렇습니다."

"이번엔 고생이 심했나 보오."

"아하하!"

온몸을 뒤덮고 있는 고약과 초라한 행색 때문에 던진 말이 겠지만 듣는 운예소로는 가슴이 찢어지는 질문이었다.

'고생 정도면 얼마나 좋을까.'

"먹고살기 힘들죠?"

"네, 뭐⋯⋯."

"요즘 세상이 그래요. 뭔가 구심점이 없으니 이런저런 일들이 마구 터지거든. 문제는 그런 일들에 대한 책임을 지는 이들이 아무도 없다는 거지. 그러니 힘없는 서민들만 죽어나는 거야."

굵은 목소리로 툴툴거리던 구레나룻이 목청을 돋우어 가래침을 모아 뱉었는데 어찌나 기운차고 박력이 있었는지 보는 운예소가 속이 다 시원할 지경이었다.

그렇게 반 식경을 걸어서 길모퉁이를 돌아든 구레나룻이 손을 들어 커다란 건물을 가리켰다.

"저기요."

"아, 정말로 고맙⋯ 음?"

다시금 포권을 하던 운예소가 구레나룻의 손을, 정확히 손의 위치를 보고 모든 움직임을 뚝 멈췄다.

"왜 그러시오?"

가리키던 손을 내리지도 않고 구레나룻이 고개를 갸웃거렸다.

"왼손잡이십니까?"

그의 질문에 구레나룻이 뚱한 표정으로 입을 내밀었다.

"그렇소이다. 왜, 불만있소?"

"아니요. 아닙니다!"

손사래를 치며 어설프게 웃는 운예소를 뚱한 표정으로 바라보던 구레나룻이 불쾌한 표정으로 손을 내렸다.

"왼손을 주로 쓰는 게 잘못이오? 거, 은근히 기분 나쁘네?"

기분 나쁠 만하다.

원래 사람들은 자기들이 공유하는 무엇을 기준점으로 잡고 그것에서 조금이라도 이탈하는 행동을 할라 치면 일반적이지 않다는 이유도 매도하기 일쑤니까.

그것이 사소한 습관이든 사물을 바라보는 시선이든, 또한 태생적인 것이라도 관계없다.

그저 남과 다르지 않음을 끊임없이 확인받으려는, 그래서 안전함을 보장받으려는 집단적 사고는 종종 소수의 피해자를 양산하지만 이미 집단 속에 속해 있는 이들은 소수와 다수의 경계를 명확히 하기 위한 노력을 게을리 하지 않는다.

어릴 때부터 종종 놀림을 받았던 구레나룻인지라 당연히 예민했지만 운예소의 장탄식이 섞인 말은 그를 의아함의 나락으로 빠뜨리기에 충분했다.

"잘못은 무슨, 왼손잡이로 태어나지 않은 것이 천추의 한이 되는 이도 있구만."

"엥?"

이 무슨 말인가? 단지 기분을 풀어주려는 얘기로 보기에는 다소, 아니, 대단히 과한 말 아닌가?

구레나룻이 고개를 갸웃거리는데, 입맛을 다시고 뭔가를

잊기라도 하려는 듯 고개를 짤짤 흔든 운예소가 눈을 빛내며 물었다.

"그나저나… 혹시나 해서 묻는 건데 말입니다. 지금 심각한 문제나 어려운 일에 봉착해 있지 않습니까?"

"음?"

황당한 질문에 구레나룻이 입을 떡 벌렸다.

"부업으로 점도 보시오?"

'아, 놔!'

그의 의심 어린 눈길을 외면하며 운예소가 재차 물었다.

"그런 부업엔 관심없으니 걱정하지 마시고 다시 한 번 묻겠습니다. 어려운 일 같은 것 없어요?"

허허, 웃던 구레나룻이 어깨를 으쓱하고는 손을 절레절레 흔들었다.

"살면서 어려운 일 한두 개 끌어안지 않은 이가 어디 있을까. 당연한 걸 묻고……."

"그런 말이 아닙니다."

"아니면?"

운예소의 단호함에 움찔 놀란 구레나룻이 말을 멈추었다.

"일반적이면서 사소한 문제 말고, 그야말로 불가항력적인 문제 말이오. 그러니까… 예를 들자면……."

"예를 들자면?"

공식대로 흐르고 있다. 여태까지는 말이다. 그렇다면 뒤이어 따를 것들이라면?

잠시 생각하던 운예소가 곧 하나의 이름을 떠올렸다. 부지불식간에 공식의 한자리를 당당하게 차지한 문파를.

"강조무벽 같은 거대 문파와 문제가 있다든가……."

"……!"

살풋 인상을 찡그리는 구레나룻을 보며 운예소가 혀로 입술을 축였다.

'이로써 공식 파괴인가?'

그리고 곧 구레나룻의 나지막한 속삭임이 들렸다, 커다란 덩치에 어울리지 않는.

"이제 보니 본업이었구려?"

"……."

"정말로 술값을 형장이 낸다는 거요?"

"그렇습니다. 부담 갖지 마시고 마음껏 드시오."

"이 모주달(毛酒達)이 사전에 사양은 없다오. 그 점 명심하시오."

"걱정 말고 마음껏 드시오. 비록 약초꾼이지만 이 정도의 술상은 볼 여력이 있으니."

"호오~ 좋시다. 그럼 겸손하게 발동을 걸어볼까? 이보게, 주인장! 여기 구운 오리 한 댓 개랑 술 단지로 네 개 정도 가

져오게. 그리고 잉어나 뭐 그런 것도 가져와~!'

구레나룻의 행인은 모주달이라는 사람이었다. 커다란 손만큼이나 큰 덩치에 괄괄한 성격이었고, 다섯 마리의 오리와 네 단지의 술이라는 겸손한 발동(?)처럼 두주불사의 호한이었다.

"그런데 정말로 점이 본업이 아니란 말이오?"

"약초꾼이라고 말했잖습니까."

"흠… 그럼 본업을 바꾸는 것도 한번 고려해 보시오."

"……."

뭐라고 대답할 말도 없고 해서 야채 볶음 한 젓갈을 입에 가져가던 운예소가 거의 오리를 파괴시키고 있는 모주달의 모습에 입을 벌렸다.

열심히 오리와 술을 즐기던 모주달이 운예소의 표정을 보고 껄껄 웃으며 그의 어깨를 솥뚜껑만 한 손으로 내려쳤다.

"아하하하! 오리 먹는 사람 처음 보는 거요? 형장도 사양하지 말고 마음껏 드시구려. 비록 이 집의 요리가 천상의 진미는 아닐지라도 이 근방에서는 최고의 맛을 자랑한다오."

누가 객이고 누가 주인인지 모를 상황이었지만 모주달에게 그런 건 별로 중요하지 않은 듯했다.

그렇게 오리를 두 번이나 더 시키고 술을 세 동이 더 비운 후 거한 트림으로 만족감을 표한 모주달이 턱을 괴고 운예소를 똑바로 쳐다보았다.

"형장, 대체 뭐 하는 사람이오?"

"말했잖습니까. 약초꾼이라고."

"허허."

헛웃음을 터뜨린 모주달이 오리뼈를 부러뜨려 이를 쑤셨다.

"온몸을 고약으로 도배한 것은 그렇다 쳐도 생면부지의 남에게 술을 사는 약초꾼은 많지 않지. 거기다 이족에게 스스럼없이 말을 붙이는 사람은 더더욱 드물거든. 점을 보는 것이 취미인지 부업인지는 알 도리가 없지만."

"술을 사면 다 이상한 약초꾼이오?"

"물론 아니지."

"그럼 고민에 대해 물으면 이상한 사람이오?"

"그 또한 아니지."

손사래를 치며 키득거리던 모주달이 술잔을 들어 운예소의 앞에 내밀었다.

"그런데 고민의 근거로 강조무벽을 입에 올리는 이라면 분명히 이상한 사람이지."

"허……."

공식대로 물었던 것뿐이다. 그런데 모주달의 반응을 보니 이건 정곡을 찌른 눈치였다.

"하긴, 이상한 사람이건 뭐건 나야 술과 안주를 얻어먹었으니 그만이지."

간단하게 상황을 종료시킨 모주달이 자리에서 일어서려 탁자를 짚었다.

물론 왼손으로.

"왼손을 주로 쓰면 어떤 점이 좋습니까?"

돌연한 질문.

"아까부터 왜 그리 왼손 타령을 하는 거요? 무슨 왼손잡이들에게 감정이라도 있는 거야?"

당연히 감정 있다.

"아니, 아니, 그것보다 섬섬옥수(纖纖玉手)가 따로 없군요?"

손을 휘휘 저은 운예소가 침체되는 분위기를 막으려고 화제를 돌렸는데 이 말은 꽤나 효과적이어서 구레나룻이 환하게 웃으며 자리에 앉았다.

"우헤헤, 안목이 있는 사람이로군. 그렇소. 이 손이야말로 우리 모씨 가문의 자랑이자 긍지라고 할 수 있지."

'자랑이자 긍지?'

확실히 덩치에 어울리지 않을 정도로 아름다운(?) 손마디다. 그렇지만 손가락 고운 것을 가문의 자랑이나 긍지로 여긴다면 이 세상에 긍지 아닐 게 어디 있겠는가.

그런 운예소의 마음을 읽기라도 한 것처럼 구레나룻이 술 한잔을 털어 넣고 품에서 뭉뚝한 나무막대를 꺼내 앞으로 내밀었다.

"이 손은 말이야, 그저 보기 좋으라고 붙어 있는 게 아니거든?"

"예?"

"잘 보시구려. 이 뭉뚝한 막대 놈이 어떻게 변하나 말이야."

"예?"

어리둥절한 운예소의 얼굴을 무시하고 작은 조각칼을 꺼낸 구레나룻이 몸을 돌려 뭔가를 하기 시작했는데, 커다란 덩치에 가려져 무슨 일을 벌이는지 알 길이 없었다.

그렇게 일다경.

"어떻소?"

"오오!"

그저 뭉뚝한 나무막대는 어느새 용이 되어 있었다.

하늘을 날아오를 듯 몸부림치는 몸에는 비늘 하나하나가 세세하게 아로새겨져 있고 태양을 움켜쥘 듯 뻗은 앞발에는 어떠한 동물이라도 파괴시킬 것만 같은 발톱이 섬세하게 묘사되어 그야말로 용이란 이렇게 생겼다는 걸 알려주는 듯했다.

"대단한 손재주입니다!"

운예소의 사심없는 칭찬에 구레나룻이 껄껄 웃으며 용 조각상을 내밀었다.

"마음에 들면 가지시오."

"그래도 괜찮겠습니까?"

"원래는 안 되는데… 내 형장의 인상이 좋아서 크게 선심 한번 쓰리다! 그냥 가지시오!"

"아아, 감사합니다. 정말로 훌륭한 작품이로군요."

원래는 안 된다?

아무튼 조각상을 받아 든 운예소가 약초 가방에 그것을 갈무리하고 은근한 목소리로 구레나룻에게 질문을 던졌다.

"그런데 강조무벽과의 문제란 무엇입니까?"

"음?"

운예소의 물음에 잠시 머뭇거리던 모주달이 입맛을 다시다 곧 고개를 끄덕였다.

"뭐, 술값이라 치고 말해주리다. 하지만 별로 재미는 없을걸?"

모주달, 나이 서른셋의 량산(凉山) 이족 지도자.

이족은 크게 흑이(黑彝)와 백이(白彝)로 나뉜다. 흑이는 량산 이족의 일 할도 못 미치는 소수에 불과하지만 순수 이족으로 간주되었다.

몸집이 크고 기마목축민족적인 세계관을 지녔으며, 피모라고 불리는 무속신앙을 믿으며, 백이로 대변되는 노예 층을 거느린 귀족 무사 층을 형성했다.

이와 반대로 백이로 불리는 노예 층은 흑이에 정복된 태족(泰族), 묘족 등의 원주 농경민을 주축으로 하고 있는데, 그 언어와 문화는 이족화되었다.

신체 역시 흑이보다 일반적으로 작은 편이며 같은 이족이라도 종래에는 흑이와 백이 사이에는 통혼이 허용되지 않았다.

"우리 모씨 집안은 량산 이족을 무려 이백 년 동안 다스렸지. 물론 처음에는 백이들을 지나치게 수탈한 측면도 있었지만 선친의 시대부터는 소작료도 줄이고 나름대로 노력을 했단 말이야."

문제는 모주달의 막내동생이었다고 했다.

"녀석은 부모님의 얼굴조차 기억하지 못하고 자랐지. 그 아이가 세 살이 채 되지 않았던 겨울에 이족 간의 분란을 조정하기 위한 전쟁 중에 아버님과 어머님 모두 전사하셨거든. 어머님이 전사하셨다니까 생경한가? 허허, 우리 흑이족은 남녀를 막론하고 모두 전사라네. 싸움에 임하면 남녀 가릴 것 없이 무기를 들지."

모주달의 막내동생 모완달(毛頑達)은 원로들과 동네 여인들이 키웠다고 봐야 옳겠지만 무려 열 살가량의 차이가 났던 터였기에 유난히 모주달을 따랐다고 했다.

모주달 역시 부모님 얼굴도 모르는 막내동생이 가여워 매일 업고 동네를 돌아다녔다 하니, 비록 둘은 형제 간이지만 부자지간이라 해도 어색할 것이 없는 사이였다.

천성이 부끄럼 많고 낯을 가리기에 어딜 가도 모주달의 옆에 붙어서 칭얼거려서 둘째 모현달은 이런 막내를 두고 늘 칭얼거리는 아이라는 뜻인 고고아(呱呱兒)라고 부르며 타박을 했다.

성년이 되어 모주달이 족장의 지위를 이어받고 둘째 동생인 모현달(毛賢達)과 부족의 일에 매달리자 자연히 모완달은 홀로 있는 시간이 많아졌지만 둘은 막내동생을 챙길 겨를이 없었다.

부모님을 죽음으로 몰고 간 이족 간의 갈등은 완전히 봉합된 상황이 아니었으니까.

정신없이 흘러가는 시간 속에 모완달은 열아홉의 생일을 맞이하게 되었고, 모두의 축하 속에 받은 생일상을 뒤로하고 강호로 떠나겠다 선언을 했다.

"너무도 대견했지. 언제나 응석받이인 줄로만 알았는데 견문을 넓히려 힘든 여행을 자처하다니. 그땐 정말이지, 눈물이 다 났다니까."

모완달이 표표히 량산을 등지고 남은 두 형제는 량산의 평화와 증산, 그리고 조화를 위해 온몸을 던졌다.

그렇게 땀을 흘리며 이족의 조화를 위해 노력하던 어느 날, 모완달이 일군의 사람들을 데리고 량산에 들어섰을 때 모주달은 너무나 기뻐 동생을 와락 끌어안았다.

삼 년의 시간은 철부지 동생에게 강건한 어깨와 부리부리한 눈빛을 주었고, 무엇보다 형들이 일구어놓은 일들을 보면서 모완달 역시 기뻐하리라 생각했으니까.

그러나 그것은 모주달만의 착각이었으니…….

"동생과 같이 온 이들은 자신들을 강조무벽에서 온 사찰단이라 소개했소. 생소한 말이었지. 사찰단이란 일국의 명을 받은 이들이나 무림맹급의 권위를 지닌 이들이 사용할 말이거늘 일개 이민족 마을에 무림의 사찰단이 다 뭐란 말인가!"

탁자를 꽝 내려치며 흥분하던 모주달이 씩씩거렸다.

"그러면서 말하더군. 흑이족은 원래부터 무인의 집단이었으니 적통을 이으려면 힘이 있어야 한다고."

자칭 사찰단은 원로들과 모주달에게 모완달과 비무를 하라 했다. 물론 승자가 적통을 이어야 한다는 논리였고, 원로들이 크게 반발했음은 물론이었다.

그러나 강조무벽의 무인들은 단 일 수로 경천동지의 무위를 보여주었고, 원로들에게 만약 말을 듣지 않으면 백이들의 지배권을 상실할 것이라 엄포를 놓았다.

그제야 모주달은 모완달의 속셈을 눈치 챘다.

"무엇에 홀린 건지는 몰라도 바보 막내 녀석은 해서 안 될 일을 벌인 것이지. 어떤 일이 있더라도 외부의 힘 같은 건 빌지 말아야 하는 것인데. 생각해 보라고. 강조무벽이라는 단체가 무슨 무림의 지도자도 아니고, 우리 량산 이족이 무림문파도 아닌데 그들이 나설 이유가 없지 않은가?"

맞는 말이다. 강조무벽이 현 무림에서 최고의 성세를 떨치는 것은 사실이지만 그것이 인덕이나 자비를 통해서 얻은 결과는 아니었으니까.

물론 무인의 집단끼리 우위를 점하는 데 가장 중요한 것은 힘이라는 것 역시 사실이지만 량산 이족들은 어디까지나 소수 이민족들의 터전이지 무림 단체가 아니었다.

그렇다고 계승권에서 적자 우선이라는 관습 때문에 피해를 본 차남의 억울함에 분노하여 힘을 일으켰다고 본다는 건 더더욱 우스운 일이다.

그런 시시콜콜한 문제에 일일이 손을 쓴다면 하루가 멀다하고 민원에 시달릴 일이고, 무엇보다 강조무벽에게 그런 권위나 자격이 있을 리 만무하니까.

결국 모완달과 강조무벽의 속내는 뻔했다.

"막내 녀석은 그저 나를 이겨보겠다는 심산인 듯했고, 그걸 이용해서 강조무벽은 량산의 소수 민족을 통제하려는 거지. 꼭두각시 세워두고 뒤에서 조종하겠다는 말이야."

량산의 이민족 관할권을 가지게 되면 이족과 묘족, 그리고 태족까지 지배하게 된다는 뜻이다.

그런데,

'뭔가 이상한걸? 무림의 집단인 강조무벽이 이런 귀찮은 일까지 벌여가면서 무림과는 별무 상관인 소수 이민족의 지배권을 확보하려는 이유가 뭐란 말인가?'

운예소가 이마를 찡그렸다. 그러나 모주달은 여전히 목청을 돋우어 투덜거렸기에 그의 상념은 오래가지 못했다. 이족의 지도자는 덩치에 비례할 정도의 성량을 가지고 있었으니까.

"놈들에게서 몇 수 얻어 배운 모양인데, 그걸로 천하제일이라도 된 양 으스대는 꼴이란! 그게 다 미끼라는 것을 왜 모른단 말인가!"

가슴을 텅텅 치던 모주달이 깊은 한숨과 함께 작은 목소리의 독백을 늘어놓았다.

"그렇게 오르고 싶었다면 미련없이 양보할 수도 있었거늘. 뭐, 좋은 자리라고……."

"흠."

팔짱을 끼고 모주달을 살펴보던 운예소가 입술을 지그시

물었다.

들자 하니 사정은 딱한데 뭔가 팍 와 닿는 것이 없다. 이런 경우라면 누구 편을 들어주고 나서서 분개할 뭐도 없고, 무엇보다 그럴 만한 명분도 없다.

"막내와의 비무, 자신없는 거요?"

"글쎄?"

구레나룻을 문지르며 모주달이 피식 웃었다.

"옛날이었다면야 내 앞에서 눈도 들지 못했을 녀석인데 이제는 노려보기까지 하더군. 단순히 뒤를 믿는 눈치는 아니었지. 뭐, 그렇다고 무섭거나 한 건 아니지만."

"음……."

"녀석이 그리도 간절하게 원한다면 까짓 자리야 내주면 그만이지. 아무리 비무라고 하더라도 자식과도 같은 동생 놈에게 전력을 다할 수는 없는 노릇 아닌가!"

운예소가 뭐라고 말하기도 전에 벌떡 일어선 모주달이 그의 어깨를 툭 쳤다.

"어쨌든 잘 먹었소. 또한 울화까지 토하니 한결 마음이 편해졌군. 이곳에 얼마나 머물 생각인가?"

"글쎄요?"

"바쁜 일이 없다면 사흘 후에 량산으로 오게나. 바보 같은 막내 녀석의 버릇을 고쳐 주고 술이라도 한잔하자고."

사흘 후가 비무일인가 보다.

"시간이 나면 들르도록 하지요."

"꼭 오라고. 난 신세 지고는 못 사는 성격이니까."

모주달이 널찍한 등을 보이며 허허롭게 사라지자 문득 피곤이 몰려와 운예소도 객방으로 올라갔다. 공식은 대충 깨졌다고 생각하면서.

모주달, 어쩐지 편안하면서도 정감이 가는 인물이다.

화살처럼 빠른 것이 시간이라지만 그건 어디까지나 상대적인 개념이다. 좁은 공간에서 아무런 일 없이 뒹굴거리다 보면 하루가 마치 일 년처럼 흐르는 법이니까.

그러나 때로 사람에게 늘어질 시간이 필요하고, 또한 생각을 정리할 시간도 필요하다. 아울러 일없이 뒹굴거릴 공간도.

"아무리 생각해도 집에 가야겠어."

침상에 떡하니 누워 천장을 멀거니 쳐다보던 운예소가 작게 입을 벌렸다.

"아무리 생각해도… 가 아니야. 무조건 집에 가야겠어."

생각해 보니 세상엔 얼마나 다양한 사람들이 살고 있었던가. 그 하나하나가 제각기의 사연과 자신만의 이야기를 가지고 있고, 강점과 약점을 지닌 채로 사는 거다.

겉모양이 같다고 다 같은 사람이 아니라는 거다.

그러한 다양성은 물론 무학에서도 발현되어 자신의 취향에 따라 무기를 선호하는 사람들, 그리고 권각술을 선호하는 사람들로 나뉘게 된다.

또한 무기류도 셀 수 없을 만큼 다양하여 기초적인 무기라 할 수 있는 검과 도는 물론이고 창과 봉, 심지어는 지필묵에서 우산까지 다양한 종류의 병장기를 선호한다.

권각술 역시 상체, 즉 권법을 선호하는 이, 그리고 하체, 즉 각법을 선호하는 이로 나뉘고 거기다 슬각법에 조법으로까지 세분화되니 인간의 다양성을 어찌 말로 설명할 수 있을까.

"만만하게 본 거야, 만만하게."

솔직히 비급만 얻으면 땡이라고 생각했다. 비급, 즉 기연만 얻으면 근처에 벽곡단이나 영약도 예쁘게 놓여 있고, 수련하기 좋은 공터까지 주어질 거라 믿었다.

그러나 빌어먹을 기연이 주어졌는데 늘 조건이 따라붙었다.

동정에 고자까지는 어떻게든 이해하려고 했다. 솔직히 고자의 부분에서 조금 어이없었지만. 그래도 그때까지는 어떻게 잘 풀릴 거라 희망을 가졌다.

"쩝."

입맛을 다시며 운예소가 머리맡에 있는 책을 눈앞으로 가져왔다.

폭류도법(暴流刀法).

이름 좋다. 그리고 내용 역시 훌륭했다. 출신도 확실했다. 오백 년 전 천하를 떨쳐 울렸던 좌수도의 일인자 비남강(肥南江)이 남긴 도법이었으니까.

이번에는 만사 해결이라 여겼다. 술과 여자를 좋아했던 비남강이었기에 고자니 동정이라는 단서를 붙일 리는 없을 테니.

그리고 마지막 장.

…하여 나의 도법은 중(重)함을 우선시하는 일반적 도식과 달리 극쾌를 원칙으로 한다. 그리고 내가 왼손잡이다 보니 이 도법의 모든 혈류 진행 방향은 기존의 것들과 정반대의 흐름을 가지게 된다. 만약 오른손을 사용하는 자가 폭류도를 익힌다면 큰 탈은 없겠으나 그 성장 속도는 왼손을 쓰는 이의 세 배에서 네 배는 더딜 것이다. 진기의 유통이 원활하지 않은 상태에서 쾌속함을 기대한다는 건 무리가 있으니까.

열이 살짝 받았지만 그냥 곰처럼 익혀보자고 다짐했었다. 오른손을 묶어두고 왼손만으로 생활하다 보면 길이 열리지도 모를 노릇이었으니까. 하나 다음의 몇 줄이 그의 의지를 무참히 꺾어버렸으니.

그렇다고 이 도법에 취해 어줍잖게 왼손잡이 흉내를 내려 하

지는 말거라. 선천적으로 왼손이 오른손보다 자유로운 이들에
맞추어 만들어진 무공이니까. 기본적으로 오른손잡이와 왼손잡
이는 움직이는 방향 자체가 다르기 때문이다.

그 부분을 뚫어지게 보던 운예소가 책을 휙 집어 던지며 벌
떡 일어섰다.

"내 더러워서 익히지 않는다, 더러워서."

생각해 보라. 이제 겨우 동정과 고자와 왼손잡이가 나왔
다.

이제 겨우.

앞으로 또 어떤 조건들이 붙을지 누가 알까?

"암, 암, 아직도 나오지 않은 것들이 무수하지. 장애우가
아니면 안 된다거나 천고의 기재가 아니면 안 된다거나 무공
을 접해본 이는 안 된다거나… 생각해 보니 끝도 없네!"

'집에 가는 거야' 하며 열심히 짐을 꾸리던 운예소가 문득
창밖에서 아이들이 떠드는 소리를 듣고 피식 웃었다. 줄창 떨
어지고 열받기만을 반복하다 보니 세속적인 기쁨과 즐거움에
서 너무 멀어진 느낌이다.

"그래, 집에 가는 거야!"

창문을 왈칵 열며 운예소가 버럭 소리를 질렀다.

정오의 따가운 햇살과 바삐 움직이는 군상들, 아이들의 웃
음소리가 포말처럼 부서지며 가장 일반적이고도 평화로운 광

경을 연출하고 있었다.

'할아버지는 잘 계시겠지?'

그렇게 미소 짓던 그가 자신을 옥죄던 모든 관념을 떨쳐 버리려는 듯 크게 기지개를 켰다.

"좋구나!"

돌아보면 피안이다. 기연과 가문을 벗자고 마음먹으니 이렇게 마음이 편할 수가 없다.

"자자, 이 아름다운 광경을 보라고! 가장 소시민적이면서도 검박한 행복이 흐르지 않는가!"

둥실 떠오르는 연들도 그의 앞을 축복해 주는 듯했다. 아직은 봄이라 형형색색, 오만 가지 형태의 연들이 바람에 나부끼며 시전의 하늘을 가득 메우고 있었다.

"우와~ 저 가오리 형태의 연 좀 봐라! 웬만한 제비보다 움직임이 비쾌하지 않은가! 긴 꼬리를 붙인 용연은 또 어떻고!"

신이 나서 연들을 가리키며 좋아하던 그의 눈에 거대한 무엇이 떠올랐다.

"오오, 저건 또 뭐야? 태양 빛을 받는 것이 아니라 정통 금색의 연이로구나! 저 정도로 커다란 연이라면……!"

금색의 커다란 연?

"엥?"

급히 눈을 비빈 운예소가 창밖으로 몸을 빼가면서 거대한 형체를 바라보았다.

금빛 연은 그 어떤 것들과 확연한 차이를 보이면서 위풍도 당당하게 하늘을 활보하고 있었다.

"서, 설마?"

그리고 연의 머리 쪽에 선명히 새겨진 글자 하나.

철(鐵)!

연이 날았다. 금빛 연이…….

『이인세가』 제1권 끝

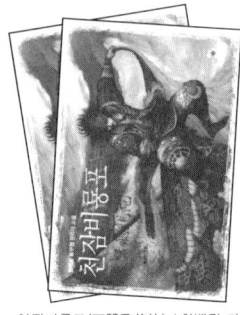

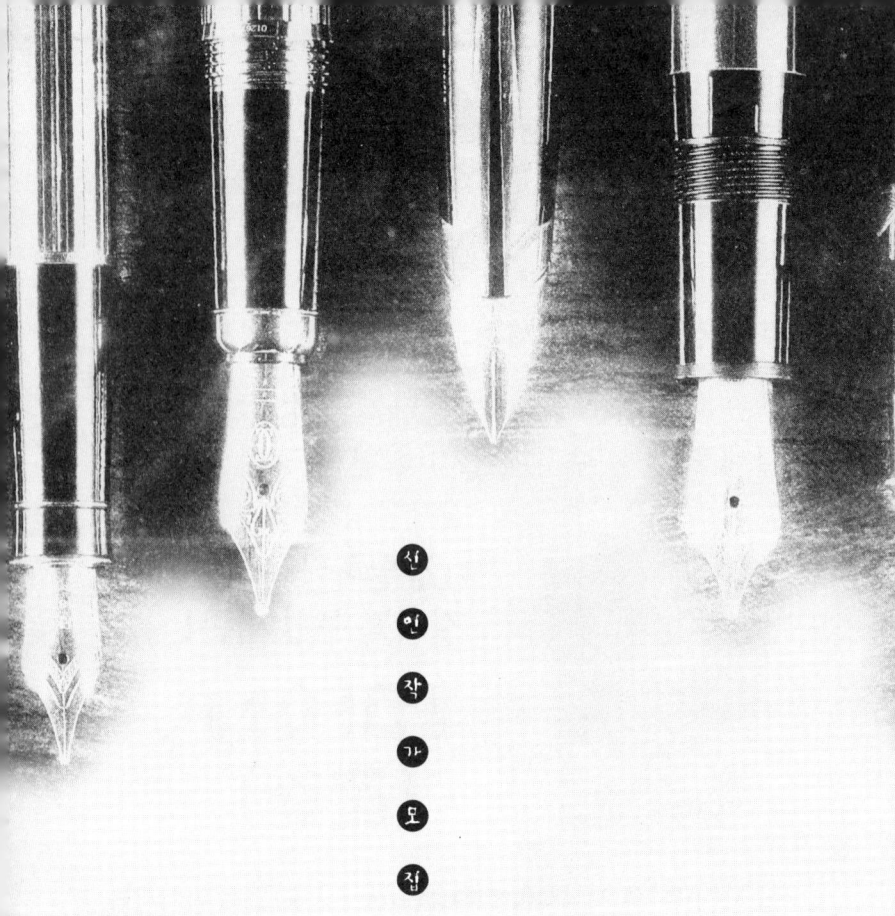

신
인
작
가
모
집

시작이 반이라고 했습니다.
작가의 길에 대한 보이지 않는 벽을 과감히 깨뜨리십시오!
청어람은 작가 지망생 여러분들의
멋진 방향타가 되어드리겠습니다.

저희 도서출판 청어람에서는
소설 신인 작가분들을 모집합니다.
판타지와 무협을 사랑하시는 분들의 많은 참여를 바랍니다.
소정의 원고(A4용지 150매)를 메일이나 우편으로 보내주시면
검토 후 출판 여부를 알려드리겠습니다.

주소:경기도 부천시 원미구 심곡1동 350-1 남성B/D 3F 우편번호420-011
TEL:032-656-4452 · **FAX**:032-656-4453
http://**www.chungeoram.com**
e-mail:chungeoram@chungeoram.com

입소문을 통해 아는 분은 다 알고 계십니다!
올 한해 공인중개사 최고의 화제작!

1~2권 합본 | 이용훈 지음
3~4권 합본 | 이용훈 지음
5~6권 합본 | 이용훈 지음
용 어 해 설 | 이용훈 지음
1~2차 문제풀이집 | 이용훈 지음

수험생 기본 필독서
만화 공인중개사

제목 : 만화공인중개사 쓰신 분에게 감사드립니다.

학원을 두달 다녔어요. 근데 과연 그 숫자 와우기 그렇게 몇 문제나 나올까 생각을 했어요.
아니라는 생각이 드네요. 학원강의를 뒤로 하고 서점을 갔어요. 내 머리에 가장 이해될 수 있는
책이 없나 하구요. 거기서 만화를 발견했어요. 무조건 세번 봤어요. 3개월 걸렸어요. 문제집을
보라고 했는데 그건 시행을 못했어요. 근데 합격을 했네요.
어떻게 감사의 말을 해야 될지…
도서관에서 만화책 들고 다니까 사람들이 비웃더라구요. 만화책으로 공인중개사를 공부한
다고 미친사람처럼 보더라구요. 근데 그거 다 감수하고 했던 내가 자랑스럽습니다.
어떻게 감사의 말을 해야 할지 정말 감사합니다.
부디 행복 히세요. 제 나이 41살에 좋은 스승을 만난 거 같습니다.
엎드려 감사드립니다.

－본사 홈페이지에 독자분이 올린 메일 中 에서 발췌－